王必胜 ◇ 主编

·中国百年散文典藏书系·

怀人卷

星斗其文 赤子其人

梁实秋 汪曾祺 等 / 著

人民日报出版社

图书在版编目（CIP）数据

星斗其文，赤子其人 / 梁实秋等著． —北京：人民日报出版社，2013.12
(中国百年散文典藏书系 / 王必胜主编)
ISBN 978-7-5115-2101-9

Ⅰ．①星… Ⅱ．①梁… Ⅲ．①散文集－中国－现代②散文集－中国－当代
Ⅳ．① I266

中国版本图书馆 CIP 数据核字（2013）第 207888 号

书　　名：星斗其文　赤子其人
著　　者：梁实秋等
出 版 人：董　伟
责任编辑：宋　娜　张　扬
装帧设计：金刚创意
出版发行：人民日报出版社
社　　址：北京金台西路 2 号
邮政编码：100733
发行热线：(010) 65369527　65369846　65369509　65369510
邮购热线：(010) 65369530　65363527
编辑热线：(010) 65369521
网　　址：www.peopledailypress.com
印　　刷：北京中新伟业印刷有限公司
开　　本：880mm×1230mm　1/32
字　　数：232 千字
印　　张：10
版　　次：2014 年 2 月第 1 版　2014 年 2 月第 1 次印刷
书　　号：ISBN 978-7-5115-2101-9
定　　价：29.00 元

序

散文这个精灵

王必胜

尽管散文是一个没有确切定义的文体，尽管散文的历史是一个没有定论的悬案，尽管散文也曾不被某些作者所认可——有所谓雕虫小技、壮夫不为的戏言。然而，散文的实际状况是它的生命是强盛而博大的，她是文坛一株大树，她是文学的一个精灵，无远弗届，无所不在，从古至今，林林总总，留下了众多精品，制造了许多经典。对于文化的传承，对于文学的发展，对于人生的精神引领，散文之功，善莫大焉。可以说，泱泱华夏文坛，散文成为一个漂浮于人生和社会之上的文学精灵，对社会和文坛的影响，不可忽略。设若没有散文，中华典籍会留下多少空白和遗憾。即便自现当代文学实际看，散文成就了许多大家，也是各类高手们一试天地的园地。所以，散文这个文学精灵，游荡于文学的天空中，也裨益于社会人生，成为许多读者心中的爱神。文学，是一个经典不断被传承的活动。当我们面对诸多散文经典时，我们不能不以一种敬畏虔诚的心，享受着散文大家给予的精神滋养，也享受着散文佳作带给我们的阅读愉悦。

这就是，为什么当下文学并不太为读者所青睐，而散文或可一枝独秀，仍有不少读者追捧，仍有众多的集子和年度选本行销于世。在灿烂的文学天空，散文的绚烂光影，灵动而优雅的姿态，温暖而亲和的面容，装点出无边的风景。

为什么，一个并没有明确的文本定义、杂糅了诸多文学样式之长的文体，一个亦古亦新的文本样式，在如今文学分工越来明确、细化之时，仍有相当的人气，在创作和阅读两个端点上仍然相得益彰，为当下其他文学形式所鲜见。除了她轻巧的文本样式，灵动的文学情志，雅致的文化情怀，摇曳的文体风格等等之外，我以为，这个文学宝库中，屹立着若许的文学精品，众多的文本经典，成就了这一文学形式有如高山大原般的气象。这些出自不同时期、有着不同风格的佳作，如同厚厚的基石，构成了散文文本的经典性，形成了散文世界的斑斓景观。散文这株文学长青树，其生命葳蕤，其枝繁叶茂。

于是，在浩繁而迹近泛滥的散文选本中，人民日报出版社郑重地推出一套《中国百年散文典藏书系》，以七个不同的专题，收纳了四百余篇、二百余位作家的佳作，让我们从气势和规模上，感受到泱泱中华散文王国里，草长莺飞，洋洋大观；这条文学的山阴道上，目迷五色，气象万千。散文的选题，是开阔而多彩的，散文的写作手法，是开放而不拘泥的，散文的语言，是多彩而个性独特的。我们可以从这数百篇文学名篇佳作中，体味到散文文本的经典气象，领悟到不同的人生和社会内容，其包罗万象，妖娆多姿，其情怀悠悠，风致卓然。我们也可以从这个选本中读到，在文学王国里，那些亲情、友爱、恋情，这事关人生普通情感的诸多题旨，其丰厚的内涵和感人的情怀；也可从中体会到大千世界、浮世人生，所持守的人类基本情怀；我们还可以看到，这些人情世情，自然人文，如何在大家们的笔下，表达的如许精微，如许的热烈，也如许的透彻。当然，那些高情大义、普世情怀，那些相濡以沫，危难与共，或者那些相忘于江湖，君子之交等等，不同的情与义，相同的人情与友爱等话题，在众多的作品中，有充分的展现和精彩的描绘，让读者产生共鸣。当然，作为时下丰富而轻捷地展示社会人生，书写时代精神与个人情怀的散文，在更广阔的视野上关注现实，展示民生，描写情怀，丛书选题也相应地以城市、乡村、自然、哲理等不同部分划分，有的甚至是相同的题旨下选同题文章，更有一种特别的意义。自近代以降，散文大家英雄辈出，几代人在不同的时空中，共同书写相同的题旨内容，它们被纳入其中，这虽是编辑的巧妇之作，却权当一次有如穿越性的文学同题竞技，其意义独特，足可玩味，让读者诸君从这些同题目、或同题材的展示中，更为丰富地理解散文对于人生情感和自然人文，别有情致的书写。同时，也可以体会到不同作家们的功力与魅力。无论是老者，那些上世纪初年驰骋文坛的泰斗宿将，还是后来者，那些晚出几十年后才活跃文场的新进后生，他们对于社会人生的感受，人各有异，着眼点不一，却能够在不同的背景上展示出自我，展现一个人独有的文学世界、一个人特殊的心路情怀。这种老与新、传统与现代，互为交集的文学景象，很有意义。作家们倾力倾情地写出心中的自然，写出变化的城市与乡村，写出现代文明下的精神求索，包括种种认同与抗拒，寻找和皈依，等等，无论是正面的书写，还是质询与期待，出于人生的一种大爱，出于对社会人文、自然生态等等的敬畏与尊重，在多姿多彩的散文世界里，打造了一个集合型的文学的人文精神，书写出一个整体性的人生世界。

对散文的经典性认定，没有明确统一的标尺，但读文相类于识人，大体是雅致清丽，有品位，有情味者，方可为大雅之作。如是，这套丛书放在你面前，你可从容地品评，或许，从这众多佳作中，看到了编辑们的心血，或者，读它们，有了一次关于散文的有意味的文学之旅，那就够了。对于散文来说，丰富了我们的生活，增加了人生的某种见识，得到了文学的快乐，甚至引发出阅读后的感悟，找到了自己的某些共鸣。这样，编者万幸，文学也是有幸。

文学的经典，可以是恒定的，有时也是一个活的流动体，或者，它是在不断的开掘和发现中阐释其特殊的意义的。

是为序。

写于 2013 年 12 月 10 日

目 录
CONTENTS

忆刘半农君 / 鲁　迅　001

怀废名 / 周作人　004

回忆李大钊先生 / 梁漱溟　010

吊刘叔和 / 徐志摩　015

怀念曹禺 / 巴　金　019

忆谢六逸兄 / 茅　盾　024

悼志摩 / 林徽因　031

我所见于诗人朱湘者 / 苏雪林　039

丏尊先生故后追忆 / 王统照　047

怀李叔同先生 / 丰子恺　055

永在的温情 / 郑振铎　062

纪念傅雷 / 施蛰存　069

我所见的叶圣陶 / 朱自清　073

孙大雨 / 沈从文　077

怀王统照 / 李健吾　081

怀孟超 / 聂绀弩　085

寄天涯一孤鸿 / 庐　隐　089

怀　友／老　舍　099

忆许地山先生／冰　心　101

给庐隐／石评梅　104

我认识的亚子先生／谢冰莹　109

胡适先生二三事／梁实秋　113

忆胡适之／张爱玲　120

我与老舍与酒／台静农　132

怀念赵元任先生／王了一　135

风雨中忆萧红／丁　玲　139

忆白石老人／艾　青　144

怀念乔木／季羡林　151

雁冰先生印象记／吴组缃　158

吴宓先生与钱钟书／杨　绛　164

记邹明／孙　犁　169

鲁迅忌日忆殷夫／阿　英　177

记梅兰芳先生／冯亦代　181

冼星海同志回忆录／光未然　183

我的女友们／苏　青　190

伤　逝／黄　裳　192

星斗其文，赤子其人 / 汪曾祺　198

朋　友 / 贾平凹　208

别了，江南秀士 / 从维熙　212

王小波，晚上能来喝酒吗？ / 刘心武　216

1980年夏天的一顿午餐 / 陈忠实　230

致大海 / 冯骥才　238

说朋道友 / 三　毛　245

益友增添生命光彩 / 席慕蓉　249

门　孔 / 余秋雨　251

真实的塑料花 / 刘　墉　267

怀念萧军先生 / 王安忆　271

悼路遥 / 史铁生　275

小眼睛的莫言和马脸的我 / 萧立军　278

友情如鞭 / 毕淑敏　284

怀念孙犁先生 / 铁　凝　288

我的青梅竹马 / 毕飞宇　296

死的光追上了他 / 王小妮　300

"胖嫂"，您在哪里 / 资华筠　305

忆刘半农君

■鲁　迅

这是小峰出给我的一个题目。

这题目并不出得过分。半农去世，我是应该哀悼的，因为他也是我的老朋友。但是，这是十来年前的话了，现在呢，可难说得很。

我已经忘记了怎么和他初次会面，以及他怎么能到了北京。他到北京，恐怕是在《新青年》投稿之后，由蔡子民先生或陈独秀先生去请来的，到了之后，当然更是《新青年》里的一个战士。他活泼，勇敢，很打了几次大仗。譬如罢，答王敬轩的双鐄信，"她"字和"牠"字的创造，就都是的。这两件，现在看起来，自然是琐屑得很，但那是十多年前，单是提倡新式标点，就会有一大群人"若丧考妣"，恨不得"食肉寝皮"的时候，所以的确是"大仗"。现在的二十左右的青年，大约很少有人知道三十年前，单是剪下辫子就会坐牢或杀头的了。然而这曾经是事实。

但半农的活泼，有时颇近于草率，勇敢也有失之无谋的地方。但是，要商量袭击敌人的时候，他还是好伙伴，进行之际，心口并不相应，或者暗暗的给你一刀，他是决不会的。倘若失了算，那是因为没有算好的缘故。

《新青年》每出一期，就开一次编辑会，商定下一期的稿件。其时最惹我注意的是陈独秀和胡适之。假如将韬略比作一间仓库罢，独秀先生的是外面竖一面大旗，大书道："内皆武器，来者小心！"

但那门却开着的，里面有几枝枪，几把刀，一目了然，用不着提防。适之先生的是紧紧的关着门，门上粘一条小纸条道："内无武器，请勿疑虑。"这自然可以是真的，但有些人——至少是我这样的人——有时总不免要侧着头想一想。半农却是令人不觉其有"武库"的一个人，所以我佩服陈胡，却亲近半农。

所谓亲近，不过是多谈闲天，一多谈，就露出了缺点。几乎有一年多，他没有消失掉从上海带来的才子必有"红袖添香夜读书"的艳福的思想，好容易才给我们骂掉了。但他好像到处都这么的乱说，使有些"学者"皱眉。有时候，连到《新青年》投稿都被排斥。他很勇于写稿，但试去看旧报去，很有几期是没有他的。那些人们批评他的为人，是：浅。

不错，半农确是浅。但他的浅，却如一条清溪，澄澈见底，纵有多少沉渣和腐草，也不掩其大体的清。倘使装的是烂泥，一时就看不出它的深浅来了；如果是烂泥的深渊呢，那就更不如浅一点的好。

但这些背后的批评，大约是很伤了半农的心的，他的到法国留学，我疑心大半就为此。我最懒于通信，从此我们就疏远起来了。他回来时，我才知道他在外国钞古书，后来也要标点《何典》，我那时还以老朋友自居，在序文上说了几句老实话，事后，才知道半农颇不高兴了，"驷不及舌"，也没有法子。另外还有一回关于《语丝》的彼此心照的不快活。五六年前，曾在上海的宴会上见过一回面，那时候，我们几乎已经无话可谈了。

近几年，半农渐渐的据了要津，我也渐渐的更将他忘却；但从报章上看见他禁称"蜜斯"之类，却很起了反感：我以为这些事情是不必半农来做的。从去年来，又看见他不断的做打油诗，弄烂古文，回想先前的交情，也往往不免长叹。我想，假如见面，而我还以老朋友自居，不给一个"今天天气……哈哈哈"完事，那就也许会弄到冲突的罢。

不过，半农的忠厚，是还使我感动的。我前年曾到北平，后来有人通知我，半农是要来看我的，有谁恐吓了他一下，不敢来了。这使我很惭愧，因为我到北平后，实在未曾有过访问半农的心思。

现在他死去了，我对于他的感情，和他生时也并无变化。我爱十年前的半农，而憎恶他的近几年。这憎恶是朋友的憎恶，因为我希望他常是十年前的半农，他的为战士，即使"浅"罢，却于中国更为有益。我愿以愤火照出他的战绩，免使一群陷沙鬼将他先前的光荣和死尸一同拖入烂泥的深渊。

怀废名

■ 周作人

余识废名在民十以前，于今将二十年，其间可记事颇多，但细思之又空空洞洞一片，无从下笔处。废名之貌奇古，其额如螳螂，声音苍哑，初见者每不知其云何。所写文章甚妙，但此是隐居西山前后事，《莫须有先生传》与《桥》皆是，只是不易读耳。废名曾寄住余家，常往来如亲属，次女若子亡十年矣，今日循俗例小作法事，废名如在北平，亦必来赴，感念今昔，弥增怅触。余未能如废名之悟道，写此小文，他日如能觅路寄予一读，恐或未必印可也。

以上是民国廿七年十一月末所写，题曰《怀废名》，但是留得底稿在，终于未曾抄了寄去。于今又已过了五年了，想起要写一篇同名的文章，极自然的便把旧文抄上，预备拿来做个引子。可是重读了一遍之后，觉得可说的话大都也就有了，不过或者稍为简略一点，现在所能做的只是加以补充，也可以说是作笺注罢了。关于认识废名的年代，当然是在他进了北京大学之后，推算起来应当是民国十一年考进预科，两年后升入本科，中间休学一年，至民国十八年才毕业。但是在他来北京之前，我早已接到他的几封信，其时当然只是简单的叫冯文炳，在武昌当小学教师，现在原信存在故纸堆中，日记查找也很费事，所以时日难以确知，不过推想起来这大概总是在民九民十之交吧，距今已是二十年以上了。废名眉棱骨奇高，是最特别处。在《莫须有先生传》第四章中房东太太说，莫须有先生，你的脖子上怎么那么多的伤痕？这是他自己讲到的一点，此盖由于瘰疬，其声音之低哑或者也是这个缘故吧。

废名最初写小说，登在胡适之的《努力周报》上，后来结集为《竹林的故事》，为《新潮社文艺丛书》之一。这《竹林的故事》现在没有了，无从查考年月，但我的序文抄存在《谈龙集》里，其时为民国十四年九月，中间说及一年多前答应他做序，所以至迟这也就是民国十二年的事吧。废名在北京大学进的是英文学系，民国十六年张大元帅入京，改办京师大学校，废名失学一年余，及北大恢复乃复入学。废名当初不知是住公寓还是寄宿舍，总之在那失学的时代也就失所寄托，有一天写信来说，近日几乎没得吃了。恰好章矛尘夫妇已经避难南下，两间小屋正空着，便招废名来住。后来在西门外一个私立中学走教国文，大约有半年之久，移住西山正黄旗村里，至北大开学再回城内。这一期间的经验于他的写作很有影响，村居，读莎士比亚，我所推荐的《吉诃德先生》，李义山诗，这都是构成《莫须有先生传》的分子。从西山下来的时候，也还寄住在我们家里，以后不知是哪一年，他从故乡把妻子接了出来，在地安门里租屋居住，其时在北京大学国文学系做讲师，生活很是安定了，到了民国二十五六年，不知怎的忽然又将夫人和子女打发回去，自己一个人住在雍和宫的喇嘛庙里。当然大家觉得他大可不必，及至芦沟桥事件发生，又很羡慕他，虽然他未必真有先知。废名于那年的冬天南归，因为故乡是拉锯之地，不能在大南门的老屋里安住，但在附近一带托迹，所以时常还可彼此通信，后来渐渐消息不通，但是我总相信他仍是在哪一个小村庄里隐居，教小学生念书，只是多"静坐沉思"，未必再写小说了吧。

翻阅旧日稿本，上边抄存两封给废名的信，这可以算是极偶然的事，现在却正好利用，重录于下。其一云：

> 石民君有信寄在寒斋，转寄或恐失落，信封又颇大，故拟暂留存，俟见面时交奉。星期日林公未来，想已南下矣。旧日友人各自上飘游之途，回想《明珠》时代，深有今昔之感。自知如能将此种怅惘除去，可以近道，但一面也不无珍惜之意，觉得有此怅惘，故对于人间世未能恝置，此虽亦是一种苦，目下却尚不忍即舍去也。匆匆。九月十五日。

时为民国二十六年，其时废名盖尚在雍和宫。这里提及《明珠》，顺便想说明一下。废名的文艺的活动大抵可以分几个段落来说。甲是《努力周报》时代，其成绩可以《竹林的故事》为代表。乙是《语丝》时代，以《桥》为代表。丙是《骆驼草》时代，以《莫须有先生》为代表。以上都是小说。丁是《人间世》时代，以《读论语》这一类文章为主。戊是《明珠》时代，所作都是短文。那时是民国二十五年冬天，大家深感到新的启蒙运动之必要，想再来办一个小刊物，恰巧世界日报的副刊《明珠》要改编，便接受了来，由林庚编辑，平伯废名和我帮助写稿，虽然不知道读者觉得何如，在写的人则以为是颇有意义的事。但是报馆感觉得不大经济，于二十六年元旦又断行改组，所以林庚主编的《明珠》只办了三个月，共出了九十二号，其中废名写了很不少，十月九篇，十一二月各五篇，里边颇有些好文章好意思。例如十月份的《三竿两竿》，《陶渊明爱树》，《陈亢》，十一月份的《中国文章》，《孔门之文》，我都觉得很好。《三竿两竿》起首云："中国文章，以六朝人文章为最不可及。"《中国文章》也劈头就说道，"中国文章里简直没有厌世派的文章，这是很可惜的事。"后边又说，"我尝想，中国后来如果不是受了一点佛教影响，文艺里的空气恐怕更陈腐，文章里恐怕更要损失好些好看的字面。"这些话虽然说得太简单，但意思极正确，是经过好多经验思索而得的，里边有其颠扑不破的地方。废名在北大读莎士比亚，读哈代，转过来读本国的杜甫，李商隐，《诗经》，《论语》，《老子》，《庄子》，渐及佛经，在这一时期我觉得他的思想最是圆满，只可惜不曾更多所述著，这以后似乎更转入神秘不可解的一路去了。

我的第二封信已在废名走后的次年，时为民国二十七年三月，其文云：

  偶写小文，录出呈览。此可题曰《读大学中庸》，题目甚正经，宜为世所喜，惜内容稍差，盖太老实而平凡耳。唯亦正以此故，可以抄给朋友们一看，虽是在家人亦不打诳语，此鄙人所得之一点滴的道也。日前寄一二信，想已达耶，匆匆不多赘。三月六日晨，知堂白。

所云前寄一二信悉未存底，唯《读大学中庸》一文系三月五日所写，则抄在此信稿的前面，今亦抄录于后：

  近日想看《礼记》，因取郝兰皋笺本读之，取其简洁明了也。读《大学》、《中庸》各一过，乃不觉惊异。文句甚顺口，而意义皆如初会面，一也。意义还是很难懂，懂得的地方也只是些格言，二也。《中庸》简直多是玄学，不佞盖犹未能全了物理，何况物理后学乎。《大学》稍可解，却亦无甚用处，平常人看看想要得点受用，不如《论语》多多矣。不知道世间何以如彼珍重，殊可惊诧，此其三也。从前书房里念书，真亏得小孩们记得住这些。不佞读下《中》时是十二岁了，愚钝可想，却也背诵过来，反复思之，所以能成诵者，岂不正以其不可解故耶。

此文也就只是《明珠》式的一种感想小篇，别无深义，寄去后也不记得废名覆信云何，只在笔记一页之末录有三月十四日黄梅发信中数语云：

"学生在乡下常无书可读，写字乃借改男的笔砚，乃近来常觉得自己有学问，斯则奇也。"寥寥的几句话，却可看出他特殊的谦逊与自信。废名常同我们谈莎士比亚，瘐信，杜甫，李义山，《桥》下篇第十八章中有云：

"今天的花实在很灿烂，——李义山咏牡丹诗有两句我很喜欢，我是梦中传彩笔，欲书花叶寄朝云。你想，红花绿叶，其实在夜里都布置好了，——朝云一刹那见。"此可为一例。

随后他又谈《论语》，《庄子》，以及佛经，特别是佩服《涅槃经》，不过讲到这里，我是不懂玄学的，所以就觉得不大能懂，不能有所评述了。废名南归后曾寄示所写小文一二篇，均颇有佳处，可惜一时找不出。也有很长的信讲到所谓道，我觉得不能赞一辞所以回信中只说些别的事情，关于道字了不提及。废名见了大为失望，于致平伯信中微露其意，但即是平伯亦未敢率尔与之论道也。

关于废名的这一方面的逸事，可以略记一二。废名平常颇佩服其同乡熊十力翁，常与谈论儒道异同等事，等到他着手读佛书以后，却与专门学佛的熊翁意见不合，而且多有不满之意。有余君与熊翁同住在二道桥，曾告诉我说，一日废名与熊翁论僧肇，大声争论，忽而静止，则二人已扭打在一处，旋见废名气哄哄的走出，但至次日，乃见废名又来，与熊翁在讨论别的问题矣。余君云系亲见，故当无错误。废名自云喜静坐深思，不知何时乃忽得特殊的经验，趺坐少顷，便两手自动，作种种姿态，有如体操，不能自己，仿佛自成一套，演毕乃复能活动。鄙人少信，颇疑是一种自己催眠，而废名则不以为然。其中学同窗有为僧者，甚加赞叹，以为道行之果，自己坐禅修道若干年，尚未能至，而废名偶尔得之，可为幸矣。废名虽不深信，然似亦不尽以为妄。假如是这样，那么这道便是于佛教之上又加了老庄以外的道教分子，于不佞更是不可解，照我个人的意见说来，废名谈中国文章与思想确有其好处，若舍而谈道，殊为可惜。废名曾撰联语见赠云，微言欣其知之为诲，道心恻于人不胜天。今日找出来抄录于此，废名所赞虽是过量，但他实在知道我的意思之一人，现在想起来，不但有今昔之感，亦觉得至可怀念也。

回忆李大钊先生

■ 梁漱溟

革命先烈李大钊先生是我的故交,是至熟至熟之友,通常都称呼他"守常"——这是他习惯用的别号和笔名。在一九一九年以前和其后那些年,我每次到北京大学讲课,在上课之前和下课之后,必定去他图书馆主任办公室盘桓十分钟至二十分钟,因为彼此很熟,他忙他的事,我进门或离去,均不打招呼。他主编的《每周评论》,我顺手取阅。他有时主动地要我看什么书刊,便顺手递给我,亦不加说明。我接过翻阅后,往往亦无表示。遇有重要书刊,我就声明带回家去看,下次来时交还。总之,彼此十分随便,没有什么客气俗套。

但我们相识稍先于北京大学同事之时,彼时(一九一六年)他在北京《晨钟报》(后改名《晨报》)任职。曾记得一次他宴客于南城瑞记饭庄,我和陈仲甫(独秀)在座上初相遇。陈当时是为东亚图书馆募股来京的。恰值蔡元培先生方接任北大校长,蔡、陈早相熟,立即邀陈入北大担任文科学长(后改称文学院院长)。同时,我亦受印度哲学讲席之聘,而守常则是以章行严(士钊)先生之荐接任图书馆主任的——此职原由章任之,章离京南去。于是,我们便同聚于北大了。

一九二一年冬月,我走访守常于其家,告诉他我即将结婚。他笑着说，这在他已是过去二十年前的事了。因而自述生在父死之后，而母亲又在生他之后不久亦死去。所以他竟没有见到父母的面，全靠祖父母抚养长大。北京《光明日报》一九七九年十月三十一日纪念李大钊一文，说他两岁丧父，三岁丧母，全不对。另见人民出版社出的《李大钊传》一书，说他尚未生而父先死，他生后十六个月母亦故去，与我所闻于守常自述者尚差不远。祖父母自顾年老，便为他早早成婚。婚后不太久，祖父母就故去，只余他和他的赵氏夫人。赵年长于他好几岁——似是他十一二岁，而赵十八九岁。赵夫人甚贤惠，自愿守在家园而促他去永平府中学求学——中学卒业后，他进入天津北洋法政专门学校，后又去日本留学。这些是后话，非当时所谈及。

如所周知，中国共产党创始人中为首的是陈独秀、李大钊两先生，一时曾有"南陈北李"之称。我记得一九二七年春，有一天去东交民巷旧俄国使馆内访看守常，只见来人满屋，大都是青年求见者，守常接待忙碌，我不便打扰他，随即退出。不多日后就闻知他全家被捕消息，原来他家大小同住一起，还有些同志亦同住，因而被拘捕时一同遭难者颇有多人；但亦有恰好出门而幸免于难者。当时正是张作霖自称大元帅驻军和执政于北京之时，我闻讯从西郊赶入城内访章行严先生，愿与章老一同出面将守常家眷保释出来，俾守常少牵挂之念。惜章老不同意，自称与张的亲信参谋长杨宇霆相熟，他将去见杨，可保守常亦不死。其结果，直至守常死时，不知道他的家属儿女有没有受到连累；熟友如我未得尽小小之力，抱憾于衷。据闻其眷属是一直到守常被引出就刑之时，方被释放回家的。

当我闻悉守常被害，立即从西郊赶入城内，一面看望其家属情况，一面看视他装殓的情况。他家属已回到西城二龙坑朝阳里的旧居。我望见守常夫人卧床哀泣不起。我随即留下十元钱，退出来，改往下斜街长椿寺——据闻守常遗体停柩在此。我到达寺门时，门外一警察对我说：你们亲友来到，我有交代，我就走了。我点首应承，随即入内巡视。只见棺材菲薄不堪，即从寺内通电话于章宅吴弱男夫人。盖我夙知守常曾为其子女章可、章用、章因的家庭教师，宾主甚相得。弱男夫人来到时，各方面人士亦陆续而来，共议改行装殓之事。

我出寺门，路遇陈博生走来。他是福建人，与守常同主《晨钟报》笔政。其他的人今不尽记忆。

守常当年的熟友，眼前现有张申府（崧年）、于树德（永滋）和我几个人。张、于两位原与守常同为中国共产党人，但有始无终。我则根本是个党外人。今天回首思索起来，奇妙的是守常他们各位朋友全不曾介绍我入党——连半点意向亦不见。于此，显然我这个人条件不合。守常为中国共产党发起人和领袖，终且为党捐躯，而我则根本不在党。那么尽管友好相熟，究不便冒昧地自居于交谊深挚之列了。此点应当先自己坦白的。

提起正当"五四"运动时代的那些社会活动、政治活动，我十分惭愧没有能像守常那样勇往地和诸同学们在一起，甚且可以说，他是居于领导而我则追随亦不力。因此，许多事就记忆不清，现在亦就说不清楚了。再则，事情过去且将六十年之久，而今脑力衰颓的我，就只能点点滴滴列举其目如次：

（一）少年中国学会组织的发起成立，守常实为骨干。此会在当年十分重要,会员包含了南北许多青年有志之士,其后中国共产党和国家主义派(中国青年党)有些人就是从此会分裂出来的。倾左的有毛泽东、邓中夏、恽代英、黄日葵等人,倾右的有曾琦、左舜生、李璜、余家菊等人。他们在中国近代史上各自表现不同,而却是具有一定分量的,虽然分量大小轻重不同。

我仿佛未曾参加此会为一成员,却曾应邀为此会的田汉和曾琦两成员之间在宗教问题上的争论,作过一长篇讲演(讲词大意可见旧著《东西文化及其哲学》一书)。

(二)当年守常先生的活动繁忙,有些群众大会开在前门大街,我亦曾去过。有一次在总统府门外的集会,我没有参加,类乎此者,现在记忆不清。

(三)记得守常和我两人曾致力于裁兵运动的倡导。当时蒋百里(方震)先生且曾写出裁兵计划一书问世。可厌的南北军阀混战既多年不休,在洛阳的吴佩孚颇有势力;恰好守常的同学白坚武正在吴的幕府。守常因白的殷勤介绍,走访洛阳,似乎不止一次。访吴谈一谈是次要的,根本要造成舆论,发动广大社会力量才行。我们曾想联络上海、天津的工商界人士,而就近入手则在眼前的知识阶层。正在要邀请北京八校同人聚谈,不料被胡适、陶孟和等几位抢先召集,且又转变出"好人政府主义"一场戏来。随后果然出现王宠惠、罗文干为首的政府。我们二人只有苦笑!王、罗二位即是参加了胡适那次集会者。

(四)一九一九年秋末,北京女子高等师范学校因学生李超自杀身死开追悼会,守常和我亦偕往参加,在蔡元培、陈独秀、蒋梦麟各位讲话后,守常和我亦各有发言。后来我的发言录在《东西文化及其哲学》第五章内。

（五）我与守常既而相熟，有时便一同游息。今承中国革命博物馆出示一张有守常、张申府、雷国能和我四人在中央公园照的像片，推计其时间当距今五十年以上。五十多年来，既有日寇入侵，世局动乱剧烈，此像片我手无存，展视之余，不胜追怀感叹之情。

吊刘叔和

■ 徐志摩

一向我的书桌上是不放相片的。这一月来有了两张，正对我的座位，每晚更深时就只他们俩看着我写，伴着我想；院子里偶尔听着一声清脆，有时是虫，有时是风卷败叶，有时我想象是我们亲爱的故世人从坟墓的那一边吹过来的消息。伴着我的一个是小，一个是"老"：小的就是我那三月间死在柏林的彼得，老的是我们钟爱的刘叔和，"老老"。彼得坐在他的小皮椅上，抿紧着他的小口，圆睁着一双秀眼，仿佛性急要妈拿糖给他吃，多活灵的神情！但在他右肩的空白上分明题着这几行小字："我的小彼得，你在时我没福见你，但你这可爱的遗影应该可以伴我终身了。"老老是新长上几根看得见的上唇须在他那件常穿的缎褂里欠身坐着，严正在他的眼内，和蔼在他的口颔间。

让我来看。有一天我邀他吃饭，他来电说病了不能来，顺便在电话中他说起我的彼得。（在襁褓时的彼得，叔和在柏林也曾见过。）他说我那篇悼儿文做得不坏；有人素来看不起我的笔墨的，他说，这回也相当的赞许了。我此时还分明记得他那天通电时着了寒发沙的嗓音！我当时回他说多谢你们夸奖，但我却觉得凄惨因为我同时不能忘记那篇文字的代价，是我自己的爱儿。过了几天适之来说"老老病了，并且他那病相不好，方才我去看他，他说适之我的日子已经是可数的了。"他那时住在皮宗石家里。我最后见他的一次，他已在医院里。他那神色真是不好,我出来就对人讲,他的病中医叫做湿瘟,并且我分明认得它,他那眼内的钝光,面上的涩色,一年前我那表兄沈叔薇弥留时我曾经见过——可怕的认识,这侵蚀生命的病征。可怜少鳏的老老,这时候病榻前竟没有温存的看护;我与他说笑:"至少在病苦中有妻子毕竟强似没妻子,老老,你不懊丧续弦不及早吗?"那天我喂了他一餐,他实在是动弹不得;但我向他道别的时候,我真为他那无告的情形不忍。(在客地的单身朋友们,这是一个切题的教训,快些成家,不要过于挑剔了吧:你放平在病榻上时才知道没有妻子的悲惨!——到那时,比如叔和,可就太晚了。)

叔和没了。但为你,叔和,我却不曾掉泪。这年头也不知怎的,笑自难得,哭也不得容易。你的死当然是我们的悲痛,但转念这世上惨淡的生活其实是无可沾恋,趁早隐了去,谁说一定不是可羡慕的幸运?况且近年来我已经见惯了死,我再也不觉着它的可怕。可怕是这烦嚣的尘世:蛇蝎在我们的脚下,鬼祟在市街上,霹雳在我们的头顶,恶梦在我们的周遭。在这伟大的迷阵中,最难得的是遗忘;只有在简短的遗忘时我们才有机会恢复呼吸的自由与心神的愉快。谁说死不就是个悠久的遗忘的境界?谁说墓窟不就是真解放的进门?

但是随你怎样看法,这生死间的隔绝,终究是个无可奈何的事实,死去的不能复活,活着的不能到坟墓的那一边去探望。到绝海里去探险我们得合伙,在大漠里游行我们得结伴;我们到世上来做人,归根说,还不只是惴惴的来寻访几个可以共患难的朋友,这人生有时比绝海更凶险,比大漠更荒凉,要不是这点子友谊的同情我第一个就不敢向前迈步了。叔和真是我们的一个。他的性情是不可信的温和,"顶好说话的老老";但他每当论事,却又绝对的不苟同,他的议论，在他起劲时，就比如山壑间雨后的乱泉，石块压不住它，蔓草掩不住它。谁不记得他那永远带伤风的嗓音，他那永远不平衡的肩背，他那怪样的激昂的神情？通伯在他那篇《刘叔和》里说起当初在海外老老与傅孟真的豪辩，有时竟连"呐呐不多言"的他，也"免不了加入他们的战队"。这三位衣常敝，履无不穿的"大贤"在伦敦东南隅的陋巷，点煤气油灯的斗室里，真不知有多少次借光柏拉图与卢骚与斯宾塞的迷力，欺骗他们告空虚的肠胃——至少在这一点他们三位是一致同意的！但通伯却忘了告诉我们他自己每回加入战团时的特别情态，我想我应得替他补白。我方才用乱泉比老老，但我应得说他是一窜野火，焰头是斜着去的；傅孟真，不用说，更是一窜野火，更猖獗，焰头是斜着来的；这一去一来就发生了不得开交的冲突。在他们最不得开交时，劈头下去了一瓢冷水，两窜野火都吃了惊，暂时翳了回去。那一瓢冷水就是通伯；他是出名浇冷水的圣手。

阿，那些过去的日子！枕上的梦痕，秋雾里的远山。我此时又想起初渡太平洋与大西洋时的情景了。我与叔和同船到美国，那时还不熟；后来同在纽约一年差不多每天会面的，但最不可忘的是我与他同渡大西洋的日子。那时我正迷上尼采开口就是那一套沾血腥的字句。

我仿佛跟着查拉图斯脱拉登上了哲理的山峰，高空清气在我的肺里，杂色的人生横亘在我的眼下。船过必司该海湾的那天，天时骤然起了变化：岩片似的黑云一层层累叠在船的头顶，不漏一丝天光，海也整个翻了，这里一座高山，那边一个深谷，上腾的浪尖与下垂的云爪相互的纠拿着；风是从船的侧面来的，夹着钱梗似粗的暴雨，船身左右侧的倾敧着。这时候我与叔和在水发的甲板上往来的走——那里是走,简直是滚,多强烈的震动!霎时间雷电也来了,铁青的云板里飞舞着万道金蛇。涛响与雷声震成了一片喧阗,大西洋险恶的威严在这风暴中尽情的披露了"人生",我当时指给叔和说,"有时还不止这凶险,我们有胆量进去吗?"那天的情景益发激动了我们的谈兴,从风起直到风定,从下午直到深夜,我分明记得,我们俩在沉酣的论辩中遗忘了一切。

今天国内的状况不又是一幅大西洋的天变?我们有胆量进去吗?难得是少数能共患难的旅伴;叔和,你是我们的一个,如何你等不得浪静就与我们永别了?叔和,说他的体气,早就是一个弱者;但如其一个不坚强的体壳可以包容一团坚强的精神,叔和就是一个例。叔和生前没有仇人,他不能有仇人;但他自有他不能容忍的对象:他恨混淆的思想,他恨腌臜的人事。他不轻易斗争;但等他认定了对敌出手时,他是最后回头的一个。叔和,我今天又上了风雨中的甲板,我不能不悼惜我侣伴的空位!

怀念曹禺

■ 巴　金

一

家宝逝世后，我给李玉茹、万方发了个电报："请不要悲痛，家宝并没有去，他永远活在观众和读者的心中！"话很平常，不能表达我的痛苦，我想多说一点，可颤抖的手捏不住小小的笔，许许多多的话和着眼泪咽进了肚里。

躺在病床上，我经常想起家宝。六十几年的往事历历在目。

北平三座门大街十四号南屋，故事是从这里开始。靳以把家宝的一部稿子交给我看，那时家宝还是清华大学的一个学生。在南屋客厅旁那间用蓝纸糊壁的阴暗小屋里，我一口气读完了数百页的原稿。一幕人生的大悲剧在我面前展开，我被深深地震动了！就像从前看托尔斯泰的小说《复活》一样，剧本抓住了我的灵魂，我为它落了泪。我曾这样描述过我当时的心情："不错，我流过泪，但是落泪之后我感到一阵舒畅，而且我还感到一种渴望，一种力量在身内产生了，我想做一件事情，一件帮助人的事情，我想找个机会不自私地献出我的精力。《雷雨》是这样地感动过我。"然而，这却是我从靳以手里接过《雷雨》手稿时所未曾想到的。我由衷佩服家宝，他有大的才华，我马上把我的看法告诉靳以，让他分享我的喜悦。《文学季刊》破例一期全文刊载了《雷雨》，引起广大读者的注意。第二年，我旅居日本，在东京看了由中国留学生演出的《雷雨》，那时候，《雷雨》已经轰动，国内也有剧团把它搬上舞台。我连着看了三天戏，我为家宝高兴。

1936年靳以在上海创刊《文季月刊》，家宝在上面连载四幕剧《日出》，同样引起轰动。1937年靳以又创办《文丛》，家宝发表了《原野》。我和家宝一起在上海看了《原野》的演出，这时，抗战爆发了。家宝在南京教书，我在上海搞文化生活出版社，这以后，我们失去了联系。但是我仍然有机会把他的一本本新作编入《文学丛刊》介绍给读者。

1940年，我从上海到昆明，知道家宝的学校已经迁至江安，我可以去看他了。我在江安待了六天，住在家宝家的小楼里。那地方真清静，晚上七点后街上就一片黑暗。我常常和家宝一起聊天，我们隔了一张写字台对面坐着，谈了许多事情，交出了彼此的心。那时他处在创作旺盛时期，接连写出了《蜕变》、《北京人》，我们谈起正在上海上演的《家》（由吴天改编、上海剧艺社演出），他表示他也想改编。我鼓励他试一试。他有他的"家"，他有他个人的情感，他完全可以写一部他的《家》。1942年，在泊在重庆附近的一条江轮上，家宝开始写他的《家》。整整一个夏天，他写出了他所有的爱和痛苦。那些充满激情的优美的台词，是从他心底深处流淌出来的，那里面有他的爱，有他的恨，有他的眼泪，有他的灵魂的呼号。他为自己的真实感情奋斗。我在桂林读完他的手稿，不能不赞叹他的才华，他是一位真正的艺术家！我当时就想写封信给他，希望他把心灵中的宝贝都掏出来，可这封信一拖就是很多年，直到1978年，我才把我心里想说的话告诉他。但这时他已经满身创伤，我也伤痕遍体了。

二

1966年夏天，我们参加了亚非作家北京紧急会议。那时"文革"已经爆发。一连两个多月，我和家宝在一起工作，我们去唐山，去武汉，去杭州，最后大会在上海闭幕。送走了外宾，我们的心情并没有轻松，家宝马上要回北京参加运动，我也得回机关学习，我们都不清楚等待我们的将是什么。分手时，两人心里都有很多话，可是却没有机会说出来。这之后不久，我们便都进了"牛棚"。等到我们再见面，已是20年后了。我失去了萧珊，他失去了方瑞，两个多么善良的人！

在难熬的痛苦的长夜，我也想念过家宝，不知他怎么挨过这段艰难的日子。听说他靠安眠药度日，我很为他担心。我们终于还是挺过来了。相见时没有大悲大喜，几句简简单单的话说尽了千言万语。我们都想向前看，甚至来不及抚平身上的伤痕，就急着要把失去的时间追回来。我有不少东西准备写，他也有许多创作计划。当时他已完成了《王昭君》，我希望他把《桥》写完。《桥》是他在抗战胜利前不久写的，只写了两幕，后来他去美国讲学就搁下了。他也打算续写《桥》，以后几次来上海收集材料。那段时间，我们谈得很多。他时常抱怨，不能做自己想做的事情。我劝他少些顾虑，少开会，少写表态文章，多给后人留一点东西。我至今怀念那些日子：我们两人一起游豫园，走累了便在湖心亭喝茶，到老饭店吃"糟钵头"；我们在北京逛东风市场，买几根棒冰，边走边吃，随心所欲地闲聊。那时我们头上还没有这么多头衔，身边也少有干扰，脚步似乎还算轻松，我们总以为我们还能做许多事情，那感觉就好像是又回到了30年代北平三座门大街。

但是，我们毕竟老了。被损坏的机体不可能再回复到原貌。眼看着精力一点一点从我们身上消失，病魔又缠住了我们，笔在我们手里一天天重起来，那些美好的计划越来越遥远，最终成了不可触摸的梦。我住进了医院，不久，家宝也离不开医院了。起初我们还有机会住在同一家医院，每天一起在走廊上散步，在病房里倾谈往事。我说话有气无力。他耳朵更加聋了，我用力大声说，他还是听不明白，结果常常是各说各的。但就是这样，我们仍然了解彼此的心。

我的身体越来越差，他的病情也加重了。我去不了北京，他无法来上海，见面成了奢望，我们只能靠通信互相问好。1993年，一些热心的朋友想创造条件让我们在杭州会面，我期待着这次聚会，结果因医生不同意，家宝没能成行。这年的中秋之夜，我在杭州和他通了电话，我清清楚楚地听到他的声音，还是那么响亮，中气十足。我说："我们共有一个月亮。"他说："我们共吃一个月饼。"这是我最后一次听到他的声音。

三

我和家宝都在与疾病斗争。我相信我们还有时间。家宝小我六岁，他会活得比我长久。我太自信了。我心里的一些话，本来都可以讲，他不能到杭州，我可以争取去北京，可以和他见一面，和他话别。

消息来得太突然，一屋子严肃的面容，让我透不过气。我无法思索，无法开口，大家说了很多安慰的话，可我脑子里却是一片空白。我不能接受这个事实，前些天北京来的友人还告诉我，家宝健康有好转，他写了发言稿，准备出席六届文代会的开幕式。仅仅只过了几天！李玉茹在电话里说，家宝走得很安详，是在睡梦中平静地离去的。那么他是真的走了。

　　十多年前家宝在给我的一封信中，写了这样的话："我要死在你的前面，让痛苦留给你……"我想，他把痛苦留给了他的朋友，留给了所有爱他的人，带走了他心灵中的宝贝，他真能走得那么安详吗？

忆谢六逸兄

■ 茅　盾

　　两年前,胜利的鞭炮放过以后,紧接着就听到了一些不好的消息,而其中之一便是谢六逸兄在贵阳病故。他没有听到"胜利的鞭炮",但不知为什么,他逝世的消息传到重庆却已在"胜利"以后。那时我住在乡下,离重庆水路三十华里,长江边的小村,有人戏尊称之曰"中国海军根据地"的唐家沱。

　　这是个烦嚣而又寂寞的怪地方。烦嚣——因为这小村的官名是"唐家沱新村"或"唐家沱疏建区",坐落在江北县境内却又直隶于重庆市管辖,它的若干泥路不但拥有"民生"、"民权"(好像并无民主)、"建国"、"复兴",乃至"四维"、"五权"等等美名,而且还有全国业已沦陷的各大都市的名号,它的地方的权力者不但有本地的"大爷",也有外来的"阿拉同乡",而且既然荣膺了"中国海军根据地"的头衔,当然不会没有"海军",停泊在"沱"面的几条小军舰不但使这小小的"疏建区"常常出现水兵,也使得这小小的"疏建区"的南京路上出现了福建人开设的茶馆、杂货店和理发铺。真是十足的五方杂居。如果不嫌夸大,那么,耸立在江边的"亚西亚火油厂"内虽然已无滴油,却还有洋人和洋婆子,也够备"华洋杂处"的一格。

　　然而这样一个具备了大都市雏形的"疏建区",却又是异常寂寞的。这不仅是我这被人家看来十二分"不近人情"的文化人有此感觉,只看当地的其他公民（包括公教人员），整日整夜只好以麻将为唯一的消遣，也就可想而知了。

在这样一个地方，而又当听过了"胜利鞭炮"忽然听出其声空虚的时候，六逸兄逝世的噩耗不但使我悲哀使我怀旧，确也引起了我的无法排遣的怅惘与寂寞。

而且我又记起最后一次和六逸遇见。匆匆数十分钟的谈话，留在我记忆中永远那么浓而至今亦未见褪色的，是这样一个感想：六逸老了，六逸衰且惫了，六逸心境空虚而且寂寞。那次的遇见是在贵阳，太平洋战争的第二年，这小小的山城正喧嚣着各式各样争名逐利的风云人物的声浪，这是六逸的家乡，抗战以后，六逸在这山城的故乡一连住了七个年头了，那时他兼五六种职务，——教书，坐办公桌，每天排定的时间，那么紧，几乎连吃饭抽烟的悠闲也被剥夺了，他够忙，然而他的心境空虚而且寂寞。

那时我忽然有了这一个感想：贵阳如果可算是缩小的中国，那么，唐家沱倒像是缩小的贵阳。于是对于六逸的空虚寂寞的心境，我自以为能够了解了，——虽然和他最后遇见那一次我正从桂林去重庆，我还不知道离重庆三十华里的长江边上有一个唐家沱，更不用说它之有如贵阳的缩影了。

第一次和六逸见面，少说也有二十年了，日子记不真，总而言之也是夏天，他从日本回到了上海。地点大概是在郑振铎兄的寓所，那时铎兄还没有结婚，他和另外几个朋友同租了一所比较宽大而不是弄堂房子式的小洋房，一进门便有一种上等公寓的感觉。六逸从日本来了，便不打算回去，铎兄却正在设法留他在上海住下。在这一类事上，振铎兄的组织天才向来是朋辈所钦佩的，六逸留下来了，而且一住十多年，直到抗战为止。这十多年中，六逸在商务印书馆编译所中作过"无名英雄",也教过书,编过刊物,最后几年则在复旦大学。当他还在"商务"的时候,我们见面的机会多,我们给他上个尊号:"贵州督军"。尊号何以必称"督军",但凡见过六逸而领略到他那沉着庄严的仪表的,总该可以索解;至于"督军"而必曰"贵州",一则因为他是贵州人,二则我们认为六逸倘回家乡去,还不是数一数二的人物,"至少该当个把督军"。那时谁也料不到,十年后这位"督军"被日本侵略的炮火逼回了家乡,一住七年,却弄得几乎穷无立锥之地!

在上海最后一次和六逸见面(也许这不是事实上的最后一次,但在我记忆中印象最深的,这是最后一次),是在"七七"的上年,《国民周报》发刊的时候。也许现在很少人记得这刊物了,但在那时的低气压中,这"无奇不有"的刊物是适应了时代的需要的。应当记得,这刊物之出现,正在《新生》、《永生》连续被禁,爱国有罪的时期。以广泛的读者阶层为对象的进步的综合性的刊物,在当时成为迫切的需要。但主编的人物颇难其选,于是在这一类事上常常表现其卓特的组织天才的又一朋友——胡愈之兄,把沉着持重的"贵州督军"拉出来了。那一个可纪念的晚上,大概是在饭店弄堂的一家小馆子,用"无奇不有"这四个字来形象了这刊物的"以广泛读者阶层"为争取对象的,是六逸兄的隽语。那时叫了几样下酒的菜,其中一样是"海瓜子",也是六逸点的。这使我想起了他的太太是宁波人,也曾经是他当了多年教务主任的神州女校的学生。

后来是"七七","八一三",淞沪战争,上海弃守,一连串的大事,朋友们纷纷走内地,六逸也带了他颇大的一家人取道香港回老家去了。他在香港换船那一天,我也刚刚从上海到了香港。离家二十年的游子却在这烽火漫天的时期,和太太以及大群儿女回到了家乡，该有点说不出的甜酸苦辣罢？但是那时的六逸兄和所有往内地去的朋友们一样抱着一种"理想"，——也许只能说是"憧憬"，不问怎的，精神上总是昂扬的，这和七年以后，敌骑直陷独山，贵阳大恐慌，拖着一家人又不得不想到如何逃难的六逸的心境，该是如何的不同啊。而特别是：在故乡一住七年的六逸只饱尝了空虚和寂寞。

太平洋战争之第二年，我从桂林赴重庆，路过贵阳，寓"贵阳招待所"。预计在贵阳有三四天的逗留，我便计划着找几位多年不见面的朋友谈谈。第一位我就找了六逸。我知道他那时担任了文通书局的总编辑，便到"文通"去看他，哪知扑了一场空，只好留下名片和寓所。从"文通"那边，我才知六逸兼职五六个之多，每天奔跑于马路上的时间少说也有三个小时。于是我就想到六逸的经济情形不见得好。六逸的个性我知道一点，他不大喜欢多兜揽；如果不是为了增加收入，他不会兼职如此之多的。那天下午，六逸到"招待所"来看我了。乍一见面，我就觉得这位老朋友"搁浅"在贵阳的六七年间实在弄得身心交疲了。丰腴尚如旧日，然而眉宇之间那股消沉抑悒之态却不时流露于不知不觉。略谈了从桂林到贵阳的路上情形以后，他有意无意地说道：

"刚才进来的时候，宪兵盘查的很认真呢！"

"想来这是例行公事。"我不经意地回答，"因为这是贵阳独一无二的贵族化的旅馆。"

"不然。一向没有宪兵。"口气表示了他很注意这一点小事。

于是我也记了起来：是有一名或两名宪兵经常徘徊于"招待所"的"新楼"的进出口，——"招待所"的房屋有新旧两部，"新楼"是完全西式的，最贵族化的房间，我就住"新楼"；但同时我也悟到何以加了宪兵的原因：

"招待所新楼里还有几位贵宾，广东省的军政大员，宪兵大概是保护他们的。"

六逸笑了，第一次用轻松而幽默的口气说："哦，这就差不多了，可是刚才我还以为是来'保护'你的呢！"

"从金城江上车后，当真发现了有人在'保护'我，不过那是不穿制服的。"我也笑着回答。

渐渐谈到了几年来各人的生活；六逸对于我的动荡多变，东西南北的生活似乎有点兴趣，却叹了口气说他自己道："在贵阳一住七年，寂寞得很，可是也没法子动呀，孩子们又多又年纪小。"突然他提出一个问题：

"你看还有几年？"

"几年么？"我知道他问的是战事，"总该快了。"

"两三年还可以拖拖，再多真有点吃不消了。"他的口气很认真而且充满了忧虑。

"各人的看法不同。譬如住在上海的人估量起来'天快亮了'，而我们在桂林的则以为这时还刚刚过了半夜，甚至于是刚刚到了半夜而已。我也是往长处看的。"

六逸叹了口气，不做声；可是我知道他也是"往长处看的"，正惟其他觉得抗战不是三五年所能了结，而物价却天天高涨，所以他有拖不下去的忧惧。

"如果仗打完了，你回不回上海？"我改变了话题。

"当然回上海！"

他这样坚决肯定的回答使我惊异。但是我立刻了解了：他虽然是贵阳人，但他在贵阳无异是作客，——不，有些外乡人却比他更能适应环境。

　　初回贵阳的时候，六逸本有一番抱负。他并无空想，而且他在战前几乎拿定主意要老死于上海，足证他对于他的故乡了解得如何深刻，而在不得不回故乡以后终于又有了一些抱负，则因他觉得到底是在抗战了，抗战应当使最顽强的冰原也起些变化。变化也终于发生了，但却是不利于真正想为国家民族——小而言之是故乡做点事的人。于是六逸不能不碰壁，不能不受猜疑，尚幸他是贵阳人，所以还能在几个学校里兼几点钟课，实是靠卖命养活了一家人。

　　在贵阳那一次的会见，遂成永诀，是我当时所万万想不到的。我那时觉得贵阳那种喧嚣而又寂寞的环境会把六逸闷死，便劝他迁地为良；但是我这也是白说。拖了一大堆孩子，赚一天吃一天的人，在那抗战时代，要迁地，真是谈何容易！

　　当六逸的不幸消息传到重庆以后，很多朋友以为他是工作太重而死了的，我却觉得工作太重只是一因，但还不是主因：厌恶那环境，又不能脱离那环境，柴米油盐之外，还有莫明其妙怄气的事天天来打扰，这样抑悒愁烦的心境才是损害他健康的最主要的原因。六逸不是喜欢自我表现的人，他不谈个人的私事，然而我的猜度敢说是绝对正确的。

　　六逸在上海的时候除了教书只有一样嗜好——日本古代文学。不幸而生当这翻天覆地的大时代，当一名教授养不活家，于是不得不兼职，不得不花时间精力于粉笔、黑板、办公桌，不幸而他又"书呆气"太重，在贵阳那样一个投机活跃的市场他却在喊生活无路，当他的学生们有好多已经飞黄腾达而他却有所不为，——这就是他"活该"抑悒以死的全部"罪状"！

　　如果六逸活到今天，大概他仍然不能展颜一笑的，而他的研究日本古代文学的志愿大概也仍然为了衣食奔忙而不能达到。那么，说一句无可奈何的话，死也是安息罢？但贵阳一夕之谈，如犹在耳，我不能不为六逸愤慨。值兹两周年纪念，聊记梗概以志永念。至于他对于文学上的贡献将来有机会再为论列罢。

悼志摩

■ 林徽因

十一月十九日我们的好朋友,许多人都爱戴的新诗人,徐志摩突兀的,不可信的,惨酷的,在飞机上遇险而死去。这消息在二十日的早上像一根针刺猛触到许多朋友的心上,顿使那一早的天墨一般地昏黑,哀恸的咽哽锁住每一个人的嗓子。

志摩……死……谁曾将这两个句子联在一处想过!他是那样活泼的一个人,那样刚刚站在壮年的顶峰上的一个人。朋友们常常惊讶他的活动,他那像小孩般的精神和认真,谁又会想到他死?

突然的,他闯出我们这共同的世界,沉入永远的静寂,不给我们一点预告,一点准备,或是一个最后希望的余地。这种几乎近于忍心的决绝,那一天不知震麻了多少朋友的心?现在那不能否认的事实,仍然无情地挡住我们前面。任凭我们多苦楚的哀悼他的惨死,多迫切的希翼能够仍然接触到他原来的音容,事实是不会为体贴我们这悲念而有些许更改;而他也再不会为不忍我们这伤悼而有些许活动的可能!这难堪的永远静寂和消沉便是死的最残酷处。

我们不迷信的,没有宗教的望着这死的帏幕,更是丝毫没有把握。张开口我们不会呼吁,闭上眼不会入梦,徘徊在理智和情感的边沿,我们不能预期后会,对这死,我们只是永远发怔,吞咽枯涩的泪,待时间来剥削着哀恸的尖锐,痂结我们每次悲悼的创伤。那一天下午初得到消息的许多朋友不是全跑到胡适之先生家里么?但是除去拭泪相对，默然围坐外，谁也没有主意，谁也不知有什么话说，对这死！

谁也没有主意，谁也没有话说！事实不容我们安插任何的希望，情感不容我们不伤悼这突兀的不幸，理智又不容我们有超自然的幻想！默然相对，默然围坐……而志摩则仍是死去没有回头，没有音讯，永远地不会回头，永远地不会再有音讯。

我们中间没有绝对信命运之说的，但是对着这不测的人生，谁不感到惊异，对着那许多事实的痕迹又如何不感到人力的脆弱，智慧的有限。世事尽有定数？世事尽是偶然？对这永远的疑问我们什么时候能有完全的把握？

在我们前边展开的只是一堆坚质的事实：

"是的，他十九晨有电报来给我……

"十九早晨，是的！说下午三点准到南苑，派车接……

"电报是九时从南京飞机场发出的……

"刚是他开始飞行以后所发……

"派车接去了，等到四点半……说飞机没有到……

"没有到……航空公司说济南有雾……很大……"只是一个钟头的差别；下午三时到南苑，济南有雾！谁相信就是这一个钟头中便可以有这么不同事实的发生，志摩，我的朋友！

他离平的前一晚我仍见到，那时候他还不知道他次晨南旅的，飞机改期过三次，他曾说如果再改下去，他便不走了的。我和他同由一个茶会出来，在总布胡同口分手。在这茶会里我们请的是为太平洋会议来的一个柏雷博士，因为他是志摩生平最爱慕的女作家曼殊斐儿的姊丈，志摩十分的殷勤；希望可以再从柏雷口中得些关于曼殊斐儿早年的影子，只因限于时间，我们茶后匆匆地便散了。晚上我有约会出去了,回来时很晚,听差说他又来过,适遇我们夫妇刚走,他自己坐了一会儿,喝了一壶茶,在桌上写了些字便走了。我到桌上一看:——

"定明早六时飞行,此去存亡不卜……"我怔住了,心中一阵不痛快,却忙给他一个电话。

"你放心。"他说,"很稳当的,我还要留着生命看更伟大的事迹呢,那能便死?……"

话虽是这样说,他却是已经死了整两周了!

凡是志摩的朋友,我相信全懂得,死去他这样一个朋友是怎么一回事!

现在这事实一天比一天更结实,更固定,更不容否认。志摩是死了,这个简单残酷的实际早又添上时间的色彩,一周,两周,一直的增长下去……

我不该在这里语无伦次的尽管呻吟我们做朋友的悲哀情绪。归根说,读者抱着我们文字看,也就是像志摩的请柏雷一样,要从我们口里再听到关于志摩的一些事。这个我明白,只怕我不能使你们满意,因为关于他的事,动听的,使青年人知道这里有个不可多得的人格存在的,实在太多,决不是几千字可以表达得完。谁也得承认像他这样的一个人世间便不轻易有几个的,无论在中国或是外国。

我认得他,今年整十年,那时候他在伦敦经济学院,尚未去康桥。我初次遇到他,也就是他初次认识到影响他迁学的逖更生先生。不用说他和我父亲最谈得来,虽然他们年岁上差别不算少,一见面之后便互相引为知己。他到康桥之后由逖更生介绍进了皇家学院。当时和他同学的有我姊丈温君源宁。一直到最近两个月中源宁还常在说他当时的许多笑话,虽然说是笑话,那也是他对志摩最早的一个惊异的印象。志摩认真的诗情，绝不含有任何矫伪，他那种痴，那种孩子似的天真实能令人惊讶。源宁说，有一天他在校舍里读书，外边下了倾盆大雨——惟是英伦那样的岛国才有的狂雨——忽然他听到有人猛敲他的房门，外边跳进一个被雨水淋得全湿的客人。不用说他便是志摩，一进门一把扯着源宁向外跑，说快来我们到桥上去等着。这一来把源宁怔住了，他问志摩等什么在这大雨里。志摩睁大了眼睛，孩子似的高兴地说"看雨后的虹去"。源宁不止说他不去，并且劝志摩趁早将湿透的衣服换下，再穿上雨衣出去，英国的湿气岂是儿戏，志摩不等他说完，一溜烟地自己跑了。

以后我好奇地曾问过志摩这故事的真确，他笑着点头承认这全段故事的真实。我问：那么下文呢，你立在桥上等了多久，并且看到虹了没有？他说记不清，但是他居然看到了虹。我诧异地打断他对那虹的描写，问他：怎么他便知道，准会有虹的。他得意地笑答我说："完全诗意的信仰！"

"完全诗意的信仰"，我可要在这里哭了！也就是为这"诗意的信仰"他硬要借航空的方便达到他"想飞"的宿愿！"飞机是很稳当的"他说，"如果要出事那是我的运命！"他真对运命这样完全诗意的信仰！

志摩我的朋友，死本来也不过是一个新的旅程，我们没有到过的，不免过分地怀疑，死不定就比这生苦，"我们不能轻易断定那一边没有阳光与人情的温慰"，但是我前边说过最难堪的是这永远的静寂。我们生在这没有宗教的时代，对这死实在太没有把握了。这以后许多思念你的日子，怕要全是昏暗的苦楚，不会有一点点光明，除非我也有你那美丽的诗意的信仰！

我个人的悲绪不竟又来扰乱我对他生前许多清晰的回忆，朋友们原谅。

　　诗人的志摩用不着我来多说,他那许多诗文便是估价他的天平。我们新诗的历史才是这样的短,恐怕他的判断人尚在我们儿孙辈的中间。我要谈的是诗人之外的志摩。人家说志摩的为人只是不经意的浪漫,志摩的诗全是抒情诗,这断语从不认识他的人听来可以说很公平,从他朋友们看来实在是对不起他。志摩是个很古怪的人,浪漫固然,但他人格里最精华的却是他对人的同情,和蔼,和优容;没有一个人他对他不和蔼,没有一种人,他不能优容,没有一种的情感,他绝对地不能表同情。我不说了解,因为不是许多人爱说志摩最不解人情么?我说他的特点也就在这上头。

　　我们寻常人就爱说了解;能了解的我们便同情,不了解的我们便很落寞乃至于酷刻。表同情于我们能了解的,我们以为很适当;不表同情于我们不能了解的,我们也认为很公平。志摩则不然,了解与不了解,他并没有过分地夸张,他只知道温存,和平,体贴,只要他知道有情感的存在,无论出自何人,在何等情况下,他理智上认为适当与否,他全能表几分同情,他真能体会原谅他人与他自己不相同处。从不会刻薄地单支出严格的迫仄的道德的天平指摘凡是与他不同的人。他这样的温和,这样的优容,真能使许多人惭愧,我可以忠实地说,至少他要比我们多数的人伟大许多;他觉得人类各种的情感动作全有它不同的,价值放大了的人类的眼光,同情是不该只限于我们划定的范围内。他是对的,朋友们,归根说,我们能够懂得几个人,了解几桩事,几种情感?那一桩事,那一个人没有多面的看法!为此说来志摩的朋友之多,不是个可怪的事;凡是认得他的人不论深浅对他全有特殊的感情,也是极自然的结果。而反过来看他自己在他一生的过程中却是很少得着同情的。不止如是,他还曾为他的一点理想的愚诚几次几乎不见容于社会。但是他却未曾为这个鄙吝他给他人的同情心，他的性情，不曾为受了刺激而转变刻薄暴戾过，谁能不承认他几有超人的宽量。

　　志摩的最动人的特点，是他那不可信的纯净的天真，对他的理想的愚诚，对艺术欣赏的认真，体会情感的切实，全是难能可贵到极点。他站在雨中等虹，他甘冒社会的大不韪争他的恋爱自由；他坐曲折的火车到乡间去拜哈代，他抛弃博士一类的引诱卷了书包到英国，只为要拜罗素做老师，他为了一种特异的境遇，一时特异的感动，从此在生命途中冒险，从此抛弃所有的旧业，只是尝试写几行新诗——这几年新诗尝试的运命并不太令人踊跃，冷嘲热骂只是家常便饭——他常能走几里路去采几茎花，费许多周折去看一个朋友说两句话；这些，还有许多，都不是我们寻常能够轻易了解的神秘。我说神秘，其实竟许是傻，是痴！事实上他只是比我们认真，虔诚到傻气，到痴！他愉快起来他的快乐的翅膀可以碰得到天，他忧伤起来，他的悲戚是深得没有底。寻常评价的衡量在他手里失了效用，利害轻重他自有他的看法，纯是艺术的情感的脱离寻常的原则，所以往常人常听到朋友们说到他总爱带着嗟叹的口吻说："那是志摩，你又有什么法子！"他真的是个怪人么？朋友们，不，一点都不是，他只是比我们近情，近理比我们热诚，比我们天真，比我们对万物都更有信仰，对神，对人，对灵，对自然，对艺术！

　　朋友们，我们失掉的不止是一个朋友，一个诗人，我们丢掉的是个急难得可爱的人格。

　　至于他的作品全是抒情的么？他的兴趣只限于情感么？更是不对。志摩的兴趣是极广泛的。志摩的兴趣是极广泛的。就有几件，说起来，不认得他的人便要奇怪。他早年很爱数学，他始终极喜欢天文，他对天上星宿的名字和部位就认得很多，最喜暑夜观星，好几次他坐火车都是带着关于宇宙的科学的书。他曾经译过爱因斯坦的相对论，并且在一九二二年便写过一篇关于相对论的东西登在《民铎》杂志上。他常向思成说笑："任公先生的相对论的知识还是从我徐君志摩大作上得来的呢，因为他说他看过许多关于爱因斯坦的哲学都未曾看懂，看到志摩的那篇才懂了。"今夏我在香山养病，他常来闲谈，有一天谈到他幼年上学的经过和美国克莱克大学两年学经济学的景况，我们不禁对笑了半天，后来他在他的《猛虎集》的"序"里也说了那么一段。可是奇怪的！他不像许多天才，幼年里上学，不是不及格，便是被斥退，他是常得优等的，听说有一次康乃尔暑校里一个极严的经济教授还写了信去克莱克大学教授那里恭维他的学生，关于一门很难的功课。我不是为志摩在这里夸张，因为事实上只有为了这桩事，今夏志摩自己便笑得不亦乐乎！

此外他的兴趣对于戏剧绘画都极深浓，戏剧不用说，与诗文是那么接近，他领略绘画的天才也颇可观，后期印象派的几个画家，他都有极精密的爱恶，对于文艺复兴时代那几位，他也很熟悉，他最爱鲍提且利和达文骞。自然他也常承认文人喜画常是间接地受了别人论文的影响，他的，就受了法兰（Roger Fry）和斐德（Walter Pater）的不少。对于建筑审美他常常对思成和我道歉说："太对不起，我的建筑常识全是 Ruskins 那一套。"他知道我们是讨厌 Ruskins 的。但是为看一个古建的残址，一块石刻，他比任何人都热心，都更能静心领略。

他喜欢色彩，虽然他自己不会作画，暑假里他曾从杭州给我几封信，他自己叫它们做"描写的水彩画"，他用英文极细致地写出西（边？）桑田的颜色，每一分嫩绿，每一色鹅黄，他都仔细地观察到。

又有一次他望着我园里一带断墙半晌不语，过后他告诉我说，他正在默默体会，想要描写那墙上向晚的艳阳和刚刚入秋的藤萝。

对于音乐，中西的他都爱好，不止爱好，他那种热心便唤醒过北平一次——也许唯一的一次——对音乐的注意。谁也忘不了那一年，克拉斯拉到北平在"真光"拉一个多钟头的提琴。对旧剧他也得算"在行"，他最后在北平那几天我们曾接连地同去听好几出戏，回家时我们讨论的热闹，比任何剧评都诚恳都起劲。

谁相信这样的一个人，这样忠实于"生"的一个人，会这样早地永远地离开我们另投一个世界，永远地静寂下去，不再透些许声息！

我不敢再往下写，志摩若是有灵听到比他年轻许多的一个小朋友拿着老声老气的语调谈到他的为人不觉得不快么？这里我又来个极难堪的回忆，那一年他在这同一个的报纸上写了那篇伤我父亲惨故的文章，这梦幻似的人生转了几个弯，曾几何时，却轮到我在这风紧夜深里握笔吊他的惨变。这是什么人生？什么风涛？什么道路？志摩，你这最后的解脱未始不是幸福，不是聪明，我该当羡慕你才是。

我所见于诗人朱湘者

■ 苏雪林

听说一切诗人的性情总是奇奇怪怪，不可捉摸的，诗人朱湘所给于我的印象也始终是神秘两个字。天才是疯癫，我想这话并不是完全没有理由。

记得民国十九年我到安徽大学教书，开始认识这位《草莽集》的作者。一个常常穿着西服颀长清瘦神情傲慢见人不大招呼的人。那时安大教授多知名之士，旧派有桐城泰斗姚永朴；新派有何鲁、陆侃如、冯沅君、饶孟侃，但似乎谁也没有诗人架子大。听见学生谈起他，我才知道他住在教会旧培媛女校里，有一个美丽太太作伴，架上书籍很多；又听见说他正计划着写这个写那个。斗大的安庆城只有百花亭圣公会有点西洋风味，绿阴一派，猩红万点，衬托出一座座白石玲珑的洋楼。诗人住在这样理想的读书与写作的环境中间，身边还有添香的红袖，清才秾福，兼而有之，这生活我觉得很值得人歆羡。

但是，没有过得几时，我便发现诗人性情的乖僻了。他对于我们女同事好像抱有一种轻视的态度。每逢学校聚会，总要无端投我们以几句不轻不重的讽嘲。记得有一次学校想派教职员四名到省政府请求拨发积欠经费。已经举出了两个人，有人偶然提到冯沅君和我的名字，忽然我听见同席上有人嘻笑着大声说：

"请女同事去当代表，我极赞成。这样经费一定下来得快些。"

这人便是诗人朱湘。沅君和我气得面面相觑。我想起来质问他这话怎样解说,但生来口才笨拙的我终于没有立起来的勇气。后来我问沅君为什么也不响,她说这人是个疯子,我们犯不着同他去呕气。

　　二十一年十月间我在武大。有一天接到一封朱诗人由汉口某旅社寄来的信,信里说他要赴长沙不幸途中被窃,旅费无着,想问我通融数十元。这信突如其来,颇觉不近情理;况且武大里也有他清华旧同学,何以偏偏寻着我?但转念一想,诗人的思想与行动本不可以寻常尺度相衡,他既不以世俗人待我,我又何必以世俗人自居呢?那天我恰有事要到汉口,便带了他所需要的钱数寻到他的寓所。那旅馆靠近一码头,湫隘不堪,不像中上阶级落脚之所,粉牌上标着"朱子沅"。茶房一听说我是武大来的,便立刻带着我向他房间里走。他说姓朱的客人问武大有没有人来访已有几次了。他真落了难么?我心里想,看他望救如此之切,幸而我没有怕嫌疑而不来,不然,岂不害他搁浅在这里。上了楼,在一间黑暗狭小的边房里会见了诗人。容貌比在安大所见憔悴得多了,身上一件赭黄格子哔叽的洋服,满是皱纹,好像长久没有熨过,皮鞋上也积满尘土。寒暄之下,才知道他久已离开安大。路费交去之后,他说还不够,因为他还要在汉口赎取什么。我约他明日自到武大来拿,顺便引他参观珞珈全景。问他近来做诗没有?他从小桌上拿起一叠诗稿,约有十来首光景。我随意接着看了一下:他的作风近来似乎改变了,很晦涩,有点像闻一多先生的《死水》。而且诗人说话老是吞吞吐吐,有头没尾的,同他的诗一样不容易了解,一样充满了神秘性。我闷得发慌,没有谈得三句话便辞别了他回山了。

　　第二天诗人到了珞珈山,仍旧那副憔悴的容颜,那套敝旧的衣服,而且外套也没有,帽子也不戴。我引他参观了文学院,又引他参观图书馆,走过阅览室时,我指着装新文学参考书的玻璃柜对他说:

"您的大作也在这里面,但只有《夏天》和《草莽集》两种。您还有新出版的著作么?告诉我,让我好叫图书馆去购置。"诗人忽然若有所感似的在柜边立住了脚,脸上露出悲凉的表情,本来凄黯的眼光更加凄黯了,答道:"这两本诗是我出国前写的,我自己也很不满意。新著诗稿数种现在长沙我妻子的身边,还没有接洽到出版处呢?"他说着又微微一笑。我不知这笑是轻蔑,还是感慨,只觉得这笑里蕴藏着千古才人怀才不遇的辛酸与悲愤,直到于今只须眼睛一闭,这笑容还在我面前荡漾着。

我们行到理学院,恰遇着王抚五先生迎面而来。我因为他们曾在安大共事,便介绍相见。诗人神情之落寞,与谈话之所答非所问使得抚五先生也觉得惊疑。

诗人去了的第四天,忽有投朱霓君名片来访我者。相见似甚面善,问之才知就是朱湘夫人。据朱夫人说,她接丈夫的信说在汉口失窃被旅馆扣留,她今日从长沙早车赶来,则他已于先一天走了。临走时告诉茶房说他到珞珈山访苏某人,所以赶到我这里来。茶房又说诗人落到旅馆里时,仅有一床薄薄的毡子,一只小小手提箱,每天除起来吃两碗面之外只拥着毡子睡觉,他们都说这是个仅见的行踪诡秘的客人。

我将一切经过报告朱夫人,并说他此刻大约已返长沙,回去一定可以寻着。和朱夫人一番谈话之后,才知道他们夫妇感情从前极好,现在则已破裂,这些时正在闹着离婚。朱夫人又说他丈夫在安大颇得学生敬仰，他要是好好干下去，他那外国文学系主任的位置，一辈子也不得动摇，无奈他性情过于狂傲，屡因细故与学校当局冲突，结果被辞退了。失业以后，南北飘流，行踪靡定，家庭赡养，绝对置之不问。朱夫人说到这里伸出她的一双手，说："苏先生，你看，我现在带着两个小孩寄居母家，自己做工维持生活，弄得十个指头这样粗糙，我境况之痛苦，可想而知，而他一概不管，这也是有良心的男人干的事么？"我劝她道："大凡诗人的性情，总有些随随便便，否则也不成其为诗人了，我劝您还是担待些他吧。"朱夫人又诉说她丈夫种种古怪脾气和行径，我愈觉得诗人不是寻常的人，至少也有点神经变态。朱夫人说当她和丈夫同住在安庆时，有一次她因事归宁，寓中儿女托丈夫管理。某儿大病新愈，他每日强迫他吃香蕉一枚，孩子吃不下也要填鸭子似的填下去，不到几天这断乳未久的婴儿竟得了消化不良的病而夭亡了。安庆城里没有自流井，人家用的水都由大江挑来。某年夏季，朱夫人觉得挑水夫太辛苦，每桶多给工资数十文，诗人就同她大吵，说她这样优待挑水夫，一定同他有什么关系。他领到学校薪俸，便尽数供给他那闲住北平的哥嫂。他自幼没有父母，由哥哥抚养大，所以怕哥哥比父亲还甚，哥哥有一天打得他满屋乱钻，躲到夫人绣房里，哥哥还追进来揍了他十几拳，他竟不敢还一下手，但对夫人却很暴戾，动不动以声色相加，所以家庭空气很不平静。我才知道从前以为他们是一对神仙伴侣，这猜测竟错了。天下事外面看来如花似锦，里面一团糟的，往往而有，这就是一个好例吧。

朱夫人回长沙后，诗人陆续寄了许多诗来，好像他有了新作品总要抄一份给我看似的。信上地址与朱夫人留下的不同，我才知道他回去并非住在丈人家里。

诗人的行动对我本已是一个闷葫芦，自从听见他们琴瑟不调的消息，我的态度愈加慎重，他由长沙赴了北平，不多时又南下而至上海，来信报告行踪，我均置之不覆。来信常请我代他的作品介绍发表的地方，好像他在文艺界没有什么熟人；又好像他是个新出茅庐的作家非有人担保则作品无人接受。起先我觉得他过谦，有时甚至疑他故意同人开玩笑。后来听见他似乎患着一种神经过敏的病，总觉得世界上所有的人都在轻视他，欺侮他，迫害他，不肯赏识他作品的好处，不肯让他的天才有充分的发展的机会，才知道他写信同我那样说，倒是由衷之谈。

大约是三个月以后吧，朱夫人第二次到珞珈山来找我，身边带着一个五六岁的男孩——后来我知道就是小沅。她说诗人近来要实行同他离婚，她生活可以独立，离婚后倒没有什么，只是孩子失了教养太可怜，假如有人能够替他在武大找个教书的位置，解决了生活问题，则夫妇的感情或者可以恢复。她并说武大从前曾有聘请诗人来教书的意思，现在假如去见见王抚五先生，也许有成功的希望，我知道武大教授由教授委员会聘请，私人荐引没有多大用处；况且现在也不是更换教授的时候，但朱夫人既这样说，我也不便阻挡，当时就替她打电话给王先生。恰值王先生因公外出，约有几天才得回山，朱夫人等不得只好悒悒而去，听说诗人有一个哥哥在武昌做官，她想去找找他。

二十二年的十月，诗人又到了武昌。这一次穿的是灰色条子土布长袍，头发梳得颇光滑，言语举止也比较第一次镇静，他说自于安大失业后就没有找着事，现在生活恐慌得很，不知武大有没有相当功课让他担任，我教他去寻他清华旧同学时方高诸先生也许有办法。他临去时，又嗫嚅地说武大的事假如不成，他要到安大去索欠薪，但可恨途中又被小偷光顾……我明白了他的意思，便又拿了一笔钱给他。又请他到本校消费合作社吃了一碗面，替他买了一包白金龙的烟，一盒火柴，他以一种几乎近于抢的姿势，将烟往怀中一藏，吸的时候很郑重地取出一支来，仍旧将烟包藏入怀里，好像怕人从旁夺了去。我看了不禁暗暗好笑，可怜的诗人，一定长久没有嗅着烟的香味了。

听说诗人果然找到方先生家里要他为曹邱生，果然没有希望。三天后他又来访我一次，恰值我进城去了，他坐等了两个钟头才走。自从这次走后，我再也没有看见他了。

他究竟为什么要自杀呢？社会虽然善于压迫天才，但已从许多艰难挫折中奋斗出来的他，不见得还会遭着青年诗人 Chatterton 同样惨澹的失败。他，正像他夫人所说只要肯好好干下去，安大的教席是可以与学校相终始的，而他居然为了一点芥子般的小事与学校决裂。大学里虽站不住，难道中小学不能暂时混混？清高的教授地位虽失去了，难道机关小职员的职分不可以勉强俯就一下？他同他夫人从前爱情如此浓厚，后来变得如此之冷淡，这中间又有什么缘故？听他夫人所述种种，似乎家庭之失和，他负的责任较多。一个人为什么要把自己的幸福，一下捣得粉碎？为什么要脱离安适的环境，甜蜜的家庭走上饥饿寒冷耻辱，误解的道路上去？这个谜我以前总猜不透，现在读了他死后出版的《石门集》才恍有所悟，他有一首诗曾这样说道：

> 只要一个浪漫事,给我,好阻挡
> 这现实,戕害生机的;我好宣畅
> 这勇气,这感情的块垒,这纠纷!
> 树木,空虚了,还是紧抓着大地,
> 盲目的等候着一声雷,一片热
> 给与它们以蓬勃。给与以春天……

他回国以来的沉默,证明了他灵感泉源之枯竭与创作力之消沉。太美满的生活环境从来不是诗人之福,"诗穷而后工"不是吗?他觉得有一种飘忽的玄妙的憧憬,永远在他眼前飘漾,好像美人的手招着:来呀。但是你要想得到我,须抛弃你现在所有的一切,好像富人进天国必须舍施他的全部财产。这就是那美丽魅人的诗神的声音。

于是他将那足以戕害他生机的现实像敝屣一样抛掷了。饥饿,寒冷,耻辱,误解,还有足以使得一个敏感的诗人感到彻骨痛伤的种种,果然像一声雷一片热催发他埋藏心底的青春,生命中的火焰,性灵中的虹彩,使它们一一变成了永垂不朽的诗篇。谁说一部《石门集》不是诗人拿性命兑换来的?不信,你看诗人怎样对诗神说?"我的诗神,我弃了世界,世界也弃了我……给我诗,鼓我的气,替我消忧。我的诗神!这样你也是应该看一看我的牺牲罢。那么多!醒,睡与动,静,就只有你在怀;为了你,我牺牲一切,牺牲我!全是自取的;我决不发怨声"。这是他对诗神发的誓,这誓何等的悲壮热烈。怪不得诗神果然接受了他,教他的诗篇先在这荒凉枯寂的世界开了几百朵的奇葩,又把他的灵魂带到美丽,光明的永恒里去!

  生命于我们虽然宝贵,比起艺术却又不值什么,不过谁能力殉艺术,像诗人朱湘这样呢?我仿佛看见诗人悬崖撒手之顷,顶上晕着一道金色灿烂的圣者的圆光,有说不出的庄严,说不出的瑰丽。

  但是,偏重物质生活的中国人对于这个是难以了解的,所以诗人朱湘生时寂寞,死后也还是寂寞!

丏尊先生故后追忆

■ 王统照

我与夏先生认识虽已多年，可是比较熟悉还是前几年同在困苦环境中过着藏身隐名的生活时期。他一向在江南从未到过大江以北，我每次到沪便有几次见面，或在朋友聚宴上相逢，但少作长谈，且无过细观察性行的时机。在抗战后数年（至少有两年半），我与他可说除假日星期日外，几乎天天碰头，并且座位相隔不过二尺的距离，即不肯多讲闲话如我这样的人，也对他知之甚悉了。

夏先生比起我们这些五十上下的朋友来实在还算先辈。他今年正是六十三岁。我明明记得三十三年秋天书店中的旧编译同人，为他已六十岁，又结婚四十年，虽然物力艰难，无可"祝嘏"，却按照欧洲结婚四十年为羊毛婚的风气，大家于八月某夕分送各人家里自己烹调的两味菜肴，一齐带到他的住处——上海霞飞路霞飞坊——替他老夫妇称贺；藉此同饮几杯"老酒"，聊解心忧。事后，由章锡琛先生倡始，做了四首七律旧体诗作为纪念。因之，凡在书店的熟人，如王伯祥，徐调孚，顾均正，周德符诸位各作一首，或表祷颂，或含幽默，总之是在四围鬼蜮现形民生艰困的孤岛上，聊以破颜自慰，也使夏先生掀髯一笑而已。我曾以多少有点诙谐的口气凑成二首。那时函件尚通内地，叶绍钧，朱自清，朱光潜，贺昌群四位闻悉此举，也各寄一首到沪以申祝贺，以寄希望。记得贺先生的一首最为沉着，使人兴感。将近二十首的"金羊毛婚"的旧体诗辑印两纸分存（夏先生也有答诗一首在内）。因此，我确切记明他的年龄。

他们原籍是浙东"上虞"的，这县名在北方并不如绍兴，宁波，温州等处出名。然在沪上，稍有知识的江浙人士却多知悉。上虞与萧山隔江相对，与馀姚、会稽接界，是沿海的一个县份，旧属绍兴府。所以夏先生是绝无折扣的绍兴人。再则此县早已见于王右军写的曹娥碑上，所谓曹氏孝女即上虞人，好习小楷的定能记得！

不是在夏先生的散文集中往往文后有"白马湖畔"或"写于白马湖"之附记？白马湖风景幽美，是夏先生民国十几年在浙东居住并施教育的所在。——以后他便移居上海，二十年来过着编著及教书生活，直至死时并未离开。他的年纪与周氏兄弟（鲁迅与启明）相仿，但来往并不密切。即在战前，鲁迅先生住于闸北，夏先生的寓处相隔不远，似是不常见面，与那位研究生物学的周家少弟（建人）有时倒能相逢。夏先生似未到北方，虽学说国语只是绍兴口音；其实这也不止他一个人，多数绍兴人虽在他处多年，终难减轻故乡的音调，鲁迅就是如此。

平均分析他的一生，教育编著各得半数。他在师范学校，高初级男女中学，教课的时间比教大学时多。惟有北伐后在新成立的暨南大学曾作过短期的中国文学系主任。他的兴趣似以教导中等学生比教大学生来得浓厚，以为自然。所以后来沪上有些大学请他兼课，他往往辞谢，情愿以书局的余闲在较好的中学教课几点。他不是热闹场中的文士，然而性情却非乖僻不近人情。傲夸自然毫无，对人太温蔼了，有时反受不甚冷峻的麻烦。他的学生不少，青年后进求他改文字，谋清苦职业的非常多，他即不能一一满足他们的意愿，却总以温言慰安，绝无拒人的形色。反而倒多为青年们愁虑生活，替人感慨。他好饮酒也能食肉，并非宗教的纯正信徒，然而他与佛教却从四十左右发生较为亲密的关系。在上海，那个规模较大事业亦多的佛教团体，他似是"理事"或"董事"之一？他有好多因信仰上得来的朋友，与几位知名的"大师"也多认识。——这是一般读夏先生文章译书的人所不易知的事。他与前年九月在泉州某寺坐化的弘一法师，从少年期即为契交。直至这位大彻大悟的近代高僧，以豪华少年艺术家，青年教师的身份在杭州虎跑寺出家之后，并没因为"清""俗"而断友谊。在白马湖，在上海，弘一法师有时可以住在夏先生的家中，这在戒律精严的他是极少的例外。抗战后几年，弘一法师避地闽南，讲经修诵，虽然邮递迟缓，然一两个月总有一二封信寄与夏先生。他们的性行迥异，然却无碍为超越一切的良友。夏先生之研究佛理有"居士"的信仰，或与弘一法师不无关系。不过，他不劝他人相信；不像一般有宗教信仰者到处传播教义，独求心之所安，并不妨碍世事。

他对于文艺另有见解，以兴趣所在，最欣赏寄托深远，清澹冲和的作品。就中国旧文学作品说：杜甫韩愈的诗，李商隐的诗，苏东坡黄山谷的诗；《桃花扇》《长生殿》一类的传奇；《红楼梦》《水浒》等长篇小说，他虽尊重他们，却不见得十分引起他的爱好。对于西洋文学：博大深沉如托尔斯泰；精刻痛切如陀思妥夫斯基；激动雄抗，生力勃变如嚣俄之戏剧、小说，拜仑之诗歌，歌德之剧作；包罗万象，文情兼茂如莎士比亚；寓意遣词高深周密，如福楼拜，……在夏先生看来，正与他对中国的杜甫、苏东坡诸位的著作一样。称赞那些杰作却非极相投合。他要清，要挚，又要真切要多含蓄。你看那本《平屋杂文》便能察觉他的个性与对文艺的兴趣所在。他不长于分析不长于深刻激动，但一切疏宕，浮薄，叫嚣芜杂的文章，或者加重意气，矫枉过正做作虚撑的作品，他绝不加首肯。我常感到他是掺和道家的"空虚"与佛家的"透彻",建立了他的人生观,——也在间接的酿发中成为他的文艺之观念。(虽则他也不能实行绝对的透彻如弘一法师,这是他心理上的深苦!)反之也由于看的虚空透彻,——尚非"太"透彻,对于人间是悲观多乐观少;感慨多赞美少;踌躇多决定少!个性,信仰的关系,与文艺观点的不同,试以《平屋杂文》与《华盖集》,《朝花夕拾》相比,他们中间有若何辽远的距离?无怪他和鲁迅的行径,言论,思想,文字,迥然有别,各走一路。

他一生对于著作并不像那些规文章为专业者,争多竞胜,以出版为要务。他向未有长篇创作的企图,即短篇小说也不过有七八篇。小说的体裁似与他写文的兴会不相符合,所以他独以叙事抒情的散文见长。从虚空或比拟上构造人物、布局等等较受拘束的方法,他不大欢喜。其实,我以为他最大的功绩还在对于中学生学习国文国语的选材,指导,启发上面。现时三十左右的青年在战前受中学教育,无论在课内课外,不读过《文心》与《国文百八课》二书的甚少。但即使稍稍用心的学生,将此二书细为阅读,总可使他的文字长进,并能增加欣赏中国文章的知识。不是替朋友推销著作,直至现在,为高初中学生学习国文国语的课外读物,似乎还当推此两本。夏先生与叶绍钧先生他们都有文字的深沉修养,又富有教读经验,合力著成,嘉惠殊多。尤以引人入胜的,是不板滞,不枯燥,以娓娓说话的文体,分析文理,讨论句段。把看似难讲的文章解得那样轻松,流利,读者在欣然以解的心情下便能了解国文或国语的优美,以及它们的各种体裁,各样变化,——尤以《文心》为佳。

夏先生对此二书至少有一半以上的工力。尤其有趣的当他二位合选《国文百八课》,也正是他们结为儿女亲家的时候。夏先生的小姐与叶先生的大儿子,都在十五六岁,经两家家长乐意,命订婚约。

夏先生即在当时声明以《国文百八课》出版后自己分得的版税一概给他的小姐作为嫁资。于是，以后这本书的版税并非分于两家。可谓现代文士"陪送姑娘"的一段佳话！

此外，便是那本风行一时至今仍为小学后期，初中学生喜爱读物之一的《爱的教育》。这本由日文重译的意大利的文学教育名著，在译者动笔时也想不到竟能销行得那样多，那样引起少年的兴味。但就版税收入上说，译者获得数目颇为不少。我知道这个译本从初版至今，似乎比二十年来各书局出版白话所译西洋文学名著的任何一本都销得多。

战前创办了四年多的《中学生》杂志，他服劳最多。名义上编辑四位，由于年龄，经验，实际上夏先生便似总其成者。《中学生》的材料，编法，不但是国内唯一良佳的学生期刊，且是一般的青年与壮年人嗜读的好杂志。知识的增益，文字的优美，取材的精审，定价的低廉，出版的准期，都是它特具的优点。夏先生从初刊起便是编辑中的一位要员。

浙东人尤以绍兴一带的人勤朴治生，与浙西的杭，嘉，湖浮华地带迥不相同。夏先生虽以"老日本留学生"，住在"洋场"的上海二十多年，但他从未穿过一次西装，从未穿过略像"时式"的衣服。除在夏天还穿穿旧作的熟罗衫裤，白绢长衫之外，在春秋冬三季难得不罩布长衫穿身丝呢类面子的皮、棉袍子。十天倒有九天是套件深蓝色布罩袍，中国老式鞋子。到书店去，除却搭电车外，轻易连人力车都不坐。至于吃，更不讲究，"老酒"固是每天晚饭前总要吃几碗的，但下酒之物不过菜蔬，腐干，煮蚕豆，花生之类。太平洋战争起后上海以伪币充斥物价腾高，不但下酒的简单肴品不多制办，就是酒也自然减少。夏先生原本甚俭，在那个时期，他的物质生活是如何窘苦，如何节约，可想而知。记得二十八年春间，那时一石白米大概还合法币三十几元，比之抗战那年已上涨三分之二。"洋场"虽尚在英美的驻军与雇佣的巡捕统治之下，而日人的魔手却时时趁空伸入，幸而还有若干文化团体明地暗里在支持着抗敌的精神。有一次，我约夏先生章先生四五人同到福州路一家大绍兴酒店中吃酒，预备花六七元。（除几斤酒外尚能叫三四样鸡肉类。）他与那家酒店较熟，一进门到二楼上，捡张方桌坐下，便作主人发令，只要发芽豆一盘，花生半斤，茶干几片。

"满好满好！末事贵得弗像样子，吃老酒便是福气，弗要拉你多花铜钿。"

经我再三说明，我借客打局也想吃点荤菜，他方赞同，叫了一个炒鸡块，一盘糖腌虾，一碗肉菜。在他以为，为吃酒已经太厚费了！为他年纪大，书店中人连与他年岁相仿的章锡琛都以画先生称之（夏读画音）。他每天从外面进来，坐在椅上，十有九回先轻轻叹一口气。许是上楼梯的级数较多，由于吃累？也许由于他的舒散？总之，几成定例，别人也不以为怪。然后，他吸半枝低价香烟，才动笔工作。每逢说到时事，说到街市现象，人情鬼蜮，敌人横暴，他从真切感动中压不住激越的情绪！因之悲观的心情与日并深，一切都难引起他的欣感。长期的抑郁，悲悯，精神上的苦痛，无形中损减了他身体上的健康。

在三十三年冬天，他被敌人的宪兵捕去，拘留近二十天，连章锡琛先生也同作系囚（关于这事我拟另写一文为记）。他幸能讲日语，在被审讯时免去翻译的隔阂，尚未受过体刑，但隆冬四室，多人挤处，睡草荐，吃冷米饭，那种异常生活，当时大家都替他发愁，即放出来怕会生一场疾病！然而出狱后在家休养五六天，他便重行到书店工作，却未因此横灾致生剧病。孰意反在胜利后的半年，他就从此永逝，令人悼叹！

夏先生的体质原很坚实，高个，身体胖，面膛紫黑，绝无一般文人的苍白脸色，或清瘦样子。虽在六十左右，也无佝偻老态，不过呼吸力稍弱，冬日痰吐较多而已。不是虚亏型的老病患者，或以身子稍胖，血压有关，因而致死？

过六十岁的新"老文人"，在当代的中国并无几个。除却十年前已故的鲁迅外，据我所知，只可算夏先生与周启明。别人的年龄最大也不过五十六七，总比他三位较小。

自闻这位《平屋杂文》的作者溘逝以后，月下灯前我往往记起他的言谈，动作，如在目前。除却多年的友情之外，就前四五年同处孤岛；同过大集中营的困苦生活；同住一室商讨文字朝夕晤对上说，能无"落月屋梁"之感？死！已过六十岁不算夭折，何况夏先生在这人间世上留下了深沉的足迹，值得后人忆念！所可惜的是，近十年来你没曾过过稍稍舒适宽怀的日子，而战后的上海又是那样的混乱，纷扰，生活依然苦恼，心情上仍易悲观，这些外因固不能决定他的生存，死亡，然而我可断定他至死没曾得到放开眉头无牵无挂的境界！

这是"老文人"的看不开呢？还是我们的政治，社会，不易让多感的"老文人"放怀自适，以尽天年？

如果强敌降后，百象焕新，一切都充满着朝气，一切都有光明的前途，阴霾净扫，晴日当空。每个人，每一处，皆富有歌欢愉适的心情与气象，物产日丰，生活安定，民安政理，全国一致真诚地走上复兴大道，果使如此，给予一个精神劳动者，——给予一个历经苦难的"老文人"的兴感，该有多大？如此，"生之欢喜"自易引动，而将沉郁，失望，悲悯，愁闷的情怀一扫而空，似乎也有却病销忧的自然力量。

但，却好相反！

因为丏尊先生之死，很容易牵想及此。自然，"修短随化"，"寿命使然"，而精神与物质的两面逼紧，能加重身体上的衰弱——尤其是老人——又，谁能否认。

然而夏先生与晋宋间的陶靖节，南宋的陆放翁比，他已无可以自傲了！至少则"北定中原"不须"家祭"告知，也曾得在"东方的纽约"亲见受降礼成，只就这点上说，我相信他尚能瞑目！

怀李叔同先生

■ 丰子恺

　　距今二十九年前,我十七岁的时候,最初在杭州的浙江省立第一师范学校里见到李叔同先生,即后来的弘一法师。那时我是预科生,他是我们的音乐教师。我们上他的音乐课时,有一种特殊的感觉:严肃。摇过预备铃,我们走向音乐教室,推进门去,先吃一惊:李先生早已端坐在讲台上。以为先生总要迟到而嘴里随便唱着、喊着、或笑着、骂着而推进门去的同学,吃惊更是不小。他们的唱声、喊声、笑声、骂声以门槛为界限而忽然消灭。接着是低着头,红着脸,去端坐在自己的位子里。端坐在自己的位子里偷偷地仰起头来看看,看见李先生的高高的瘦削的上半身穿着整洁的黑布马褂,露出在讲桌上,宽广得可以走马的前额,细长的凤眼,隆正的鼻梁,形成威严的表情。扁平而阔的嘴唇两端常有深涡,显示和爱的表情。这副相貌,用"温而厉"三个字来描写,大概差不多了。讲桌上放着点名簿、讲义,以及他的教课笔记簿、粉笔。钢琴衣解开着,琴盖开着,谱表摆着,琴头上又放着一只时表,闪闪的金光直射到我们的眼中。黑板(是上下两块可以推动的)上早已清楚地写好本课内所应写的东西(两块都写好,上块盖着下块,用下块时把上块推开)。在这样布置的讲台上,李先生端坐着。坐到上课铃响出(后来我们知道他这脾气,上音乐课必早到。故上课铃响时,同学早已到齐),他站起身来,深深地一鞠躬,课就开始了。这样地上课,空气严肃得很。

有一个人上音乐课时不唱歌而看别的书，有一个人上音乐时吐痰在地板上，以为李先生不看见的，其实他都知道。但他不立刻责备，等到下课后，他用很轻而严肃的声音郑重地说："某某等一等出去。"于是这位某某同学只得站着。等到别的同学都出去了，他又用轻而严肃的声音向这某某同学和气地说："下次上课时不要看别的书。"或者："下次痰不要吐在地板上。"说过之后他微微一鞠躬，表示"你出去罢"。出来的人大都脸上发红。又有一次下音乐课，最后出去的人无心把门一拉，碰得太重，发出很大的声音。他走了数十步之后，李先生走出门来，满面和气地叫他转来。等他到了，李先生又叫他进教室来。进了教室，李先生用很轻而严肃的声音向他和气地说："下次走出教室，轻轻地关门。"就对他一鞠躬，送他出门，自己轻轻地把门关了。最不易忘却的，是有一次上弹琴课的时候。我们是师范生，每人都要学弹琴，全校有五六十架风琴及两架钢琴。风琴每室两架，给学生练习用；钢琴一架放在唱歌教室里，一架放在弹琴教室里。上弹琴课时，十数人为一组，环立在琴旁，看李先生范奏。有一次正在范奏的时候，有一个同学放一个屁，没有声音，却是很臭。钢琴及李先生十数同学全部沉浸在亚莫尼亚气体中。同学大都掩鼻或发出讨厌的声音。李先生眉头一皱，管自弹琴（我想他一定屏息着）。弹到后来，亚莫尼亚气散光了，他的眉头方才舒展。教完以后，下课铃响了。李先生立起来一鞠躬，表示散课。散课以后，同学还未出门，李先生又郑重地宣告："大家等一等去，还有一句话。"大家又肃立了。李先生又用很轻而严肃的声音和气地说："以后放屁，到门外去，不要放在室内。"接着又一鞠躬，表示叫我们出去。同学都忍着笑，一出门来，大家快跑，跑到远处去大笑一顿。

　　李先生用这样的态度来教我们音乐，因此我们上音乐课时，觉得比上其他一切课更严肃。同时对于音乐教师李叔同先生，比对其他教师更敬仰。那时的学校，首重的是所谓"英、国、算"，即英文、国文和算学。在别的学校里，这三门功课的教师最有权威；而在我们这师范学校里，音乐教师最有权威，因为他是李叔同先生的缘故。

李叔同先生为甚么能有这种权威呢？不仅为了他学问好，不仅为了他音乐好，主要的还是为了他态度认真。李先生一生的最大特点是"认真"。他对于一件事，不做则已，要做就非做得彻底不可。

他出身于富裕之家，他的父亲是天津有名的银行家。他是第五位姨太太所生。他父亲生他时，年已七十二岁。他堕地后就遭父丧，又逢家庭之变，青年时就陪了他的生母南迁上海。在上海南洋公学读书奉母时，他是一个翩翩公子。当时上海文坛有著名的沪学会，李先生应沪学会征文，名字屡列第一。从此他就为沪上名人所器重，而交游日广，终以"才子"驰名于当时的上海。所以后来他母亲死了，他赴日本留学的时候，作一首《金缕曲》，词曰："披发佯狂走。莽中原暮鸦啼彻几株衰柳。破碎河山谁收拾，零落西风依旧。便惹得离人消瘦。行矣临流重太息，说相思刻骨双红豆。愁黯黯，浓于酒。漾情不断淞波溜。恨年年絮飘萍泊，遮难回首。二十文章惊海内，毕竟空谈何有！听匣底苍龙狂吼。长夜西风眠不得，度群生那惜心肝剖。是祖国、忍孤负？"读这首词，可想见他当时豪气满胸，爱国热情炽盛。他出家时把过去的照片统统送我，我曾在照片中看见过当时在上海的他：丝绒碗帽，正中缀一方白玉，曲襟背心，花缎袍子，后面挂着胖辫子，底下缎带扎脚管，双梁厚底鞋子，头抬得很高，英俊之气，流露于眉目间。真是当时上海一等的翩翩公子。这是最初表示他的特性：凡事认真。他立意要做翩翩公子，就彻底的做一个翩翩公子。

后来他到日本，看见明治维新的文化，就渴慕西洋文明。他立刻放弃了翩翩公子的态度，改做一个留学生。他入东京美术学校，同时又入音乐学校。这些学校都是模仿西洋的，所教的都是西洋画和西洋音乐。李先生在南洋公学时英文学得很好；到了日本，就买了许多西洋文学书。他出家时曾送我一部残缺的原本《莎士比亚全集》，他对我说："这书我从前细读过，有许多笔记在上面，虽然不全，也是纪念物。"由此可想见他在日本时，对于西洋艺术全面进攻，绘画、音乐、文学、戏剧都研究。后来他在日本创办春柳剧社，纠集留学同志，共演当时西洋著名的悲剧《茶花女》（小仲马著）。他自己把腰束小，扮作茶花女，粉墨登场。这照片，他出家时也送给我，一向归我保藏；直到抗战时为兵火所毁。现在我还记得这照片：卷发，白的上衣，白的长裙拖着地面，腰身小到一把，两手举起托着后头，头向右歪侧，眉峰紧蹙，眼波斜睇，正是茶花女自伤命薄的神情。另外还有许多演剧的照片，不可胜记。这春柳剧社后来迁回中国，李先生就脱出，由另一班人去办，便是中国最初的"话剧"社。由此可以想见，李先生在日本时，是彻头彻尾的一个留学生。我见过他当时的照片：高帽子、硬领、硬袖、燕尾服、史的克、尖头皮鞋，加之长身、高鼻，没有脚的眼镜夹在鼻梁上，竟活像一个西洋人。这是第二次表示他的特性：凡事认真。学一样，像一样。要做留学生，就彻底的做一个留学生。

他回国后，在上海太平洋报社当编辑。不久，就被南京高等师范请去教图画、音乐。后来又应杭州师范之聘，同时兼任两个学校的课。每月中半个月住南京，半个月住杭州。两校都请助教，他不在时由助教代课，我就是杭州师范的学生。这时候，李先生已由留学生变为"教师"。这一变，变得真彻底：漂亮的洋装不穿了，却换上灰色粗布袍子、黑布马褂、布底鞋子。金丝边眼镜也换了黑的钢丝边眼镜。他是一个修养很深的美术家，所以对于仪表很讲究。虽然布衣，却很称身，常常整洁。他穿布衣，全无穷相，而另具一种朴素的美。你可想见，他是扮过茶花女的，身材生得非常窈窕。穿了布衣，仍是一个美男子。"淡妆浓抹总相宜"，这诗句原是描写西子的，但拿来形容我们的李先生的仪表，也很适用。今人侈谈"生活艺术化"，大都好奇立异，非艺术的。李先生的服装，才真可称为生活的艺术化。他一时代的服装，表出着一时代的思想与生活。各时代的思想与生活判然不同，各时代的服装也判然不同。布衣布鞋的李先生，与洋装时代的李先生、曲襟背心时代的李先生，判若三人。这是第三次表示他的特性：认真。

我二年级时，图画归李先生教。他教我们木炭石膏模型写生。同学一向描惯临画，起初无从着手。四十余人中，竟没有一个人描得像样的。后来他范画给我们看。画毕把范画揭在黑板上。同学们大都看着黑板临摹。只有我和少数同学，依他的方法从石膏模型写生。我对于写生，从这时候开始发生兴味。我到此时，恍然大悟：那些粉本原是别人看了实物而写生出来的。我们也应该直接从实物写生入手，何必临摹他人依样画葫芦呢？于是我的画进步起来。此后李先生与我接近的机会更多。因为我常去请他教画，又教日本文。以后的李先生的生活，我所知道的较为详细。他本来常读性理的书，后来忽然信了道教，案头常常放着道藏。那时我还是一个毛头青年，谈不到宗教。李先生除绘事外，并不对我谈道。但我发现他的生活日渐收敛起来，仿佛一个人就要动身赴远方时的模样。他常把自己不用的东西送给我。他的朋友日本画家大野隆德、河合新藏、三宅克已等到西湖来写生时，他带了我去请他们吃一次饭，以后就把这些日本人交给我，叫我引导他们（我当时已能讲普通应酬的日本话）。他自己就关起房门来研究道学。有一天，他决定入大慈山去断食，我有课事，不能陪去，由校工闻玉陪去。数日之后，我去望他。见他躺在床上，面容消瘦，但精神很好，对我讲话，同平时差不多。他断食共十七日，由闻玉扶起来，摄一个影，影片上端由闻玉题字："李息翁先生断食后之像，侍子闻玉题。"这照片后来制成明信片分送朋友。像的下面用铅字排印着："某年月日，入大慈山断食十七日，身心灵化，欢乐康强——欣欣道人记。"李先生这时候已由"教师"一变而为"道人"了。学道就断食十七日，也是他凡事"认真"的表示。

但他学道的时候很短。断食以后，不久他就学佛。他自己对我说，他的学佛是受马一浮先生指示的。出家前数日，他同我到西湖玉泉去看一位程中和先生。这程先生原来是当军人的，现在退伍，住在玉泉，正想出家为僧。李先生同他谈得很久。此后不久，我陪大野隆德到玉泉去投宿，看见一个和尚坐着，正是这位程先生。我想称他"程先生"，觉得不合。想称他法师，又不知道他的法名（后来知道是弘伞）。一时周章得很。我回去对李先生讲了，李先生告诉我，他不久也要出家为僧，就做弘伞的师弟。我愕然不知所对。过了几天，他果然辞职，要去出家。出家的前晚，他叫我和同学叶天瑞、李增庸三人到他的房间里，把房间里所有的东西送给我们三人。第二天，我们三人送他到虎跑。我们回来分得了他的"遗产"，再去望他时，他已光着头皮，穿着僧衣，俨然一位清癯的法师了。我从此改口，称他为"法师"。法师的僧腊二十四年。这二十四年中，我颠沛流离，他一贯到底，而且修行功夫愈进愈深。当初修净土宗，后来又修律宗。律宗是讲究戒律的。一举一动，都有规律，严肃认真之极。这是佛门中最难修的一宗。数百年来,传统断绝,直到弘一法师方才复兴,所以佛门中称他为"重兴南山律宗第十一代祖师"。他的生活非常认真。举一例说:有一次我寄一卷宣纸去,请弘一法师写佛号。宣纸多了些,他就来信问我,余多的宣纸如何处置?又有一次,我寄回件邮票去,多了几分。他把多的几分寄还我。以后我寄纸或邮票,就预先声明:余多的送与法师。有一次他到我家。我请他藤椅子里坐。他把藤椅子轻轻摇动,然后慢慢地坐下去。起先我不敢问。后来看他每次都如此,我就启问。法师回答我说:"这椅子里头,两根藤之间,也许有小虫伏着。突然坐下去,要把它们压死,所以先摇动一下,慢慢地坐下去,好让它们走避。"读者听到这话,也许要笑。但这正是做人极度认真的表示。

如上所述,弘一法师由翩翩公子一变而为留学生,又变而为教师,三变而为道人,四变而为和尚。每做一种人,都做得十分像样。好比全能的优伶:起青衣像个青衣,起老生像个老生,起大面又像个大面……都是"认真"的原故。

现在弘一法师在福建泉州圆寂了。噩耗传到贵州遵义的时候,我正在束装,将迁居重庆。我发愿到重庆后替法师画像一百帧,分送各地信善,刻石供养。现在画像已经如愿了。我和李先生在世间的师弟尘缘已经结束,然而他的遗训——认真——永远铭刻在我心头。

永在的温情

■ 郑振铎

十月十九日下午五点钟，我在一家编译所一位朋友的桌上，偶然拿起了一份刚送来的 Evening Post，被这样的一个标题"中国的高尔基今晨五时去世"惊骇得一跳。连忙读了下来，这惊骇变成了事实：果然是鲁迅先生去世了！

这消息像闪雷似的，当头打了下来，我呆坐在那里不言不动。

谁想得到这可怕的噩耗竟这样地突然地来呢？

鲁迅先生病得很久了，间歇地发着热，但热度并不甚高。一年以来，始终不曾好好的恢复过，但也从不曾好好的休息过。半年以来，情形尤显得不好。缠绵在病榻上总有三四个月。朋友们都劝他转地疗养，他自己也有此意。前一个月，听说他要到日本去。但茅盾告诉我，双十节那一天还遇见他在 lsis 看 Dobrovsky，中国木刻画展览会，他也曾去参观。总以为他是渐渐的复原了，能够出来走走了。谁又想得到这可怕的噩耗竟这样突然地来呢？

刚在前几天，他还有信给我，说起一部书出版的事；还附带地说，想早日看见《十竹斋笺谱》的刻成。我还没来得及写回信。

谁想得到这可怕的噩耗竟这样地突然地来呢？

我一夜不曾好好的安心地睡。

第二天赶到万国殡仪馆，站在他遗像的面前，久久的走不开。再一看，他的遗体正在像下，在鲜花的包围里，面貌还是那么清癯而带些严肃,但双眼却永远的闭上了。

我要哭出来,大声地哭,但我那时竟流不出眼泪,泪水为悲戚所灼干了。我站在那里,久久走不开。我竟不相信,他竟是那样突然地便离我们而远远地向不可知的所在而去了。

但他的友谊的温情却是永在的,永在我的心上——也永在他的一切友人的心上,我相信。

初和他见面时,总以为他是严肃的冷酷的。他的瘦削的脸上,轻易不见笑容。他的谈吐迟缓而有力,渐渐地谈下去,在那里面你便可以发现其可爱的真挚,热情的鼓励与亲切的友谊。他虽不笑,他的话却能引你笑。和他的兄弟启明先生一样,他是最可谈、最能谈的朋友,你可以坐在他客厅里,他那间书室(兼卧室)里,坐上半天,不觉得一点拘束、一点不舒服。什么话都谈。但他的话头却总是那么有力。他的见解往往总是那么正确。你有什么怀疑、不安,由于他的几句话也许便可以解决你的问题,鼓起你的勇气。

失去了这样的一位温情的朋友,就个人讲,将是怎样的一个损失呢?

他最勤于写作,也最鼓励人写作。他会不惮其烦地几天几夜地在替一位不认识的青年,或一位不深交的朋友,改削创作,校正译稿。其仔细和小心远过于一位私塾的教师。

他曾和我谈起一件事:有一位不相识的青年寄一篇稿子来请求他改。他仔仔细细地改了寄回去。那青年却写信来骂他一顿,说被改涂得太多了。第二次又寄一篇稿子来,他又替他改了寄回去。这一次的回信,却责备他改得太少。

"现在做事真难极了!"他慨叹地说道。对于人的不易对付和做事之难,他这几年来时时地深切地感到。

但他并不灰心，仍然在做着吃力不讨好的改削创作、校正译稿的事，挣扎着病躯，深夜里，仔仔细细地为不相识的青年或不深交的朋友在工作。

这样的温情的指导者和朋友，一旦失去了，将怎样地令人感到不可补赎之痛呢！。

他所最恨的是那些专说风凉话而不肯切实的做事的人。会批评，但不会工作；会讥嘲，但不动手；会傲慢自夸，但永远拿不出东西来，像那样的人物，他是不客气的要摈之门外，永不相往来的。所谓无诗的诗人，不写文章的文人，他都深诛痛恶的在责骂。

他常感到"工作"的来不及做，特别是在最近一两年，凡做一件事，都总要快快地做。

"迟了恐怕要来不及了。"这句话他常在说。

那样的清楚的心境，我们都是同样的深切地感到的。想不到他自己真的便是那么快的便逝去，还留下要做的许多事没有来得及做——但，后死者却要继续他的事业下去的！

我和他第一次的相见是在同爱罗先诃到北平去的时候。

他着了一件黑色的夹外套，戴着黑色呢帽，陪着爱罗先诃到女师大的大礼堂里去。我们匆匆的谈了几句话。因为自己不久便回到南边来，在北平竟不曾再见一次面。

后来，他自己说，他那件黑色的夹外套，到如今还有时着在身上。

我编《小说月报》的时候，曾不时的通信向他要些稿子。除了说起稿子的事，别的话也没有什么。

最早使我笼罩在他温热的友情之下的，是一次讨论到"三言"问题的信。

我在上海研究中国小说，完全像盲人骑瞎马，乱闯乱摸，一点凭借都没有，只是节省着日用，以浅浅的薪水购书，而即以所购入之零零落落的破书，作为研究的资源。那时候实在贫乏得、肤浅得可笑，偶尔得到一部原版的《隋唐演义》却以为是了不得的奇遇，至于"三言"之类的书，却是连梦魂里也不曾谈到。

他的《中国小说史略》的出版，减少了许多我在暗中摸索之苦。我有一次写信问他《醒世恒言》《警世通言》及《喻世明言》的事，他的回信很快便来了，附来的是他抄录的一张《醒世恒言》的全目。——这张目录我至今还保全在我的一部《中国小说史略》里。他说，《喻世》、《警世》，他也没有见到。《醒世恒言》他只有半部。但有一位朋友那里藏有全书，所以他便借了来，抄下目录寄给我。

当时，我对于这个有力的帮助，说不出应该怎样的感激才好。这目录供给了我好几次的应用。

后来，我很想看看《西湖二集》（那部书在上海是永远不会见到的），又写信问他有没有此书。不料随了回信同时递到的却是一包厚厚的包裹。打开了看时，却是半部明末版的《西湖二集》，附有全图。我那时实在眼光小得可怜，几曾见过几部明版；附插图的平话集？见了这《西湖二集》为之狂喜！而他的信道，他现在不弄中国小说，这书留在手边无用，送了给我吧。这贵重的礼物，从一个只见一面的不深交的朋友那里来，这感动是至今跃跃在心头的。

我生平从没有意外的获得。我的所藏的书，一部部都是很辛苦的设法购得的，购书的钱，都是中夜灯下疾书的所得或减衣缩食的所余。一部部书都可看出我自己的夏日的汗，冬夜的凄慄，有红丝的睡眼，右手执笔处的指端的硬茧和酸疼的右臂。但只有这一集可宝贵的书，乃是我书库里唯一的友情的赠与。——只有这一部书！

现在这部《西湖二集》也还堆在我最宝爱的几十部明版书的中

间，看了它便要泫然泪下。这可爱的直率的真挚的友情，这不意中的难得的帮助，如今是不能再有了！

但我心头的温情是永在的！——这温情也永在他的一切友人的心上，我相信。

"九·一八"以后，他到过北平一趟，得到青年人最大的热烈的欢迎。但过了几天，便悄悄的走了。他原是去探望他母亲的病去的。我竟来不及去看他。

但那一年寒假的时候。我回到上海，到他寓所时，他便和我谈起在北平的所获。

"木刻画如今是末路了，但还保存在笺纸上。不过，也难说，保全得不会久。"他深思的说道。

他搬出不少的彩色笺纸来给我看，都是在北平时所购得的。

"要有人把一家家南纸店所出的笺纸，搜罗了一下，用好纸印个几十部，作为笺谱，倒是一件好事。"他说道。

过了一会，他又道："这要住在北平的人方能做事。我在这里不能做这事。"

我心里很跃动，正想说，"那末，我来做吧。"而他慢吞吞的续说道："你倒可以做，要是费些工作，倒可以做。"

我立刻便将这责任担负了下来，但说明搜集而得的笺纸，由他负选择之责。我相信他的选择要比我高明得多。

以后，我一包一包的将购得的笺样送到上海，经他选择后，再一包一包的寄回。

中间，我曾因事把这工作停顿了二三个月。他来信说，"这事我们得赶快做，否则，要来不及做，或轮不到我们做。"

在他的督促和鼓励之下，那六巨册的美丽的《北平笺谱》方才得以告成。

有一次,我到上海来,带回了亡友王孝慈先生所藏的《十竹斋笺谱》四册,顺便的送到他家里给他看。

这部谱,刻得极精致,是明末版画里最高的收获。但刻成的年月是崇祯十六年的夏天,所以流传得极少。

"这部书似也不妨翻刻一下。"我提议道,那时,我为《北平笺谱》的成功所鼓励,勇气有余。

"好的,好的,不过要赶快做!"他道。

想不到全部要翻刻,工程浩大无比,所耗也不赀,几乎不是我们的力量所及。第一册已出版了,第二册也刻好待印,而鲁迅先生却等不及见到第三册以下的刻成了!

对于美好的东西,似乎他都喜爱,我曾经有过一个意思,要集合六朝造象及墓志的花纹刻为一书。但他早已注意及此了。他告诉我说,他所藏的六朝造象的拓本也不少,如今还在陆续的买。

他是最能分别得出美与丑,永远的不朽与急就的草率的。

除了以腐朽为神奇,而沾沾自喜,向青年们施以毒害的宣传之外,他对于古代的遗产,决不歧视,反而抱着过分的喜爱。

他曾经告诉过我,他并不反对袁中郎,中郎是十分方巾气的,这在他文集里便可见。他所厌弃,所斥责的乃是只见中郎的一面,而恣意鼓吹着的人物。

京平刚从鲁迅先生那里得到最大的鼓励。他感激得几乎哭出来。但想不到鲁迅竟这样的突然的过去了!

第三天,我在万国殡仪馆门口遇见他;他的嘴唇在颤动,眼圈在红。

在万国公墓归来后,他给我一封信道:"我心已经分裂。我从到达公墓时，就失去了约束自己的力量，一直到墓石封合了！我竟痛哭失声。先生，这是我平生第一痛苦的事了，他匆匆的瞥了我一眼，就去了——"

但他并没有去。他的温情永在我的心头——也永在他的一切友人的心上，我相信。

纪念傅雷

■ 施蛰存

一九六六年九月三日,这是傅雷和夫人朱梅馥离开这个世界的日子,今年今天,正是二十周年纪念。这二十年过得好快,我还没有时间写一篇文章纪念他们。俗话说:"秀才人情纸半张。"我连这半张纸也没有献在老朋友灵前,人情之薄,可想而知。不过,真要纪念傅雷夫妇,半张纸毕竟不够,而洋洋大文却也写不出,于是拖延到今天。

现在,我书架上有十五卷的《傅雷译文集》和两个版本的《傅雷家书》,都是傅敏寄赠的,还有两本旧版的《高老头》和《欧也妮·葛朗台》,是傅雷送给我的,有他的亲笔题字。我的照相册中有一张我的照片,是一九七九年四月十六日在傅雷追悼会上,在赵超构送的花圈底下,沈仲章给我照的,衣襟上还有一朵黄花。这几年来,我就是默对这些东西,悼念傅雷。

一九三九年,我在昆明。在江小鹣的新居中,遇到滕固和傅雷。这是我和傅雷定交的开始。可是我和他见面聊天的机会,只有两次,不知怎么一回事,他和滕固吵翻了,一怒之下,回上海去了。这是我第一次领略到傅雷的"怒"。后来知道他的别号就叫"怒庵",也就不以为奇。从此,和他谈话时,不能不提高警惕。

一九四三年,我从福建回沪省亲,在上海住了五个月,曾和周煦良一同到吕班路(今重庆南路)巴黎新村去看过傅雷,知道他息影孤岛,专心于翻译罗曼·罗兰。这一次认识了朱梅馥。也看见客堂里有一架钢琴,他的儿子傅聪坐在高凳上练琴。

我和傅雷的友谊,只能说开始于解放以后。那时他已迁居江苏路安定坊,住的是宋春舫家的屋子。我住在邻近,转一个弯就到他家。五十年代初,他在译巴尔扎克,我在译伐佐夫、显克微支和尼克索。这样,我们就成为翻译外国文学的同道,因此,在这几年中,我常去他家里聊天,有时也借用他的各种辞典查几个字。

可是,我不敢同他谈翻译技术,因为我们两人的翻译方法不很相同。一则因为他译的是法文著作,从原文译,我译的都是英文转译本,使用的译法根本不同。二则我主张翻译只要达意,我从英文本译,只能做到达英译本的意。英译本对原文本负责,我对英译本负责。傅雷则主张非但要达意,还要求传神。他屡次举过一个例。他说:莎士比亚的《哈姆雷特》第一场有一句"静得连一个老鼠的声音都没有"。但纪德的法文译本,这一句却是"静得连一只猫的声音都没有"。他说"这不是译错,这是达意,这也就是传神。"我说,依照你的观念,中文译本就应该译作"鸦雀无声"。他说"对"。我说:"不行,因为莎士比亚时代的英国话中不用猫或鸦雀来形容静。"

傅雷有一本《国语大辞典》,书中有许多北方的成语。傅雷译到法文成语或俗话的时候,常常向这本辞典中去找合适的中国成语俗话。有时我去看他,他也会举出一句法文成语,问我有没有相当的中国成语。他这个办法,我也不以为然。我主张照原文原意译,宁可加个注,说明这个成语的意义相当于中国的某一句成语。当然,他也不以为然。

一九五八年,我们都成为第五类分子,不便来往,彼此就不相闻问。不过,有一段时候,朱梅馥和我老伴都被居委会动员出去办托儿所,她们俩倒是每天在一起,我因此便间接知道一些傅雷的情况。

一九六一年,大家都蒙恩摘除了"帽子",可以有较多的行动自由,于是我又常去看他。他还在译书,而我已不干这一行了,那几年,我在热衷于碑版文物,到他那里去,就谈字画古董。他给我看许多黄宾虹的画,极其赞赏,而我却又有不同意见。我以为黄宾虹晚年的画越来越像个"墨猪"了。这句话又使他"怒"起来,他批评我不懂中国画里的水墨笔法。

一九六六年八月下旬,我已经在里弄里被"示众"过了。想到傅雷,不知他这一次如何"怒"法,就在一个傍晚,踱到他门口去看看。只见他家门口贴满了大字报,门窗紧闭,真是"鸦雀无声"。我就踱了回家。大约在九月十日左右,才知道他们两夫妇已撒手西归,这是怒庵的最后一"怒"。

我知道傅雷的性情刚直,如一团干柴烈火,他因不堪凌辱,一怒而死,这是可以理解的,我和他虽然几乎处处不同,但我还是尊敬他。在那一年,朋友中像傅雷那样的毅然决然不自惜其生命的,还有好几个,我也都一律尊敬。不过,朱梅馥的能同归于尽,这却是我想象不到的,伉俪之情,深到如此,恐怕是傅雷的感应。

傅雷逝世,其实我还没有了解傅雷。直到他的家书集出版,我才能更深一步的了解傅雷。他的家教如此之严,望子成龙的心情如此之热烈。他要把他的儿子塑造成符合于他的理想的人物。这种家庭教育是相当危险的,没有几个人能成功,然而傅雷成功了。

傅雷的性格,最突出的是他的刚直。在青年时候,他的刚直还近于狂妄。所以孔子说:"好刚不好学,其蔽也狂。"傅雷从昆明回来以后,在艺术的涵养的加深,知识学问的累积之后,才成为具有浩然之气的儒家之刚者,这种刚直的品德,在任何社会中,都是难得见到的,连孔子也说过:"吾未见刚者。"

  傅雷之死,完成了他的崇高品德,今天我也不必说"愿你安息吧",只愿他的刚劲,永远弥漫于知识分子中间。

我所见的叶圣陶

■ 朱自清

我第一次与圣陶见面是在民国十年的秋天。那时刘延陵兄介绍我到吴淞炮台湾中国公学教书。到了那边,他就和我说:"叶圣陶也在这儿。"我们都念过圣陶的小说,所以他这样告我。我好奇地问道:"怎样一个人?"出乎我的意外,他回答我:"一位老先生哩。"但是延陵和我去访问圣陶的时候,我觉得他的年纪并不老,只那朴实的服色和沉默的风度与我们平日所想象的苏州少年文人叶圣陶不甚符合罢了。

记得见面的那一天是一个阴天。我见了生人照例说不出话;圣陶似乎也如此。我们只谈了几句关于作品的泛泛的意见,便告辞了。延陵告诉我每星期六圣陶总回甪直去;他很爱他的家。他在校时常邀延陵出去散步;我因与他不熟,只独自坐在屋里。不久,中国公学忽然起了风潮。我向延陵说起一个强硬的办法;——实在是一个笨而无聊的办法——我说只怕叶圣陶未必赞成。但是出乎我的意外,他居然赞成了!后来细想他许是有意优容我们吧;这真是老大哥的态度呢。我们的办法天然是失败了,风潮延宕下去;于是大家都住到上海来。我和圣陶差不多天天见面;同时又认识了西谛,予同诸兄。这样经过了一个月,这一个月实在是我的很好的日子。

我看出圣陶始终是个寡言的人。大家聚谈的时候,他总是坐在那里听着。他却并不是喜欢孤独,他似乎老是那么有味地听着。至于与人独对的时候,自然多少要说些话;但辩论是不来的。他觉得辩论要开始了,往往微笑着说:"这个弄不大清楚了。"这样就过去了。他又是个极和易的人,轻易看不见他的怒色。他辛辛苦苦保存着的《晨报》副张,上面有他自己的文字的,特地从家里捎来给我看;让我随便放在一个书架上,给散失了。当他和我同时发现这件事时,他只略露惋惜的颜色,随即说:"由他去末哉,由他去末哉!"我是至今惭愧着,因为我知道他作文是不留稿的。他的和易出于天性,并非阅历世故,矫揉造作而成。他对于世间妥协的精神是极厌恨的。在这一月中,我看见他发过一次怒;——始终我只看见他发过这一次怒——那便是对于风潮的妥协论者的蔑视。

风潮结束了,我到杭州教书。那边学校当局要我约圣陶去。圣陶来信说:"我们要痛痛快快游西湖,不管这是冬天。"他来了,教我上车站去接。我知道他到了车站这一类地方,是会觉得寂寞的。他的家实在太好了,他的衣着,一向都是家里管。我常想,他好像一个小孩子;像小孩子的天真,也像小孩子的离不开家里人。必须离开家里人时,他也得找些熟朋友伴着;孤独在他简直是有些可怕的。所以他到校时,本来是独住一屋的,却愿意将那间屋做我们两人的卧室,而将我那间做书室。这样可以常常相伴,我自然也乐意。我们不时到西湖边去,有时下湖,有时只喝喝酒。在校时各据一桌,我只预备功课,他却老是写小说和童话。初到时,学校当局来看过他。第二天,我问他,"要不要去看看他们?"他皱眉道:"一定要去么?等一天吧。"后来始终没有去。他是最反对形式主义的。

那时他小说的材料,是旧日的储积;童话的材料有时却是片刻的感兴。如《稻草人》中《大喉咙》一篇便是。那天早上,我们都醒在床上,听见工厂的汽笛,他便说:"今天又有一篇了,我已经想好了，来的真快呵。"那篇的艺术很巧，谁想他只是片刻的构思呢！他写文字时，往往拈笔伸纸，便手不停挥地写下去；开始及中间，停笔踌躇时绝少。他的稿子极清楚，每页至多只有三五个涂改的字。他说他从来是这样的。每篇写毕，我自然先睹为快；他往往称述结尾的适宜，他说对于结尾是有些把握的。看完，他立即封寄《小说月报》；照例用平信寄。我总劝他挂号；但他说："我老是这样的。"他在杭州不过两个月，写的真不少，教人羡慕不已。《火灾》里从《饭》起到《风潮》这七篇，还有《稻草人》中一部分，都是那时我亲眼看他写的。

在杭州待了两个月，放寒假前，他便匆匆地回去了；他实在离不开家，临去时让我告诉学校当局，无论如何不回来了。但他却到北平住了半年，也是朋友拉去的。我前些日子偶翻民国十一年的《晨报副刊》，看见他那时途中思家的小诗，重念了两遍，觉得怪有意思。北平回去不久，便入了商务印书馆编译部，家也搬到上海。从此在上海待下去，直到现在——中间又被朋友拉到福州一次，有一篇《将离》抒写那回的别恨，是缠绵悱恻的文字。这些日子，我在浙江乱跑，有时到上海小住，他常请了假和我各处玩儿或喝酒。有一回，我便住在他家，但我到上海，总爱出门，因此他老说没有能畅谈；他写信给我，老说这回来要畅谈几天才行。

民国十六年一月，我接眷北来，路过上海，许多熟朋友和我饯行，圣陶也在。那晚我们痛快地喝酒，发议论；他是照例地默着。酒喝完了，又去乱走，他也跟着。到了一处，朋友们和他开了个小玩笑；他脸上略露窘意，但仍微笑地默着。圣陶不是个浪漫的人；在一种意义上，他正是延陵所说的"老先生"。但他能了解别人，能谅解别人，他自己也能"作达"，所以仍然——也许格外——是可亲的。那晚快夜半了，走过爱多亚路，他向我诵周美成的词："酒已都醒，如何消夜永！"我没有说什么；那时的心情，大约也不能说什么的。我们到一品香又消磨了半夜。这一回特别对不起圣陶；他是不能少睡觉的人。他家虽住在上海，而起居还依着乡居的日子：早七点起，晚九点睡。有一回我九点十分去，他家已熄了灯，关好门了。这种自然的，有秩序的生活是对的。那晚上伯祥说："圣兄明天要不舒服了。"想起来真是不知要怎样感谢才好。

第二天我便上船走了，一眨眼三年半，没有上南方去。信也很少，却全是我的懒。我只能从圣陶的小说里看出他心境的迁变；这个我要留在另一文中说。圣陶这几年里似乎到十字街头走过一趟，但现在怎么样呢？我却不甚了然。他从前晚饭时总喝点酒，"以半醺为度"；近来不大能喝酒了，却学了吹笛——前些日子说已会一出《八阳》，现在该又会了别的了吧。他本来喜欢看看电影，现在又喜欢听听昆曲了。但这些都不是"厌世"，如或人所说的；圣陶是不会厌世的，我知道。又，他虽会喝酒，加上吹笛，却不曾抽什么"上等的纸烟"，也不曾住过什么"小小别墅"，如或人所想的，这个我也知道。

孙大雨

■ 沈从文

十九世纪末年,煤烟遮隔了人与上帝的关系,艺术家把服侍上帝的虔诚,转而来阿谀人类中的自己。雕刻家入 Auguste Rodin,画家如 Paul Cezanne 以及许多许多人,莫不把宇宙中使自己眩目发呆那点体积与颜色,忠实而又大胆的制成作品。一切作品皆带了离经叛道的精神,失去了宗教情绪所培养的温润,柔和,而注入人的气息——原始人的野蛮朴素精悍雄强的气息!作风为多力,狂放,骄傲,天真。经院派的艺术批评家诅咒虽多,这些诅咒终于由大学校到街头,由街头到教堂阴暗的角隅里,消灭了。人对神虽渐遗忘,却在沉默中认识了这世界人类的嗜好。

"无论如何这不是一件坏事情。这人类,能从煤黑油中提取香料,从无价值中找出价值,从丑恶中发现美,所有的行为,皆似乎值得注意!"那个高高在上的神一定曾经那么打算过。

上帝似乎也在模仿人类的行为,故把这人也变得更像一个人。于是他就造了一个孙大雨。十分草率的外表,粗粗一看,恰恰只是一个人的坯子。大手,大脚,还在颀长俊伟的躯干上,安置了一个大而宽平松散的脸盘。处处皆待琢磨,皆待修正。然而这个毛胚子似的人形,却容纳了一个如何完整的人格,与一个如何纯美坚实的灵魂!也多力,狂放,骄傲,天真。倘若面对着这样一个人,让两者之间在一种坦白放肆谈话里,使心与心彼此对流,我们所发现的,将是一颗如何浸透了不可言说的美丽的心!

中国士大夫对于艺术的观念，有他东方一贯的定型。吓怕鬼魔的意识，潜伏到每一个人的血液里，推而至于艺术，巨大惊人的制作，不是谥为疯狂便视为外道。轻便而易于携带的小小鼻烟壶，象牙牌儿，哈巴狗，百灵鸟，以及精巧玲珑的什物，皆为上等人不可分离的弄具。对于人，则白脸长身"小生"一般的人物，温顺，中庸，办事稳重，应对伶俐，圆滑如球，在社会上必处处占到上风。人既生在这种国家里，因此我们自然就会常常听人说道，"大雨吗？……"这是一个独立字眼儿，话中埋伏了点嘲诮，不同意神气镶在嘴角微笑里。这不足为奇，因为这些人平素就是怕鬼魔，怕高山，怕刮风，怕打雷的人。一个有脾气有派头的人，在他们面前原也就是一种恐怖。大雨为人直率处，与为人不能同懦弱和虚伪谋妥协处，使他们感情上皆极容易患重伤风。大雨不能从这些人方面得到好的友谊和理解，大雨自己口上说不明白，心里却明白的。

然而人世中也仍然不缺少把诚实与骄傲，华丽与魄力，看作一种难得的德性，对于这种德性加以敬视加以颂扬的人。死去受人误解的志摩，活着受人误解的宗岱，便是这种人。即或这种人是少数中的少数，有了他，就好了。毫无可疑，这是培养诗人活力的一种人。没有他，大雨也许早就绝望自杀了。没有他，也许大雨自出生到如今的历史，记载或当不同一些。

这少数中的少数朋友，在另一时，对于大雨精力消费的用途，常常成为极担心的问题。对于他在课堂上与大学生的舌战，在大街上与行路人的作战，在……，无一不感觉到忧虑。

水得归到海里，青年人的热情得归纳到一个女人的爱情里。

较熟的朋友，皆明白大雨那点充满了人世应战求生的精力，单用一篇五百行的长诗，是不能够派遣的。那首放光眩目的长诗，不过把这个诗人的精力派遣去一小部分罢了。使大雨柔和一点，让"秩序"，"静"，与那一点"理性的反省"，"幽默"，在大雨生活中占有一个位置，皆得尽他那张吟诗的口与那只写诗的手，另外找到一种用处。倘若有个女人，健康，美丽，年青，而同时又还能在这个有脾气有派头的巨人身边理解大雨爱大雨，那么，"大雨吗？……"那个字眼就不会在另外一些乡愿绅士间口中存在了。

可是，"女人中有敢爱大雨的吗？"想想看，这个难题使朋友皱眉了。这世界尽有把自己生活作一孤注来押在婚姻上的大胆女人。这种女人也并不缺少一个完美生物的一切长处。上帝造她时并不忘掉他应有的手续，第一使她美丽，第二使她聪明，第三使她同情身边那个男子的行为。上帝已尽了他应尽的责任，至于"德行"，那附属在人与人生活上随了风气时时刻刻在那里转移的东西，已不是造人者的责任！……也许就正是这样东西的缺少，大雨对于这种女子也曾作过"逃脱"的行为。这悲剧增加了朋友的同情，同时也增加了半生不熟人的嘲弄。连同大雨那点爱舒服，会享受，喜买好书的脾胃，大雨在一些人眼目中，便很自然的被称为"唯美派"。俨然除了美这个人就毫无所知。这是很确实的事，大雨比许多人认识"美"，许多人却比他明白"世故"。

一个 Henri Matisse and Vincent van Gogh 的模仿者，想从大雨口中得到两句称赞的话语，可不大容易。但一个具有能欣赏他们作品的人，不为那点粗野华丽颜色所惊讶辟易，却有胆量同这类作品接近，同时自己又是个上帝手中"手续完备"的生物，那么，那于她，大雨怎么样？

如今朋友们所担心的是另外一件事了。"一切水皆得归到海里，到了海里，平静了，那点惊心动魄的波涛的起伏，就不再见了。大雨的那首诗，恐怕也永无完成的机会了。"一个不可说明的感觉，也间或在朋友间心上掠过，"大雨那首诗，难道就结束了吗？"这感觉大雨一定能明白不是"幸灾乐祸"。

怀王统照

■ 李健吾

上海还没有完全沦陷的时候,能够在一起谈天的朋友已经不多了,形势也一天比一天紧张,心里全不很安定。在这有限的几位可以无所不谈的朋友之中,王统照年事最高,和我的相识也最早,掐指算来,二十多个年头了。我那时还在厂甸附属中学读书,班上有几位同学如蹇先艾,朱大枬等等,很早就都喜欢舞文弄墨,办了一个《爝火》周刊,附在景爸的《国风日报》出版,后来似乎还单独发刊了几期,那时候正是鲁迅如日之向午,徐志摩方从英伦回来。我们请鲁迅到学校演说过一次,记得那次是在大礼堂,同学全来听了,我们几个人正忙着做笔记。鲁迅因为在师范大学教书,所以我们拜托先生们(大都是师范大学毕业生)去请,也还不太困难。因为我们各自童心很重,又都始终走着正轨上学的路子,以后就再也没有和这位流浪四方(我们当时不懂什么叫做政治的把戏)的大文豪发生实际因缘。徐志摩和我们就比较往还多了,他住在石虎胡同松坡图书馆,蹇先艾的叔父是馆长,所以不似蹇先艾和他那样熟,朱大枬和我却也分了一些拜识的光荣。徐志摩到我们教室讲演过,是他回国第一次讲演,事后他埋怨蹇先艾,连一杯开水也不知道倒给他这位诗人留学生喝。但是他很喜欢我们这几个没有礼貌的冒失鬼,后来他在《晨报》办副刊和诗刊,就常常约我们这几个不成熟的小朋友投稿子骗钱。我说骗钱,并不是说以后卖文章就不叫骗钱,我就一直没有长进，活到四十岁，还得仗着写文章过日子。可是钱呀，在我们几个中学生看起来，真有了不起的重要啊。蹇先艾住在大门道一间小小门房，和师陀在沦陷期间住的那间白俄房子不相上下，父亲早已去世，生母的身份不高，是我最敬佩的一个勤慎的苦同学。我在高小念书的时候，父亲在遥远的地方遇刺，家里穷得不可收拾，和母亲姐姐住在靠近南下洼子一家会馆，一个月仰仗二十块钱利息过活，本钱是父亲的朋友捐的。朱大枬比我们两个人家境优些，所以也就写得不多，而且天分高，英文好，不等毕业就考进了交大。蹇先艾和我能够骗到一点文章钱，回到家里觉得分外体面，好像这就是一种表白："妈！你看！我会赚钱了！"

让我赶快收住野马。我这个人不大喜欢流眼泪，因为写到前面那一句话，我觉得我要流眼泪了，那是神圣的，我不要丢人。让我掉转笔头来说王统照。大概是徐志摩回南边去了，《晨报》的《文学旬刊》就交给王统照接编。他那时候似乎在中国大学读书，写长篇小说，也翻译东西，后来胡适还因为他翻译错了写文章骂他，话很刻薄。我相信胡适如今一定很后悔，因为他有时候感情旺盛，专爱骂不属他那一体系的年轻人，并不公平。譬如说，他捧伍光建的翻译，捧上了九十九天，可是天晓得伍光建后来造了多少冤孽。商务印书馆是卖名字的书店，还一直当食粮送给中学生做英文课外书读，真是害死了人。

尽管胡适骂王统照，我们这几个穷中学生爱他，他自己是大学生，没有架子，人老实，却又极其诚恳，他写得最坏的东西也永远不违背他的良心，他永远表里如一。他没有浮光，可是向山东人要浮光，应当埋怨自己不懂土地性。找一个现代人和他相似的，或者文字，或者为人，我想到的也就是叶圣陶，奇怪的是，叶圣陶是江南人，我前面说的那个"土地性"失了依据。在文学里面追寻科学，真是一件困人的事。对了，朱自清也相似，然而朱自清又是山明水秀的江南人。不过，相似不就是相同；请看王统照的文字藏着怎样一股拙劲儿。他们三位或者是我的老师，或者是我的相知，全是前辈，全是没有言语可以形容的天下第一大好人。

《文学旬刊》常常刊登我的小把戏，似乎这位山东佬看中了我这个山西醋坛子，叫我心里只有感激。我那时候常常跟着陈大悲演戏，也学着写剧本，有一回写了一出两幕剧，完全不成东西，我斗胆寄给他看。忽然有一天黄昏，会馆里来了一位不高不低不胖不瘦的先生，开口就问这里有没有我这么一个学生。原来就是如雷贯耳的王统照。他坐在我那间大房子，和我谈戏，谈文学，鼓励我，说我有一天会有出息，戏不好，可也不要灰心，寄给《东方杂志》试试看。天黑了，妈端了两碟子菜出来，叫我陪王先生吃饭。妈新蒸出来的热馒头，又香又甜，妈的馒头是有名的。王统照吃饱了。我真担心他吃不饱。我多感激这个可亲可敬的人物啊。

一转眼十年过去了，唉，过去了十年。我们久已失却音信，忽然又在上海重逢。他还记得那年在会馆吃妈做的馒头……原谅我，眼泪又流下来了。我这个人好似铁石心肠，一提到死了的妈眼泪就止不住流下来。我不写了。那是很可怜的。一个没有了妈的四十岁的中年人。

王统照在沦陷之前，短时期编过《七月》，我大约也投过稿子，后来上海沦陷了，他隐姓埋名，把家搬到吕班路一个白俄人家，名字改成了王洵如，除去我们几位知交，简直没有人会想到他在上海。我们从来不向外人谈起这位隐君子。到了三十三年冬，他觉得上海的生活太高了，敌伪之下更难做人了，他决定把书存到朋友各处，搭船回到了青岛做乡下人。直到胜利之后,接到他的信,才晓得他在青岛康强如恒,最是使朋友们欣慰的事。

"……剑潜踪北方,并未径到青市,在他邑戚家隐住两月方至青,极少外出。时日人炸山筑堡,备作市战,所幸八月中旬,忽焉降服,剑在此亦如拳石落地,不系心头,欢然旬日,而交通全断,各地方纷如乱丝,青市真成孤岛,除收听广播外,函件亦被阻塞……故里抢攘,黎民痛苦,冷眼旁观,殊无佳怀……"

怀孟超

■ 聂绀弩

孟超,你到哪里去了呢!

四十年前,咱们五人同在桂林编一个小小的杂文刊物:《野草》。其实是刚露头角的秦似挂帅,他每升帐,除了前面还有两名大将之外,轮到你我"起霸",咱俩做完规定的功架,把手一拱:"俺(假定秦似是诸葛武侯的话)——龙骧将军关兴","俺——虎贲将军张苞。"其威风不下于包大人的王朝、马汉。然后大家一齐说:"各位将军请了!承相升帐,你我两厢伺候!"虽不必真这样做,只在想象里闪过一下,不也很有趣么?何况秦似一"升帐",好事就来了,他把提包往广东酒家或老正兴的餐桌上一搁,大家坐下来点了菜,一面喝酒,一面听他编这一期《野草》的经过的报告,有问题就讨论,有特殊文章就传观。但最可人意的是老正兴的煎糟鱼和咸菜炒百叶,至今未忘。真不枉起了一回霸。

孟超给我的第一个印象是穷。他有一个夫人、两个女儿,也许还有别的,但这已经够了。四口之家,不知有什么固定收入,要是没有,他一定是穷的。常听说孟超家里断炊了,也不知谁挽了他一把,这些我都未参与。虽说我比孟超是从地上滚到芦席上,高了一蔑片儿,不,我比他好得多。对孟超来说,我关心他很差。

第二,他瘦。那时似乎没有更瘦的人了,可是精神抖擞,一天这里那里跑,不停,也不知跑什么。"孟超,你的精神真好!""精神不死，哈哈，精神不死！"

第三，他好说话，无论何时碰见他，他一定是在说话，以压倒别人的气势在说话。东胜神洲，南赡部洲，宇宙之大，苍蝇之微，说得眉飞色舞，口沫四溅。刚一停声，就不知他到哪里去了，他还得到处去跑呵！

第四，不说也知道，他会写文章。他的会写文章和别人似有不同。即，他几乎什么时候都不要写文章，也没有文章可写，得不写时就不写。他的文章都是人要出来的。人们常说文章是逼出来的，他不必逼。老孟，给我们写篇文章吧，三千字。什么题目，哪天几点钟要。一定准时交卷，其他条件八九不离十！这一点他和我不同。我怕出题，怕应考。他不怕，他似乎天天在拍胸："你们出题目吧，要考尽管考吧！我是来专门应考的！"于是只要手里有管笔，笔下有张纸，屁股下面有张凳子，他的文章就来了！不来怎么办呢，在抗日战争期间，四五口人要饭吃，在我们这些所谓文化人，不是小事呵！孟超，说句对亡友不敬的话，孟超似乎不相信世上有什么东西，须要坐两三年来研究的，顶多两三个晚上！但是谁不是如此！所谓文化城里的我们这些文化人又谁是真有什么文化的！我看，五个《野草》编辑中，云彬读书最多。但他写的文章最少。我有时写了文章怕给他看，怕已有人说过，怕他心里想，这种陈词滥调，不是瞎胡闹么？可见有学问也有它的短处。孟超会写文章，谁知道呢，谁知几十年之后，全国解放多少年后，大家有饭吃了以后，竟以会写文章而死！

解放后，很久没有见到孟超，也忘记了他在哪里工作。不知哪一年（总是反右之前）忽然在王府井碰着他了，他一定要拉我去喝咖啡。喝时，他说："应该有个像《野草》那样的刊物。"说得头头是道。我以为他太天真,《野草》的时代过去了,搞得不好,还会讨一场没趣的。我们相约各向有关领导方面去摸底,摸的结果,大家明白,并未出现什么《野草》或家草似的杂文刊物。

不知又过了多少年,忽然听说孟超写了一个了不起的剧本《李慧娘》,非常卖座,我正在高兴,坐在家里等他送票来,谁知风向一转,他是写鬼戏者,借古喻今者,不只还是什么者,他要扯碎原稿也来不及,说不是他写的也不行了,转来转去,不知过了多少时候,说是他——谁信,谁又能不信,又岂止孟超一人?说是他,因为写了一个轰动一时的剧本《李慧娘》而辗转死了!我的朋友孟超,我岂不知,他知道什么李慧娘?知道什么词曲?不过积习难除:"老孟,替我们写个剧本《李慧娘》吧!"多少字,几天要!于是回家做了三夜凳子,动笔写起来!谁知这回——又谁不知这回……

听说三联书店准备出版孟超的《水泊梁山英雄谱》二十九篇,这部陈稿是孟超于解放时出版的一本小书,他的《李慧娘》,有人说是"借古喻今",我以为这本小书倒真是借古喻今的。这书歌颂水泊梁山,其实是歌颂延安,以梁山喻延安,抗战期间蒋区写杂文的人,常用此法。所以此稿,久不能卖出,也没有书店敢出版。这书有些很好很有远见的议论,例如:解放后人说宋江是什么派,孟超早已把它写入关于宋江的议论中了。这书以白日鼠白胜居第三名,主要的恐是因白胜是《水浒》中第一个造成某些人的"倒也、倒也!"借以向蒋朝说:"你们倒也倒也!"这书还有很有意义的取舍,如有扈三娘没王矮虎,有孙二娘没张青,有石秀没杨雄,有三阮没二张(横、顺)。名次也很奇特,白胜第三,远在鲁达、林冲、杨志等人之前,而以武松为殿。以武居末,恐是反金圣叹的,书中反金很多。金圣叹从封建伦理道德尊武松为"天人",孟超从反封建观点视之为土芥。

《金毛犬段景住,险道神郁保四同赞》:"山寨之起码角色,亦不可少之人物欤?"随手一挥,便成卓见。真的,不有人起霸,谁还开帐呢?既有人开帐总要人起霸的!孟超往矣,秦似下次来京,见此相与一笑,不亦乐乎!

寄天涯一孤鸿

■ 庐　隐

亲爱的朋友，这是什么消息，正是你从云山叠翠的天末带来的！我绝不能顷刻忘记，也绝不能刹那不为此消息思维。我想到你所说的"从今后我真成了天涯一孤鸿了"，这一句话日夜在我心魂中回旋荡漾。我不时地想，倘若一只孤鸿，停驻在天水交接的云中，四顾苍茫，无枝可栖，其凄凉当如何？你现在既是变成天涯一孤鸿，我怎堪为你虚拟其凄凉之境，我也不愿你真个是那样的冷漠凄凉。但你带来的一纸消息，又明明是："……一切的世界都变了，我处身其中，正是活骸转动于冷酷的幽谷里，但是我总想着一年之中，你要听到我归真的信息……"唉，朋友！久已心灰意懒的海滨故人，不免为此而怦怦心动，正是积思成痨了。我昨夜因赴友人之召，回来已经十时后，我归途中穿过一带茂密的树林，从林隙中闪烁着淡而无力的上弦月，我不免又想起你了。回来后，我懒懒坐在灯光下，桌上放着一部宋人词钞，我随手翻了几页，本想于此中找些安慰，或能把想你的念头忘却；但是不幸，我一翻便翻出你给我的一封信来，我想搁起它，然而不能，我始终又从头把它读了。这信是你前一个月寄给我的，大约你已忘了这其中的话。我本不想重复提这些颓丧的话，以惹你的伤心，但是其中有一个使命，是你叫我为你作一篇记述的。原文是："……我友，汝尚念及可怜陷入此种心情的朋友吗？你有兴，我愿你用诚恳的笔墨为伤心人一吐积悃……"朋友！

这个使命如何的重大？你所希望我的其实也是我所愿意作的。但是朋友，你将叫我怎样写法？唉！我终是踌躇，我曾三番五次，握管沉思，竟至镇日无语，而只字不曾落纸。我与你交虽莫逆，但是你的心究竟不是我的心，你的悲伤我虽然知道，但是我所知道的，我不敢臆断你伤感的程度，是否正应我所直觉到的一样。我每次作稿，描写某人的悲哀或烦恼，我只是欺人自欺，说某人怎样的痛哭，无论说得怎样像，但是被我描写的某人，是否和我所想象的伤心程度一样，谁又敢断定呢？然而那些人只是我借他们来为我象征之用，是否写得恰合其当，都无伤于事；而你是我最好的朋友，我对于你的嘱托，怎好不忠于其事。因此我再三踌躇，不能轻易落笔，便到如今我也不敢为你作记述。我只能把我所料想你的心情，和你平日的举动，使我直觉到你的特性，随便写些寄给你。你看了之后，你若因之而浮白称快，我的大功便成了五分。你若读了之后，竟为之流泪，而至于痛哭，我的大功便成了九分九。这种办法，谅你也必赞成？

我记得我认识你的时候，正是我将要离开学校的头一年春天。你与我同学虽不止一年，可是我对于新来的同学，本来多半只知其名，不识其面，有的识其面又不知其名，我对于你也是如此。我虽然知道新同学中有一个你，而我并不知道，我所看见很活泼的你，便是常在报纸上作缠绵悱恻的诗的你。直到那一年春天，我和同级的莹如在中央公园里，柏树荫下闲谈，恰巧你和你的朋友从荷池旁来，我们只以彼此面熟的缘故，点头招呼。我们也不曾留你坐下谈谈，你也不曾和我说什么，不过那时我觉得你很好，便想认识你，我便问莹如你叫什么名字。她告诉我之后，才狂喜的叫起来道："原来就是她呵，不像！不像！"莹如对于我无头无脑的话，很觉得诧异，她说："什么不像不像呵？"我被她一问，自己也不觉笑起来。我说："你不知道我的心里的想头，怪不得你不懂我的意思了。你常看见报上 PM 的诗吗？你就那个诗的本身研究，你应当觉到那诗的作者心情的沉郁了，但是对她的外表看起来，不是很活泼的吗？我所以说不像就是这个原故了。"莹如听了我的解释，也禁不住点头道："果然有点不像，我想她至少也是怪人了！"朋友！自从那日起，我算认识你了，并且心中常有你的影像，每当无事的时候，便想把你的人格分析分析，终以我们不同级，聚会的时间很少，隔靴搔痒式的分析，总觉无结果，我的心情也渐渐懒了。

　　过了二年，我在某中学教书。那中学是个男校，教职员全是男人。我第一天到学校里，觉得很不自然，坐在预备室里很觉得无聊，正在神思飞越的时候，忽听预备室的门呀的一响，我抬头一看，正是你拿着一把藕荷色的绸伞进来了。我这时异常兴奋，连忙握着你的手道："你也来了，好极！好极！你是不是担任女生的体操。"你也顾不得回答我的话，只管嘻嘻地笑——这情景谅你尚能仿佛？亲爱的朋友！我这时心里的欢乐，真是难以形容，不但此后有了合作的伴侣，免得孤孤单单一个人坐在女教员预备室里，而且与你朝夕相处，得以分析你的特性，酬了我的心愿。

　　想你还记得那女教员预备室的样子，那屋子是正方形的，四壁新裱的白粉连纸，映着阳光，都十分明亮。不过屋里的陈设，异常简陋，除了一张白木的桌子，和两三张白木椅子外，还有一个书架，以外便什么都没有了。当时我们看了这干燥的预备室，都感到一种怅惘情绪。过了几天，我们便替这个预备室起了一个名字，叫做白屋。每逢下课后，我们便在白屋里雄谈阔论起来。不过无论怎样，彼此总是常常感到苦闷，所以后来我们竟弄得默然无言。我喜欢诗词,你也爱读诗词,便每人各手一卷,在课后浏览以消此无谓的时间。我那时因为这预备室里很干燥,一下了课便想回到家里去,但是当我享到家庭融洽乐趣的时候,免不得想到栖身学校寄宿舍中,举目无与言笑的你,便决意去访你,看你如何消遣。我因雇车到了你所住的地方,只见两扇欲倒未倒的剥漆黑灰不分明的大柴门,墙头的瓦七零八落的叠着,门楼上满长着狗尾巴草,迎风摇摆,似乎代表主人招待我。下车后,我微用力将柴门推了一下,便呀地开了。一个老看门人恰巧从里面出来,我便问他你住的屋子,他说:"这外头院全是男教员的住舍,往东去另有一小门,又是一个院子,便是女教员住的地方了。"我因按他话往东去,进了小门便看见一个院落,院之中间有一座破亭子,亭子的四周放着些破木头的假枪戟,上头还有红色的缨子。过了破亭有一株合抱的大槐树,在枝叶交覆的荫影下,有三间小小的瓦房,靠左边一间,窗上挂着淡绿色的纱幔,益衬得四境沉寂。我走到窗下,低声叫你时,心潮突起,我想着这种冷静的所在,何异校中白屋。以你青年活泼的少女,镇日住在这种的环境里,何异老僧踞石崖而参禅,长此以往,宁不销铄了生趣。我一走进屋子里,看见你突然问道:"你原来住在破庙里!"你微笑着答道:"不错!我是住在破庙里,你觉得怎样?"我被你这一问,竟不知所答,只是怔怔地四面观望。只见在小小的门斗上有一张妃红色纸,写着"梅棐"两字。这时候我仿佛有所发现,我知道素日对你所想象的,至少错了一半,从此我对你的性格分析,更觉兴味浓厚了。

　　光阴过得很快,不觉开学两个多月了,天气已经秋凉。在那晓露未干的公园草地上,我们静静地卧着。你对我说:"我愿就这样过一世,我的灵魂便可常常与浩然之气,结伴遨游。"我听了你的话,勾起我好作玄思的心，便觉得身飘飘凌云而直上，顷刻间来到四无人迹的仙岛里，枕藉芳草以为茵缛，餐美果，饮花露，绝不染丝毫烟火气。那时你心里所想的什么，我虽无从知道，但看你那优然游然的样子，我感到你已神游天国了。

我和你相处将及一年，几次同游，几次深谈，我总相信你是超然物外的人。我记得冬天里我们彼此坐在白屋里向火的时候，你曾对我说，你总觉得我是个怪人，你说："我不曾和你同事的时候，我常常对婉如说，你是放荡不羁的天马。但是现在我觉得你志趣销沉束缚维深……"我当时听了你的话，我曾感到刺心的酸楚，因为我那时正困顿情海里拔脱不能的时候，听你说起我从前悲歌慷慨的心情，现在何以如此萎靡呢？

但是朋友！你所怀疑于我的，也正是我所怀疑于你；不过我觉得你只是被矛盾的心理争战而烦闷，我却不曾疑心你有什么更深的苦楚。直到我将要离开北京的那一天，你曾到车站送我，你对我说："朋友！从此好好的游戏人间吧！"我知道你又在打趣我，我因对你说："一样的，大家都是游戏人间，你何必特别嘱咐我呢！"你听了我这话，脸色忽然惨淡起来，哽咽着道："只怕要应了你在《或人的悲哀》里的一句话："我想游戏人间，反被人间游戏了我！"当时我见你这种情形，我才知道我从前的推想又错了。后来我到上海，你写信给我，常常露着悲苦的调子，但我还不能知道你悲苦到什么地步；直到上月我接到你一封信说，你从此变成天涯一孤鸿了，我才想起有一次正是风雨交作的晚上，我在你所住的"梅窠"坐着，你对我说："隐！世界上冷酷的人太多了，我很佩服你的卓然自持，现在已得到最后的胜利！我真没有你那种胆量和决心，只有自己摧残自己，前途、结果现在虽然不能定，但是惨象已露，结果恐不免要演悲剧呢。"

我那时知道你蕴藏心底必有不可告人的哀苦，本想向你盘诘，恐怕你不愿对我说，故只对你说了几句宽解的话。不久雨止了，余云尽散，东山捧出淡淡月儿，我们站在廊庑下，沉默着彼此无语，只有互应和着低微之吁气声。

最近我接到你一封信，你说：

> 隐友！《或人的悲哀》中的恶消息："唯逸已于昨晚死了！"隐友！怎么想得到我便是亚侠了，游戏人间的结果只是如斯！……但是亚侠的悲哀是埋葬在湖心了，我的悲哀只有飘浮在天心了，有母亲在，我须忍受腐蚀的痛苦活着。……

我自从接到你这封信，我深悔《或人的悲哀》之作。不幸的唯逸和亚侠，其结果之惨淡，竟深刻在你活跃的心海里。即你的拘执和自傲，何尝不是受我此作的无形影响。我虽然知道纵不读我的作品，在你超特的天性里早已蛰伏着拘执的分子，自傲的色彩，不过若无此作，你自傲和拘执或不至如是之深且刻。唉！亲爱的朋友，你所引为同情的唯逸既已死了，我是回天无术，但我却要恳求你不要作亚侠罢。你本来体质很好，并没有心脏病，也不曾吐血，你何必自己过分地糟蹋呢。我接到你纵性喝酒的消息，十分难受。亲爱的朋友！你对于爱你的某君，既是不能在他生时牺牲无谓的毁誉，而满足他如饥如渴的纯挚情怀，又何必在他死后，作无谓的摧残呢？你说："人事难测，我明年此日或者已经枯腐，亦未可知！……现在我毫无痛苦，一切麻木，仰观明月一轮常自窃笑人类之愚痴可怜。"唉！你的矛盾心理，你自己或不觉得，而我却不能不为你可怜。你果真麻木，又何至于明年此日化为枯槁？

我诚知人到伤心时，往往不可理喻，不过我总希望你明白世界本来不是完全的，人生不如意事也自难免，便是你所认为同调的某君不死，并且很顺当的达到完满的目的；但是胜利以后，又何尝没有苦痛？况且恋感譬如漠漠平林上的轻烟微雾，只是不可捉摸的，使恋感下跻于可捉摸的事实，恋感便将与时日而并逝了。亲爱的朋友呀！你虽确是悲剧中之一角，我但愿你以此自傲，不要以此自伤吧！

昨夜星月皎洁，微风拂煦，炎暑匿迹，我同一个朋友徘徊于静安寺路。忽见一所很美丽庄严的外国坟场，那时铁门已阖，我们只在那铁棚隙间向里窥看，只见坟牌莹洁，石墓纯白；墓旁安琪儿有的低头沉默，似为死者的幽灵祝福；有的仰瞩天容，似伴飘忽的魂魄上游天国。我们伫立忘返。忽然墓场内松树之巅，住着一个夜莺，唱起悲凉的曲子。我忽然又想起你来了。

回来之后忽接得文菊的一封信说：

  隐友！前接来信，令我探听 PM 的近状，她现在确是十分凄楚。我每和她谈起 FN 的死，她必泪沾襟袖呜咽地说："造物戏我太甚！使我杀人，使我陷入于类似自杀之心境！"自然哟！她的悲凉原不是无因。我当年和她在故乡同学的时候，她是很聪明特殊的学生。有一个青年十分羡慕她，曾再三想和她缔交，她也晓得那青年也是个很有志趣的人，渐渐便相熟了。后来她离开故乡，到北京去求学，那青年便和她同去。她以离开温情的父母和家庭，来到四无亲故的燕都，当然更觉寂寞凄凉，FN常常伴她出游。在这种环境下，她和他的交感之深，自与时日俱进了。那时我们总以为有情人终成眷属了；然而人事不可测，不久便听说 FN 病了，病因很复杂，隐约听说是呕血之症。这种的病，多半因抑郁焦劳而起，我很觉得为 PM 担忧，因到她住的"梅窠"去访她。我一进门便看见她黯然无言的坐在案旁，手里拿着一张甫写成的几行信稿。她见我进来，便放下信稿招呼我。正在她倒茶给我喝的时候，我已将那桌上的信稿看了一遍，她写的是："……飞蛾扑火而焚身，春蚕作茧以自缚，此岂无知之虫蚕独受其危害，要亦造物罗网，不可逃数耳！即灵如人类，亦何能摆脱？……"隐友！PM 的哀苦，已可在这数行信笺中寻绎了解，何况她当时复戚容满面呢。我因问她道："你曾去看 FN 吗？他病好些吗？"她听我问完，便长叹道："他的病怎能那么容易好呢！瞧着罢！我虽不杀伯仁，伯仁终不免因我而死！"我说："你既知你有左右他的生死权，何忍终置之于死地！"她这时禁不住哭了，她不能回答我所问的话，只从抽屉里拿出一封信给我看，只见上面写道：

"PM！近来我忽觉得我自己的兴趣变了，经过多次的自省，我才晓得我的兴趣所以致变的原因。唉！PM！在这广漠的世界上我只认识了你，也只专诚的膜拜你，愿飘零半世的我，能终覆于你爱翼之下！"

"诚然，我也知道，这只是不自然的自己束缚自己。我们为了名分地位的阻碍，常常压伏着自然情况的交感，然而愈要冷淡，结果愈至于热烈。唉！我实不能反抗我这颗心，而事实又不能不反抗，我只有幽囚在这意境的名园里，做个永久的俘虏罢！"

隐友！世界上不幸的事何其多！不过因为区区的名分和地位，辛断送了一个有用的青年！其实其惨淡尚不止此，PM 的毁形灭灵，更使人为之不忍，当时我禁不住陪着哭，但是何益！

　　她现在体质日渐衰弱，终日哭笑无常，有人劝她看佛经，但何处是涅槃？我听说她叫你替她作一篇记述，也好！你有功夫不妨替她写写，使她读了痛痛快快哭一场；久积的郁闷，或可借之一泻！

文菊

　　亲爱的朋友！当我读完文菊这封信，正是午夜人静的时候，淡月皎光已深深隐于云被之后，悲风呜咽，以助我的叹息。唉，朋友呵！我常自笑人类痴愚，喜作茧自缚，而我之愚更甚于一切人类。每当风清月白之夜，不知欣赏美景，只知握着一管败笔，为世之伤心人写照，竟使洒然之心，满蓄悲楚！故我无作则已，有所作必皆凄苦哀凉之音，岂偌大世界，竟无分寸安乐土，资人欢笑！唉！朋友哟！我不敢责备你毁情绝义以自苦，你为了因你而死的 FN，终日以眼泪洗面，我也绝不敢说你想不开。因为被宰割的心绝不是别人所能想到其痛楚；那么更有何人能断定你的哭是不应该的呢。哭罢，吾友！有眼泪的时候痛快的流，莫等欲哭无泪，更要痛苦万倍了。

　　你叫我替你作记述，无非要将一腔积闷宣泄。文菊叫我作记述，也不过要借我的酒杯为你浇块垒。这都有益于你的，我又焉敢辞。不过我终不敢大胆为你作传，我怕我的预料不对，我若写得不合你的意，必更增你的惆怅，更觉得你是天涯一孤鸿了。但是我若写得合你的意,我又怕你受了无形的催眠。——只有这封信给你,我对于你同情和推想,都可于此中寻得。你为之欣慰或伤感,我无从得知,只盼你诚实的告诉我,并望你有出我意料外的澈悟消息告诉我!亲爱的朋友!保重罢!

隐自海滨寄

怀 友

■ 老 舍

虽然家在北平,可是已有十六七年没在北平住过一季以上了。因此,对于北平的文艺界朋友就多不相识。

不喜上海,当然不常去,去了也马上就走开,所以对上海的文艺工作者认识的也很少。

有三次聚会是终生忘不掉的:一次是在北平,杨今甫与沈从文两先生请吃饭,客有两桌,酒是满坛;多么快活的日子啊!今甫先生拳高量雅,喊起来大有威风。从文先生的拳也不弱,杀得我只有招架之工,并无还手之力。那快乐的日子,我被写家们困在酒阵里!最勇敢的是叶公超先生,声高手快,连连挑战。朱光潜先生拳如其文,结结实实,一字不苟。朱自清先生不慌不忙,和蔼可爱。林徽因女士不动酒,可是很会讲话。几位不吃酒的,谈古道今,亦不寂寞,有罗膺中先生,黎锦明先生,罗莘田先生,魏建功先生……其中,莘田是我自幼的同学,我俩曾对揪小辫打架,也一同逃学去听《施公案》。他的酒量不大,那天也陪了我几杯,多么快乐的日子!这次遇到的朋友,现在大多数是在昆明,每个人都跑了几千里路。他们都最爱北平,而含泪逃出北平;什么京派不京派,他们的气节不比别人低一点呀!那次还有周作人先生,头一回见面,他现在可是还在北平,多么伤心的事!

第二次是在上海,林语堂与邵洵美先生请客,我会到沈有乾、简又文诸先生。第三次是郑振铎先生请吃饭,我遇到茅盾、巴金、黎烈文、徐调孚、叶圣陶诸位先生。这些位写家们，在抗战中，我只会到了三位：简又文、圣陶与茅盾。在上海的，连信也不便多写，在别处的，又去来无定，无从通信。不过，可以放心的，他们都没有逃避，都没有偷闲，由友人们的报告，知道他们都勤苦的操作，比战前更努力。那可纪念的酒宴，等咱们打退了敌人是要再来一次呀！今日，我们不教酒杯碰着手，胜利是须"争"取来的啊！我们须紧握着我们的武器！

在山东住了整七年。在济南，认识了马彦祥与顾绥昌先生。在青岛，和洪深、孟超、王余杞、臧克家、杜宇、刘西蒙、王统照诸先生常在一处，而且还合编过一个暑期的小刊物。洪深先生在春天就离开青岛，孟超与杜宇先生是和我前后脚在七七以后走开的。多么可爱的统照啊，每次他由上海回家——家就在青岛——必和我喝几杯苦露酒。苦露，难道这酒名的不祥遂使我们有这长别离么？不，不是！那每到夏天必来示威的日本舰队——七十几艘，黑乎乎的把前海完全遮住，看不见了那青青的星岛——才是不祥之物呀！日本军阀不被打倒，我们的命都难全，还说什么朋友与苦露酒呢？

朋友们，我常常想念你们！在想念你们的时候，我就也想告诉你们：我在武汉，在重庆，又认识了许多许多文艺界的朋友，都贫苦，可是都快活，因为他们都团结起来，组织了文艺协会，携着手在一处工作。我也得说，他们都时时关切着你们，不但不因为山水相隔而彼此冷淡，反倒是因为隔离而更亲密。到胜利那一天啊，我们必会开一次庆祝大会，山南海北的都来赴会，用酒洗一洗我们的笔，把泪都滴在手背上，当我们握手的时候。那才是我们最快乐的日子啊！胜利不是梦想，快乐来自艰苦，让我们今日受尽了苦处，卖尽了力气，去取得胜利与快乐吧！

忆许地山先生

■ 冰　心

许地山的夫人周俟松大姐,前些日子带她的女儿燕吉来看我,说是地山95岁纪念快到了,让我写一篇文章。还讲到1941年地山逝世时,我没有写过什么东西。她哪里知道那一年正是我在重庆郊外的歌乐山闭居卧病,连地山逝世的消息都是在很久以后,人家才让我知道的呢?

我和地山认识是1922年在燕京大学文科的班上听过他的课。那时他是周作人先生的助教,有时替他讲讲书。我都忘了他讲的是什么,他只以高班同学的身份来同我们讲话。他讲得很幽默,课堂里总是笑声不断。课外他也常和学生接触,不过那时燕大男校是在盔甲厂,女校在佟府夹道。我们见面的时候不多。我们真正熟悉起来是在《燕大学生周刊》的编辑会上,他和瞿世英、熊佛西等是男生编辑,我记得我和一位姓陈的同学是女生编辑。我们合作得很好,但也有时候,为一篇稿件、甚至一个字争执不休。陈女士总是微笑不语,我从小是和男孩子——堂兄表兄们打闹惯了,因此从不退让。记得有一次,我在一篇文章里写了一个"象"字(那时还不兴简笔字),地山就引经据典说是应该加上一个"立人旁",写成"像"字,把我教训了一顿!真是"不打不成相识",从那时起我们合作得更和谐了。

1923年初秋,燕大有四位同学同船赴美,其中就有地山和我。

说来也真巧,我和文藻相识,还是因为我请他去找我的女同学吴楼梅的弟弟、清华的学生吴卓,他却把文藻找来了,问名之下,才知道是找错了人,也只好请他加入我们燕大同学们正在玩的扔沙袋的游戏。地山以后常同我们说笑话,说"亏得那时的'阴错阳差',否则你们到美后,一个在东方的波士顿的威尔斯利,一个在北方的新罕布什州的达特默思,相去有七八小时的火车,也许就永远没有机会相识了!"

地山到美后,就入了纽约的哥伦比亚大学。我在1924年冬天在沙穰养病时,他还来看我一次。那年的9月,他就转入英国牛津大学。1925年我病愈复学,他还写信来问我要不要来牛津学习?他可以替我想法申请奖学金。我对这所英国名牌大学有点胆怯,只好辞谢了。

1926年,我从威尔斯利大学得到硕士学位后,就回到燕大任教。第二年,地山也从英国回来了,那时燕大已迁到城外的新址,教师们都住在校内,接触的机会很多。1928年,经熊佛西夫妇的介绍,他和周俟松大姐认识了,1929年就宣布定婚。在燕大的宣布地点,是在朗润园美国女教授鲍贵思的家里,中文的贺词是我说的,这也算是我对他那次"阴错阳差"的酬谢吧!

1935年,因为他和校长司徒雷登意见不合,改就香港中文大学之聘,举家南迁。从那时起,我们就没有见过面了。

地山见多识广,著作等身,关于他学术方面的作品,我是个门外汉,不敢妄赞一词。至于他的文学方面的成就,那的确是惊人的。他的作品,有异乡、异国的特殊的风格和情调。他是台湾人,又去过许多东南亚国家和地区,对于那些地方的风俗习惯,世态人情,都描写得栩栩如生,使没有到过那些地方,没有接触过那些人物的读者,都能从他的小说、戏剧、童话、诗歌、散文、游记和回忆里,品味欣赏到那些新奇的情调,这使得地山在中国作家群里,在风格上独树一帜!

地山离开我们已有近半个世纪了,他离世时正在盛年。假若至今他还健在,更不知有多少创作可以供我们学习和享受,我们真是不幸。记得昔人有诗云"美人自古如名将,不许人间见白头",我想"才人"也是和"美人"一样的吧!天实为之,谓之何哉!

给庐隐

■ 石评梅

《灵海潮汐致梅姊》和《寄燕北诸故人》我都读过了,读过后感觉到你就是我自己,多少难以描画笔述的心境你都替我说了,我不能再说什么了。一个人感到别人是自己的时候,这是多么不易得的而值得欣慰的事,然而,庐隐,我已经得到了。假使我们的世界能这样常此空寂,冷寂中我们又这样彼此透彻的看见了自己,人世虽冷酷无情,我只愿恋这一点灵海深处的认识,不再希冀追求什么了。

在你这几封信中,我才得到了人间所谓的同情,这同情是极其圣洁纯真,并不是有所希冀有所猎获才施与的同情。廿余年来在人间受尽了畸零,忍痛含泪扎挣着,虽弄得遍体鳞伤,鲜血淋淋,仍紧嚼着牙齿作勉强的微笑!我希望在颠沛流离中求一星星同情和安慰以鼓舞我在这人世间战斗的勇气;然而得到的只是些冷讽热笑,每次都跌落在人心的冷森阴险中而饮泣!此后我禁受不住这无情的箭镞,才想逃避远离开这冷酷的世界和人类;因之我脱离了学校生活,踏入了世界的黑洞后,我往昔天真烂漫的童心,都改换成冷枯孤傲的性情。一年一年送去可爱的青春,一步一步陷落在满是荆棘的深涧,嘲笑讪讽包围了我,同情安慰远离着我,我才诅咒世界,厌恶人类,怨我的希望欺骗了自己。想不到遥远的海滨,扰攘的人群中,你寄来这深厚的安慰和同情,我是如何的欣喜呵!惊颤地揭起了心幕收容她,收容她在我心的深处;我怕她也许不久会消失或者飞去!

这并不是我神经过敏,朋友!我也曾几度发现过这样的同情,结果不是赝鼎便是雪杯,不久便认识了真伪而消灭。这种同情便是我上边所说有所希冀猎获而施与的,自然我不能与人以希冀猎获时,同情安慰也是终于要遗弃我的。朋友!写到这里我不能再写下去了,你百战的勇士,也许曾经有过这样的创伤!

　　自从得到了你充满热诚和同情的信后,我每每在静寂的冷月寒林下徘徊,虽然我只看见是枯干的枝丫,但是也能看见她含苞的嫩芽,和春来时碧意迷漫的天地。我知所忏悔了,朋友!以后我不再因自己的失意而诅咒世界的得意,因为自己未曾得到而怨恨人间未曾有了;如今漠漠干枯的寒林,安知不是将来如云如盖的绿荫呢!人生是时时在追求扎挣中,虽明知是幻象虚影,然终于不能不前去追求,明知是深涧悬崖,然终于不能不勉强扎挣;你我是这样,许多众生也是这样,然而谁也不能逃此网罗以自救拔。大概也是因此吧!才有许多伟大反抗的志士英雄,在辗转颠沛中,演出些惊人心魂的悲剧,在一套陈古的历史上,滴着鲜明的血痕和泪迹。朋友!追求扎挣着向前去吧!我们生命之痕用我们的血泪画写在历史之一页上,我们弱小的灵魂,所滴沥下的血泪何尝不能惊人心魂,这惊人心魂的血泪之痕又何尝不能得到人类伟大的同情。命运是我们手中的泥,一切生命的铸塑也如手中的泥,朋友!我们怎样把我们自己铸塑呢?只在乎我们自己。

　　说得太乐观了,你要笑我吧?怕我们才是命运手中的泥呢!我也觉这许多年中只是命运铸塑了我,我何尝敢铸塑命运。真是梦呓,你也许要讥我是放荡不羁的天马了。其实我真愿做个奔逸如狂飙似的骏马,把我的生命都载在小小鞍上,去践踏翻这世界的地轴,去飞扬起这宇宙的尘沙,使整个世界在我的足下动摇,整个宇宙在我铁蹄下毁灭！然而朋友！我终于是不能真的做天马，大概也是因为我终于不是天马，每当我束装备鞍，驰驱赴敌时，总有人间的牵系束缚我，令我毁装长叹！至如今依然蜷伏槽下咀嚼这食厌了的草芥，依然镇天回旋在这死城而不能走出一步；不知是环境制止我，还是自己的不长进，我终于是四年如一日的过去。朋友！你也许为我的抑郁而太息，我不仅不能做一件痛快点不管毁灭不管建设的事业，怕连个直捷了当极迅速极痛快的死也不能，唉！谁使我这样抑郁而生抑郁而死呢！是社会，还是我自己？我不能解答，怕你也不能解答吧！因之，我有许多事要告诉你，结果却只是默无一语，"多少事欲说还休，"所以我望着"征鸿过尽，万千心事难寄！"

我默无一语的，总是背着行囊，整天整夜的向前走，也不知何处是我的归处？是我走到的地方？只是每天从日升直到日落，走着，走着，无论怎样风雨疾病，艰险困难，未曾停息过；自然，也不允许我停息，假使我未走到我要去地方，那永远停息之处。我每天每夜足迹踏过的地方，虽然都让尘沙掩埋，或者被别人的足踪踏乱已找不到痕迹，然而心中恍惚的追忆是和生命永存的，而我的生命之痕便是这些足迹。朋友！谁也是这样，想不到我们来到世界只是为了踏几个足印，我们留给世界的也是几个模糊零碎不可辨的足印。

我们如今是走着走着，同时还留心足底下践踏下的痕迹，欣慰因此，悲愁因此；假使我们如庸愚人们的走路，一直走去，遇见歧路不彷徨，逢见艰险不惊悸，过去了不回顾，踏下去不踟蹰；那我们一样也是浑浑噩噩从生到死，绝没有像我们这样容易动感，践了一只蚂蚁也会流泪的。朋友！太脆弱了，太聪明了，太顾忌了，太徘徊了，才使我们有今日，这也欣慰也悲凄的今日。

庐隐！我满贮着一腔有情的热血，我是愿意把冷酷无情的世界，浸在我热血中；知道终于无力时，才抱着这怆痛之心归来，经过几次后，不仅不能温暖了世界，连自己都冷凝了。我今年日记里有这样一段记述：

> 我只是在空寂中生活着，我一腔热血，四周环以泥泽的冰块，使我的心感到凄寒，感到无情。我的心哀哀地哭了！我为了寒冷之气候也病了。
>
> 这几天离开了纷扰的环境，独自睡在这静寂的斗室中，默望着窗外的积雪，忽然想到人生的究竟，我真不能解答，除了死。火炉中熊熊发光的火花，我看着它烧成一堆灰烬，它曾给与我的温热是和灰烬一样逝去；朝阳照上窗纱，我看着西沉到夜幕下，它曾给与我的光明是和落日一样逝去。人们呢，劳动着，奔忙着，从起来一直睡下，由梦中醒来又入了梦中，由少年到老年，由生到死……人生的究竟不知是什么？我病了，病中觉的什么都令人起了怀疑。
>
> 青年人的养料惟一是爱，然而我第一便怀疑爱，我更讪笑人们口头笔尖那些诱人昏醉的麻剂。我都见过了，甜蜜，失恋，海誓山盟，生死同命；怀疑的结果，我觉得这一套都是骗，自然不仅骗别人连自己的灵魂也在内。宇宙一大骗局。或者也许是为了骗吧，人间才有一时的幸福和刹那的欣欢，而不是永久悲苦和悲惨！
>
> 我的心应该信仰什么呢？宇宙没有一件永久不变的东西。我只好求之于空寂。因为空寂是永久不变的，永久可以在幻想中安慰你自己的。

我是在空寂中生活着，我的心付给了空寂。庐隐！怔视在悲风惨日的新坟之旁，含泪仰视着碧澄的天空，即人人有此境，而人人未必有此心；然而朋友呵！我不是为了倚坟而空寂，我是为了空寂而倚坟；知此，即我心自可喻于不言中。我更相信只有空寂能给与我安慰和同情，和人生战斗的勇气！黄昏时候，新月初升，我常向残阳落处而挥泪！"望断斜阳人不见，满袖啼红。"这时凄怆悲绪，怕天涯只有君知！

北京落了三尺深的大雪，我喜欢极了，不论日晚地在雪里跑，雪里玩，连灵魂都涤洗得像雪一样清冷洁白了。朋友！假使你要在北京，不知将怎样的欣慰呢！当一座灰城化成了白玉宫殿水晶楼台的时候，一切都遮掩涤洗尽了的时候。到如今雪尚未消，真是冰天雪地，北地苦寒；尖利的朔风彻骨刺心一般吹到脸上时，我咽着泪在扎挣抖战。这几夜月色和雪光辉映着，美丽凄凉中我似乎可以得不少的安慰，似乎可以听见你的心音的哀唱。

间接的听人说你快来京了。我有点愁呢，不知去车站接你好呢，还是躲起来不见你好，我真的听见你来了我反而怕见你，怕见了你我那不堪描画的心境要向你面前粉碎！你呢，一天一天，一步一步走近了这灰城时，你心抖颤吗？哀泣吗？

我不敢想下去了。好吧！我静等着见你。

我认识的亚子先生

■ 谢冰莹

今年夏天,是我国文化界两位泰斗蔡孑民先生和柳亚子先生的寿期,沪上文化界为两位先生出纪念特刊,这是很有意义的事。孑民先生,我因为没有见过他老的面,所以不想做一个通套的恭维;亚子先生,我认识了他老人就已有六年之久,信仰也特别深刻,因此借着这个机会写出一点脑海中对他的印象,以示景仰!

我和亚子先生第一次会面,是在一九三〇年的秋天,当高尔柏先生带我走进他的住所时,我竟有点像乡下姑娘初次进城似的感到忸怩不安。这并不是我胆小,而是我从来没有过这样规规矩矩地去拜访一个名人的原故。

亚子先生是这样的和蔼,诚恳,见到了他,真像一个孩子见到了他久别的母亲那么高兴!他有口吃的毛病,说起话来,有时要很久才能继续下去,我小的时候很喜欢学口吃的人说话,以致自己也在不知不觉间染上了那种毛病;长大后,虽然好了,可是一见口吃的人说话,我就要发笑的,而且笑得那么傻,有时个把钟头还不能停止。但对于亚子先生却是例外,不但从来没有过笑的念头,而且格外增加了对他的景仰和尊敬的情绪。我知道他想要说的是什么话,有时他只提一个字,我就替他说出下面的句子来。

凡是读过亚子先生诗文的人,谁都知道他是一个热情的革命文学家,虽然他今年是五十岁了,但他的思想还像创办南社时代一般前进。上面已经说过，他是一个不善于说话的人，但他的文章却特别写得短小精悍而有力，自然，有时他也写洋洋大篇，一泻千里的文章，然而究竟没有短的写得多而精彩。比方在第二十四卷第五号《教育杂志》的"读经问题"专号上，他说："时代已是一九三五年，而中国人还在提倡读经，是不是神经病，我也不用多讲了！"又说："主张读经的人，最好请他多读一点历史，诵《孝经》以退黄巾，结果只有作黄巾的刀下鬼罢了！"这里只是寥寥几十个字，已把那些提倡复古的道学先生，骂得痛快淋漓了！

诚然，如一般人所恭维的亚子先生；他不但是个聪敏博学的"才子"，而且是个多愁善感，充满了热情的诗人，但他绝不是愁自身的什么问题，发些无谓的牢骚，他是忧时忧世，挂念一些为生活，为工作而感受压迫的朋友，以及那些在苦斗中受难的青年。这许多年来，虽然他没有发表过多少喊革命口号的文字，然而他在直接间接地做了不少有益于新文化，有益于被压迫的中华民族解放的工作；他帮助过多少处境困难的青年，援救过多少关在囹圄中的战士。有一次他说了一句最使我感动，而永远不能忘记的话：

"我虽然老了，不能直接去参加新社会的建设运动，然而无论如何，我是要尽量帮助大家的……"他说这话时的态度十分严肃，而语气又是这样地诚恳，坚决，使听者感到无限的兴奋。是的，亚子先生就是这样的一位有新思想，有前进精神而且意志坚强的"老"少年，"老"革命文学家！

在这里，我要来一个小小的声明，亚子先生是不高兴"老"的，虽然有时和我们说笑话，偶尔也会说出"我老了"的句子来，但他的精神和思想，永远是年青的。记得我们初次通信，我总是称呼他"长者"，他不但对这两个字不高兴接受，而且连"先生"两个字都不准用，要直呼他的名字，他才高兴。由此也可以看出他是如何地谦虚，如何地喜欢年青！

他是这样地伟大，无论什么不认识他的人写信给他，从没有置之不理的。他不喜欢人家恭维他的文章或诗如何如何的好，也从不和人家有什么笔墨官司的来往。他不愿有求于别人，然而如果遇着人请他写什么介绍信时，他也并不拒绝，但他在信写好后，一定很坦白地告诉那位托他介绍的人："信是写了，你拿去看看，有没有结果：那就不得而知。"他的心地又是这般真挚坦白，赤裸裸地毫无虚伪。比方遇到他不愿意或者不能帮忙的事情，他就老实不客气地给你一个坚决的拒绝，即使你感到十分的难堪，他也不管的。

亚子先生是一个特别重感情的人，因此凡是认识他的人，在最初第一次的见面后，就会在脑海中留下一个深刻的印象，感到他是个最好的朋友。记得前年一月，我同特第一次去拜访亚子先生时，一见面，他就紧紧地握着特的手，高兴得几分钟还说不出一个字来。我呢，呆呆地像一个傻瓜似的站在一旁，不知如何是好，结果还是特请他坐下，他才放开了特的手。为了要急于返湘，那天没有谈多久就走了。回到船上，特对我说：

"我从来没有遇到一个像亚子先生那么热情的老人家，你看他的手多有力，我被他握痛了。"

亚子先生对待朋友，总是那么热情，关心。同情他们（或她们）的境遇，体贴他们的困难，帮助他们，而不希望得到丝毫酬报。对于我，他完全像个老母亲对待幼小的儿女似的那么关心。一九三三年的春天，我几乎苦痛到要自杀的地步。亚子先生是那样恳挚地劝慰我，鼓励我拿出理智来战胜环境，不要白白地牺牲了自己有希望的前途！等到我将和特结合的消息报告他时，他几乎快乐得发狂了！

居然在梦里做起诗来，半夜里赶快披衣起床写好寄给我们。

"十日三传讯，开缄喜欲狂。"这是描写他知道我的精神有了寄托后的愉快与安慰。"冰莹今付汝，好为护红颜。"读到这两句诗时，特从心坎里发出快乐的微笑：

"哈哈，这简直像丈人公写给女婿的诗呢！"

这话引得我也笑起来了。

亚子先生在别人看来，简直是个快乐之神，他有一位精明能干，体贴入微的夫人，无论对内对外，都不用他自己操心。儿子、媳妇、女儿、女婿，一家人都在教育界负着重大的使命，都能继承他的文化事业，尤其是那位富有文学天才，思想前进的第二女公子无垢女士，更是他的第二生命。正是为了他太爱无垢了，所以他在情感上起了很大的变化。理智是赞成她出国去开拓她伟大的前途，然而情感不能离开她，甚至于到最近两三个月来，为了这事，他竟和许多朋友都断绝了书信往来，内心似乎没有以前的快乐了！

本来他就有这么一个怪脾气，在高兴的时候，可以一天给你写一封快信，而里面所写的有时仅仅只有几个字，如果遇到他不高兴时，你就是一连去几封信，他也不会理你的。

末了，我谨以至诚祝亚子先生和子民先生这两位为大众所爱戴的寿星，精神矍铄；更恳求亚子先生以爱女之心，来爱万万千千的群众，领导前进的青年；为多难的中华民族奋斗！

胡适先生二三事

■ 梁实秋

胡先生是安徽徽州绩溪县人,对于他的乡土念念不忘,他常告诉我们他的家乡的情形。徽州是个闭塞的地方。四面皆山,地瘠民贫,山地多种茶,每逢收茶季节,茶商经由水路从金华到杭州到上海求售,所以上海的徽州人特多,号称"徽帮",其势力一度不在"宁帮"之下。四马路一带就有好几家徽州馆子。民国十七八年间,有一天,胡先生特别高兴,请努生、光旦和我到一家徽州馆吃午饭。上海的徽州馆相当守旧,已经不能和新兴的广东馆、四川馆相比,但是胡先生要我们去尝尝他的家乡风味。

我们一进门,老板一眼望到胡先生,便从柜台后面站起来笑脸相迎,满口的徽州话,我们一点也听不懂。等我们扶着栏杆上楼的时候,老板对着后面厨房大吼一声。我们落座之后,胡先生问我们是否听懂了方才那一声大吼的意义。我们当然不懂,胡先生说:"他是在喊:'绩溪老倌,多加油啊!'"原来绩溪是个穷地方,难得吃油大,多加油即是特别优待老乡之意。果然,那一餐的油不少。有两个菜给我的印象特别深,一个是划水鱼,即红烧青鱼尾,鲜嫩无比,一个是生炒蝴蝶面,即什锦炒生面片,非常别致。缺点是味太咸,油太大。

徽州人聚族而居,胡先生常夸说,姓胡的、姓汪的、姓程的、姓吴的、姓叶的,大概都是徽州,或是源出于徽州。他问过汪精卫、叶恭绰,都承认他们祖上是在徽州。努生调侃地说:"胡先生,如果再扩大研究下去,我们可以说中华民族起源于徽州了。"相与拊掌大笑。

吾妻季淑是绩溪程氏,我在胡先生座中如遇有徽州客人,胡先生必定这样的介绍我:"这是梁某某,我们绩溪的女婿,半个徽州人。"他的记忆力特别好,他不会忘记提起我的岳家早年在北京开设的程五峰斋,那是一家在北京与胡开文齐名的笔墨店。

胡先生酒量不大,但很喜欢喝酒。有一次他的朋友结婚,请他证婚,这是他最喜欢做的事,筵席只预备了两桌,礼毕入席,每桌备酒一壶,不到一巡而壶告罄。胡先生大呼添酒,侍者表示为难。主人连忙解释,说新娘是 Temperance Lesgue(节酒会)的会员。胡先生从怀里掏出现洋一元交付侍者,他说:"不干新郎新娘的事,这是我们几个朋友今天高兴,要再喝几杯。赶快拿酒来。"主人无可奈何,只好添酒。

事实上胡先生从不闹酒。民国二十年春,胡先生由沪赴平,道出青岛,我们请他到青岛大学演讲,他下榻万国疗养院。讲题是《山东在中国文化里的地位》,就地取材,实在高明之至,对于齐鲁文化的变迁,儒道思想的递嬗,讲得头头是道,孜孜不倦,听众无不欢喜。当晚青大设宴,有酒如渑,胡先生赶快从袋里摸出一只大金指环给大家传观,上面刻着"戒酒"二字,是胡太太送给他的。

胡先生交游广,应酬多,几乎天天有人邀饮,家里可以无需开伙。徐志摩风趣地说:"我最羡慕我们胡大哥的肠胃,天天酬酢,肠胃居然吃得消!"其实胡先生并不欣赏这交际性的宴会,只是无法拒绝而已。民国二十年六月二十一日胡先生写信给我,劝我离开青岛到北大教书,他说:"你来了,我陪你喝十碗好酒!"

胡先生住上海极司菲尔路的时候,有一回请"新月"一些朋友到他家里吃饭,菜是胡太太亲自做的——徽州著名的"一品锅"。一只大铁锅,口径差不多有一尺,热腾腾的端了上桌,里面还在滚沸,一层鸡,一层鸭,一层肉,点缀着一些蛋皮饺,紧底下是萝卜白菜。胡先生详细介绍这一品锅,告诉我们这是徽州人家待客的上品,酒菜、饭菜、汤,都在其中矣。对于胡太太的烹调的本领,他是赞不绝口的。他认为另有一样食品也是非胡太太不办的,那就是蛋炒饭——饭里看不见蛋而蛋味十足,我虽没有品尝过,可是我早就知道其做法是把饭放在搅好的蛋里拌匀后再下锅炒。

胡先生不以书法名,但是求他写字的人太多,他也喜欢写。他做中国公学校长的时候,每星期到吴淞三两次,我每次遇见他都是看到他被学生们里三层外三层的密密围绕着。学生要他写字,学生需要自己备纸和研好的墨。他未到校之前,桌上已按次序排好一卷一卷的宣纸,一盘一盘的墨汁。他进屋之后就伸胳膊挽袖子,挥毫落纸如云烟,还要一面和人寒暄,大有手挥五弦目送飞鸿之势。胡先生的字如其人,清癯削瘦,而且相当工整,从来不肯作行草,一横一捺都拖得很细很长,好像是伸胳膊伸腿的样子。不像瘦金体,没有那一份劲逸之气,可是不俗。胡先生说起蔡孑民先生的字,也是瘦骨嶙峋,和一般人点翰林时所写的以黑大圆光著名的墨卷迥异其趣,胡先生曾问过他,以他那样的字何以能点翰林,蔡先生答说:"也许是因为当时最流行的是黄山谷的字体罢!"

胡先生最爱写的对联是"大胆的假设,小心的求证;认真的做事,严肃的做人。"我常惋惜,大家都注意上联,而不注意下联。这一联有如双翼,上联教人求学,下联教人做人,我不知道胡先生这一联发生了多少效果。这一联教训的意味很浓,胡先生自己亦不讳言他喜欢用教训的口吻。他常说："说话而教人相信，必须斩钉截铁，咬牙切齿，翻来覆去的说。圣经里便是时常使用 Verily，Verily 以及 Thou shalt 等等的字样。"胡先生说话并不武断，但是语气永远是非常非常坚定的。

赵瓯北的一首诗"李杜诗篇万口传，至今已觉不新鲜，江山代有才人出，各领风骚数百年"，也是胡先生所爱好的，显然是因为这首诗的见解颇合于提倡新文学者的口味。胡先生到台湾后，有一天我请他到师大讲演，讲的是《中国文学的演变》，以六十八高龄的人犹能谈上两个钟头而无倦色。在休息的时间，《中国语文》一月刊请他题字，他题了三十多年前的旧句："山风吹散了窗纸上的松影，吹不散我心头的人影。"

胡先生毕生服膺科学，但是他对于中医问题的看法并不趋于极端，和傅斯年先生一遇到孔庚先生便脸红脖子粗的情形大不相同。傅斯年先生反对中医，有一次和提倡中医的孔庚先生在国民参政会席上相对大骂（几乎要挥老拳）。胡先生笃信西医，但也接受中医治疗。

民国十四年二月孙中山先生病危，从医院迁出，住进行馆，改试中医，由适之先生偕名医陆仲安诊视。这一段经过是大家知道的。陆仲安初无藉藉名，徽州人，一度落魄，住在绩溪会馆，所以才认识胡先生，偶然为胡先生看病，竟奏奇效，故胡先生为他揄扬，名医之名不胫而走。事实上陆先生亦有其不平凡处，盛名固非幸致。十五六年之际，我家里有人患病即常延陆来诊。陆先生诊病，无模棱两可语，而且处方下药分量之重令人惊异。药必须要到同仁堂去抓。否则不悦。每服药必定是大大的一包，小一点的药锅便放不进去。贵重的药更要大量使用。他的理论是：看准了病便要投以重剂猛攻。后来在上海,有一次胡先生请吃花酒,我发现陆先生亦为席上客,那时候他已是大腹便便、仆仆京沪道上专为要人治病的名医了。

胡先生左手背上有一肉瘤隆起,医师劝他割除,他就在北平协和医院接受手术。他告诉我医师们动手术的时候,动用一切应有的设备,郑重其事的为他解除这一小患,那份慎重将事的态度使他感动。又有一次乘船到美国去开会,医师劝他先割掉盲肠再作海上旅行,以免途中万一遭遇病发而难以处治,他欣然接受了外科手术。

我没看见过胡先生请教中医或服中药,可是也不曾听他说过反对中医中药的话。

胡先生从来不在人背后说人的坏话,而且也不喜欢听人在他面前说别人的坏话。有一次他听了许多不相干的闲话之后,喟然而叹曰:"来说是非者,便是是非人!"相反的,人有一善,胡先生辄津津乐道,真是口角春风。徐志摩给我的一封信里有"胡圣潘仙"一语,是因为胡先生向有"圣人"之称,潘光旦只有一条腿,可跻身八仙之列,并不完全是戏谑。

但是誉之所至,谤亦随之。胡先生到台湾来,不久就出现了《胡适与国运》匿名小册(后来匿名者显露了真姓名),胡先生夷然处之,不予理会。胡先生兴奋的说,大陆上印出了三百万字清算胡适思想,言外之意《胡适与国运》太不成比例了。胡先生返台定居,本来是落叶归根非常明智之举,但也不是没有顾虑。首先台湾气候并不适宜。四十六年十一月二十五日给陈之藩先生的信就说:"请胸部大夫检查两次,X光照片都显示肺部有弱点(旧的、新的)。此君很不赞成我到台湾的'潮冷'又'潮热'的气候去久住。"但是四十五年十一月十八日给赵元任夫妇的信早就说过:"我现在的计划是要在台中或台北……为久居之计。不管别人欢迎不欢迎,讨厌不讨厌,我在台湾是要住下去的。（我也知道一定有人不欢迎我长住下去。）"可见胡先生决意来台定居，医生的意见也不能左右他，不欢迎他的人只好写写《胡适与国运》罢了。

四十九年七月十日胡先生在西雅图举行"中美文化合作会议"发表的一篇讲演，是很重要的文献，原文是英文的，同年七月廿一、廿二、廿三日，《中央日报》有中文译稿。在这篇讲演里，胡先生历述中国文化之演进的大纲，结论是："我相信人道主义及理性主义的中国传统，并未被毁灭，且在所有情形下不能被毁灭！"大声疾呼，为中国文化传统作狮子吼。在座的中美听众一致起立，欢呼鼓掌久久不停，情况是非常动人，事后有一位美国学者称道这篇演讲具有"邱吉尔作风"。我觉得像这样的言论才算得是弘扬中国文化。当晚，在旅舍中胡先生取出一封复印信给我看，是当地主人华盛顿大学校长欧地嘉德先生特意复印给胡先生的。这封信是英文的，是中国人写的英文，起草的人是谁不问可知，是写给欧地嘉德的，具名连署的人不下十余人之多，其中有"委员"，有"教授"，有男有女。信的主旨大概是说：胡适是中国文化的叛徒，不能代表中国文化，此番出席会议未经合法推选程序，不能具有代表资格，特予郑重否认云云。我看过之后交还了胡先生，问他怎样处理，胡先生微笑着说："不要理他！"我不禁想起《胡适与国运》。

胡先生在师大讲演中国文学的变迁，弹的还是他的老调。我给他录了音，音带藏师大文学院英语系。他在讲词中提到律诗及评剧，斥为"下流"。听众中喜爱律诗及评剧的人士大为惊愕，当时面面相觑，事后议论纷纷。我告诉他们这是胡先生数十年一贯的看法，可惊的是他几十年后一点也没有改变。中国律诗的艺术之美，评剧的韵味，都与胡先生始终无缘。八股、小脚、鸦片，是胡先生所最深恶痛绝的，我们可以理解。律诗与评剧似乎应该属于另一范畴。

胡先生对于禅宗的历史下过很多功夫，颇有心得，但是对于禅宗本身那一套奥义并无好感。有一次朋友宴会，饭后要大家题字，我偶然的写了"无门关"的一偈，胡先生看了很吃一惊，因此谈起禅宗。我提到日本铃木大拙所写的几部书，胡先生正色说："那是骗人的，你不可信他。"

忆胡适之

■ 张爱玲

一九五四年秋,我在香港寄了本《秧歌》给胡适先生,另写了封短信,没留底稿,大致是说希望这本书有点像他评《海上花》的"平淡而近自然"。收到的回信一直郑重收藏,但是这些年来搬家次数太多,终于遗失。幸而朋友代抄过一份,她还保存着,如下:

爱玲女士:

谢谢你十月二十五日的信和你的小说《秧歌》!

请你恕我这许久没给你写信。

你这本《秧歌》,我仔细看了两遍,我很高兴能看见这本很有文学价值的作品。你自己说的"有一点接近平淡而近自然的境界",我认为你在这个方面已做到了很成功的地步!这本小说,从头到尾,写的是"饥饿",——也许你曾想到用"饿"做书名,写的真好,真有"平淡而近自然"的细致工夫。

你写月香回家后的第一顿"稠粥",已很动人了。后来加上一位从城市来忍不得饿的顾先生,你写他背人偷吃镇上带回来的东西的情形,真使我很佩服。我最佩服你写他出门去丢蛋壳和枣核的一段,和"从来没注意到(小麻饼)吃起来佟噇佟噇,响得那么厉害"一段。这几段也许还有人容易欣赏。下面写阿招挨打的一段,我怕读者也许不见得一读就能了解了。

你写人情，也很细致，也能做到"平淡而近自然"的境界。如131—132页写的那条棉被，如175、189页写的那件棉袄，都是很成功的。189页写棉袄的一段真写得好，使我很感动。

"平淡而近自然的境界"是很难得一般读者的赏识的。《海上花》就是一个久被埋没的好例子。你这本小说出版后，得到什么评论？我很想知道一二。

你的英文本，将来我一定特别留意。

中文本可否请你多寄两三本来，我要介绍给一些朋友看看。

书中160页"他爹今年八十了，我都八十一了"，与205页的"六十八喽"相差太远，似是小误。76页"在被窝里点着蜡烛"，似乎也可删。

以上说的话，是一个不曾做文艺创作的人的胡说，请你不要见笑。我读了你的十月的信上说的"很久以前我读你写的《醒世姻缘》与《海上花》的考证，印象非常深，后来找了这两部小说来看，这些年来，前后不知看了多少遍，自己以为得到不少益处。"——我读了这几句话，又读了你的小说，我真很感觉高兴！如果我提倡这两部小说的效果单止产生了你这一本《秧歌》，我也应该十分满意了。

你在这本小说之前，还写了些什么书？如方便时，我很想看看。

匆匆敬祝

平安

胡适敬上

一九五五、一、廿五

（旧历元旦后一日）

适之先生的加圈似是两用的,有时候是好句子加圈,有时候是语气加重,像西方文字下面加杠子。讲到加杠子,二〇、三〇年代的标点,起初都是人、地名左侧加一行直线,很醒目,不知道后来为什么废除了,我一直惋惜。又不像别国文字可以大写。这封信上仍旧是月香。书名是左侧加一行曲线,后来通用引语号。适之先生用了引语号,后来又忘了,仍用一行曲线。在我看来都是"五四"那时代的痕迹,"不胜低回"。

我第二封信的底稿也交那位朋友收着,所以侥幸还在:

适之先生:

收到您的信,真高兴到极点,实在是非常大的荣幸。最使我感谢的是您把《秧歌》看得那样仔细,您指出76页叙沙明往事那一段可删,确是应当删。那整个的一章是勉强添补出来的。至于为什么要添,那原因说起来很复杂。最初我也就是因为《秧歌》这故事太平淡,不合我国读者的口味——尤其是东南亚的读者——所以发奋要用英文写它。这对于我是加倍的困难,因为以前从来没有用英文写过东西,所以着实下了一番苦功。写完之后,只有现在的三分之二。寄去给代理人,嫌太短,认为这么短的长篇小说没有人肯出版。所以我又添出第一二两章(原文是从第三章月香回乡开始的),叙王同志过去历史的一章,杀猪的一章。最后一章后来也补写过,译成中文的时候没来得及加进去。

160页谭大娘自称八十一岁,205页又说她六十八岁,那是因为她向兵士哀告的时候信口胡说,也就像叫化子总是说"家里有八十岁老娘"一样。我应当在书中解释一下的。

您问起这里的批评界对《秧歌》的反应。有过两篇批评,都是由政治方面着眼,对于故事本身并不怎样注意。

我寄了五本《秧歌》来。别的作品我本来不想寄来的,因为实在是坏——绝对不是客气话,实在是坏。但是您既然问起,我还是寄了来,您随便翻翻,看不下去就丢下。一本小说集,是十年前写的,去年在香港再版。散文集《流言》也是以前写的,我这次离开上海的时候很匆促,一本也没带,这是香港的盗印本,印得非常恶劣。还有一本《赤地之恋》,是在《秧歌》以后写的,因为要顾到东南亚一般读者的兴味,自己很不满意。而销路虽然不像《秧歌》那样惨,也并不见得好。我发现迁就的事情往往是这样。

《醒世姻缘》和《海上花》一个写得浓,一个写得淡,但是同样是最好的写实的作品。我常常替它们不平,总觉得它们应当是世界名著。《海上花》虽然不是没有缺陷的,像《红楼梦》没有写完也未始不是一个缺陷。缺陷的性质虽然不同,但无论如何,都不是完整的作品。我一直有一个志愿,希望将来能把《海上花》和《醒世姻缘》译成英文。里面对白的语气非常难译,但是也并不是绝对不能译的。我本来不想在这里提起的,因为您或者会担忧,觉得我把事情看得太容易了,会糟蹋了原著。但是我不过是有这样一个愿望,眼前我还是想多写一点东西。如果有一天我真打算实行的话,一定会先译半回寄了来,让您看行不行。

祝近好

张爱玲

二月廿日

同年十一月，我到纽约不久，就去见适之先生，跟一个锡兰朋友炎樱一同去。那条街上一排白色水泥方块房子，门洞里现出楼梯，完全是港式公寓房子，那天下午晒着太阳，我都有点恍惚起来，仿佛还在香港。上了楼，室内陈设也看着眼熟得很。适之先生穿着长袍子。他太太带点安徽口音，我听着更觉得熟悉。她端丽的圆脸上看得出当年的模样，两手交握着站在当地，态度有点生涩，我想她也许有些地方永远是适之先生的学生。使我立刻想起读到的关于他们是旧式婚姻罕有的幸福的例子。他们俩都很喜欢炎樱，问她是哪里人。她用国语回答，不过她离开上海久了，不大会说了。

　　喝着玻璃杯里泡着的绿茶，我还没进门就有的时空交叠的感觉更浓了。我看的《胡适文存》是在我父亲窗下的书桌上，与较不像样的书并列。他的《歇浦潮》、《人心大变》、《海外缤纷录》我一本本拖出去看，《胡适文存》则是坐在书桌前看的。《海上花》似乎是我父亲看了胡适的考证去买来的。《醒世姻缘》是我破例要了四块钱去买的。买回来看我弟弟拿着舍不得放手，我又忽然一慷慨，给他先看第一二本，自己从第三本看起，因为读了考证，大致已经有点知道了。好几年后，在港战中当防空员，驻扎在冯平山图书馆，发现有一部《醒世姻缘》，马上得其所哉，一连几天看得抬不起头来。房顶上装着高射炮，成为轰炸目标，一颗颗炸弹轰然落下来，越落越近。我只想着：至少等我看完了吧。

　　我姑姑有个时期跟我父亲借书看，后来兄妹闹翻了不来往，我父亲有一次忸怩的笑着咕噜了一声："你姑姑有两本书还没还我。"我姑姑也有一次有点不好意思的说："这本《胡适文存》还是他的。"还有一本萧伯纳的《圣女贞德》，德国出版的，她很喜欢那米色的袖珍本，说："他这套书倒是好。"她和我母亲跟胡适先生同桌打过牌。战后报上登着胡适回国的照片，不记得是下飞机还是下船，笑容满面，笑得像个猫脸的小孩，打着个大圆点的蝴蝶式领结，她看着笑了起来说，"胡适之这样年轻！"

那天我跟炎樱去过以后，炎樱去打听了来，对我说："喂，你那位胡博士不大有人知道，没有林语堂出名。"我屡次发现外国人不了解现代中国的时候，往往是因为不知道五四运动的影响。因为五四运动是对内的，对外只限于输入。我觉得不但我们这一代与上一代，就连大陆上的下一代，尽管反胡适的时候许多青年已经不知道在反些什么，我想只要有心理学家荣（Jung）所谓民族回忆这样东西，像五四这样的经验是忘不了的，无论湮没多久也还是在思想背景里。荣与弗洛伊德齐名。不免联想到弗洛伊德研究出来的，摩西是被以色列人杀死的。事后他们自己讳言，年代久了又倒过来仍旧信奉他。

我后来又去看过胡适先生一次，在书房里坐，整个一道墙上一溜书架，虽然也很简单，似乎是定制的，几乎高齐屋顶，但是没搁书，全是一叠叠的文件夹子，多数乱糟糟露出一截子纸。整理起来需要的时间心力，使我一看见就心悸。

跟适之先生谈，我确是如对神明。较具体的说，是像写东西的时候停下来望着窗外一片空白的天，只想较近真实。适之先生讲起大陆，说"纯粹是军事征服"。我顿了顿，没有回答，因为自从一九三几年起看书，就感到左派的压力，虽然本能地起反感，而且像一切潮流一样，我永远是在外面的，但是我知道它的影响不止于像西方的左派只限一九三〇年代。我一默然，适之先生立刻把脸一沉，换了个话题。我只记得自己太不会说话，因而耿耿于心的这两段。

他还说："你要看书可以到哥伦比亚图书馆去，那儿书很多。"我不由得笑了。那时候我虽然经常的到市立图书馆借书,还没有到大图书馆查书的习惯,更不必说观光。适之先生一看,马上就又说到别处去了。

他讲他父亲认识我的祖父,似乎是我祖父帮过他父亲一个小忙。我连这段小故事都不记得,仿佛太荒唐。原因是我们家里从来不提祖父。有时候听我父亲跟客人谈"我们老太爷",总是牵涉许多人名,不知道当时的政局就跟不上,听不了两句就听不下去了。我看了《孽海花》才感到兴趣起来,一问我父亲,完全否认。后来又听见他跟个亲戚高谈阔论,辩明不可能在签押房撞见东翁的女儿,那首诗也不是她做的。我觉得那不过是细节。过天再问他关于祖父别的事,他悻悻然说:"都在爷爷的集子里,自己去看好了!"我到书房去请老师给我找了出来,搬到饭厅去一个人看。典故既多,人名无数,书信又都是些家常话。几套线装书看得头昏脑胀,也看不出幕后事情。又不好意思去问老师,仿佛喜欢讲家世似的。

祖父死的时候我姑姑还小,什么都不知道,而且微窘地笑着问:"怎么想起来问这些?"因为不应当跟小孩子们讲这些话,不民主。我几下子一碰壁,大概养成了个心理错综,一看到关于祖父的野史就马上记得,一归入正史就毫无印象。

适之先生也提到不久以前在书摊上看到我祖父的全集,没有买。又说正在给《外交》杂志("Foreign Affairs")写篇文章,有点不好意思地笑了笑,说:"他们这里都要改的。"我后来想看看《外交》逐期的目录,看有没有登出来,工作忙,也没看。

感恩节那天,我跟炎樱到一个美国女人家里吃饭,人很多,一顿烤鸭子吃到天黑,走出来满街灯火橱窗,新寒暴冷,深灰色的街道特别干净,霓虹灯也特别晶莹可爱,完全像上海。我非常快乐,但是吹了风回去就呕吐。刚巧胡适先生打电话来,约我跟他们吃中国馆子。我告诉他刚吃了回来吐了,他也就算了,本来是因为感恩节,怕我一个人寂寞。其实,我哪过什么感恩节。

炎樱有认识的人住过一个职业女子宿舍,我也就搬了去住。是救世军办的,救世军是出名救济贫民的,谁听见了都会骇笑,就连住在那里的女孩子们提起来也都讪讪地嗤笑着。虽有年龄限制,也有几位胖太太,大概与教会有关系的,似乎打算在此终老的了。管事的老姑娘都称中尉、少校。餐厅里代斟咖啡的是醉倒在鲍艾里(The Bowery)的流浪汉,她们暂时收容的,都是酒鬼,有个小老头子,蓝眼睛白蒙蒙的,有气无力靠在咖啡炉上站着。

有一天,胡适先生来看我,请他到客厅去坐,里面黑洞洞的,足有个学校礼堂那么大,还有个讲台,台上有钢琴,台下空空落落放着些旧沙发。没什么人,干事们鼓励大家每天去喝下午茶,谁也不肯去。我也是第一次进去,看着只好无可奈何地笑。但是适之先生直赞这地方很好。我心里想,还是我们中国人有涵养。坐了一会出来,他一路四面看着,仍旧满口说好,不像是敷衍话。也许是觉得我没有虚荣心。我当时也没有琢磨出来,只马上想起他写的他在美国的学生时代,有一天晚上去参加复兴会教派篝火晚会的情形。

我送到大门外,在台阶上站着说话。天冷,风大,隔着条街从赫贞江上吹来。适之先生望着街口露出的一角空蒙的灰色河面,河上有雾,不知道怎么笑眯眯的老是望着,看怔住了。他围巾裹得严严的,脖子缩在半旧的黑大衣里,厚实的肩背,头脸相当大,整个凝成一座古铜半身像。我忽然一阵凛然,想着:原来是真像人家说的那样。而我向来相信凡是偶像都有"黏土脚",否则就站不住,不可信。我出来没穿大衣,里面暖气太热,只穿着件大挖领的夏衣,倒也一点都不冷,站久了只觉得风飕飕的。我也跟着向河上望过去微笑着,可是仿佛有一阵悲风,隔着十万八千里从时代的深处吹出来,吹得眼睛都睁不开。那是我最后一次看见适之先生。

我二月里搬到纽英伦去,几年不通消息。一九五八年,我申请到南加州亨亭屯·哈特福基金会去住半年,那是 A&P 超级市场后裔办的一个艺文作场,是海边山谷里一个魅丽的地方,前年关了门,报上说蚀掉五十万。我写信请适之先生作保,他答应了,顺便把我三四年前送他的那本《秧歌》寄还给我,经他通篇圈点过,又在扉页上题字。我看了实在震动,感激得说不出话来,写都无法写。

写了封短信去道谢后,不记得什么时候读到胡适返台消息。又隔了好些时,看到噩耗,只惘惘的。是因为本来已经是历史上的人物?我当时不过想着,在宴会上演讲后突然逝世,也就是从前所谓无疾而终,是真有福气。以他的为人,也是应当的。

直到去年,我想译《海上花》,早几年不但可以请适之先生帮忙介绍,而且我想他会感到高兴的,这才真正觉得适之先生不在了。往往一想起来眼睛背后一阵热,眼泪也流不出来。要不是现在有机会译这本书,根本也不会写这篇东西,因为那种仓皇与恐怖太大了,想都不愿意朝上面想。

译《海上花》最明显的理由似是跳掉吴语的障碍,其实吴语对白也许并不是它不为读者接受最大的原因。亚东版附有几页字典,我最初看这部书的时候完全不懂上海话,并不费力。但是一九三五年的亚东版也像一八九四年的原版一样绝版了。大概还是兴趣关系,太欠传奇化,不 sentimental。英美读者也有他们的偏好,不过他们批评家的影响较大,看书的人多,比较容易遇见识者。十九世纪英国作家乔治·包柔（George Borrow）的小说不大有人知道——我也看不进去——但是迄今美国常常有人讲起来都是乔治·包柔迷，彼此都欣然。

要是告诉他们中国过去在小说上的成就不下于绘画、瓷器，谁也会露出不相信的神气。要说中国诗，还有点莫测高深。有人说诗是不能译的。小说只有本《红楼梦》是代表作，没有较天真的民间文学成分。《红楼梦》他们大都只看个故事轮廓，大部分是高鹗的，大家庭三角恋爱，也很平常。要给它应得的国际地位，只有把它当作一件残缺的艺术品，去掉后四十回，可能加上原著结局的考证。我十二三岁的时候第一次看，是石印本，看到八十一回《四美钓游鱼》，忽然天日无光，百样无味起来，此后完全是另一个世界。最奇怪的是宝黛见面一场之僵，连他们自己都觉得满不是味。许多年后才知道是别人代续的，可以同情作者之如芒刺在背，找到些借口，解释他们态度为什么变了，又匆匆结束了那场谈话。等到宝玉疯了就好办了。那时候，我怎么着也想不到是另一个人写的，只晓得宁可再翻到前面，看我跳掉的做诗行令部分。

在美国，有些人一听见《海上花》是一八九四年出版的，都一怔，说："这么晚……差不多是新文艺了嘛！"也像买古董一样讲究年份。《海上花》其实是旧小说发展到极端，最典型的一部。作者最自负的结构，倒是与西方小说共同的。特点是极度经济，读着像剧本，只有对白与少量动作。暗写、白描，又都轻描淡写不落痕迹，织成一般人的生活的质地，粗疏、灰扑扑的，许多事"当时浑不觉"。所以题材虽然是八十年前的上海妓家，并无艳异之感，在我所有看过的书里最有日常生活的况味。

胡适先生的考证指出这本书的毛病在中段名士美人大会一笠园。

我想作者不光是为了插入他自己得意的诗文酒令，也是表示他也会写大观园似的气象。凡是好的社会小说家——社会小说后来沦为黑幕小说，也许应当照 novel of manners 译为"生活方式小说"——能体会到各阶层的口吻行事微妙的差别，是对这些地方特别敏感，所以有时候阶级观念特深，也就是有点势利。作者对财势滔天的齐韵叟与齐府的清客另眼看待，写得他们处处高人一等，而失了真。

管事的小赞这人物，除了为了插入一首菊花诗，也是像"诗婢"，间接写他家的富贵风流。此外只有第五十三回齐韵叟撞见小赞在园中与人私会，没看清楚是谁。回目上点明是一对情侣，而从此没有下文，只在跋上提起将来"小赞小青挟赀远遁"，才知道是齐韵叟所眷妓女苏冠香的婢女小青。丫头跟来跟去，不过是个名字而已，未免写得太不够。作者用藏闪法，屡次借回目点醒，含蓄都有分寸，扣得极准，这是唯一的失败的例子。我的译本删去几回，这一节也在内，都仍旧照原来的纹路补缀起来。

像赵二宝那样的女孩子太多了，为了贪玩、好胜而堕落。而她仍旧成为一个高级悲剧人物。窝囊的王莲生受尽沈小红的气，终于为了她姘戏子而断了，又不争气，有一个时期还是回到她那里。而最后飘逸的一笔，还是把这回事提高到恋梦破灭的境界。作者尽管世俗，这种地方他的观点在时代与民族之外，完全是现代的、世界性的，这在旧小说里实在难得。

但是就连自古以来崇尚简略的中国，也还没有像他这样简无可简，跟西方小说的传统刚巧背道而驰。他们向来是解释不厌其详的，《海上花》许多人整天荡来荡去，面目模糊，名字译成英文后，连性别都看不出。才摸熟了倒又换了一批人。我们《三字经》式的名字他们连看几个立刻头晕眼花起来，不比我们自己看着，文字本身在视觉上有色彩。他们又没看惯夹缝文章,有时候简直需要个金圣叹逐句夹评夹注。

中国读者已经摒弃过两次的东西,他们能接受?这件工作我一面做着,不免面对着这些问题,也老是感觉着,适之先生不在了。

我与老舍与酒

■ 台静农

报纸上登载,重庆的朋友预备为老舍兄举行写作二十年纪念,这确是一桩可喜的消息。因为二十年不算短的时间,一个人能不断地写作下去,并不是容易的事,我也想写作过,——在十几年以前,也许有二十年了,可是开始之年,也就是终止之年,回想起来,惟有惘然,一个人生命的空虚,终归是悲哀的。

我在青岛山东大学教书时,一天,他到我宿舍来,送我一本新出版的《老牛破车》,我同他说,"我喜欢你的《骆驼祥子》。"那时似乎还没有印出单行本,刚在《宇宙风》上登完。他说,"只能写到那里了,底下咱不便写下去了。"笑着,"嘻嘻"的——他老是这样神气的。

我初到青岛,是二十五年秋季,我们第一次见面,便在这样的秋末冬初,先是久居青岛的朋友请我们吃饭,晚上,在一家老饭庄,室内的陈设,像北平的东兴楼。他给我的印象,面目有些严肃,也有些苦闷,又有些世故;偶然冷然地冲出一句两句笑话时,不仅仅大家轰然,他自己也"嘻嘻"地笑,这又是小孩样的天真呵。

从此,我们便厮熟了,常常同几个朋友吃馆子,喝着老酒,黄色,像绍兴的竹叶青,又有一种泛紫黑色的,味苦而微甜。据说同老酒一样的原料,故叫作苦老酒,味道是很好的,不在绍兴酒之下。直到现在,我想到老舍兄时,便会想到苦老酒。有天傍晚,天气阴霾,北风虽不大,却马上就要下雪似的,老舍忽然跑来,说有一家新开张的小馆子,卖北平的炖羊肉,于是同石荪仲纯两兄一起走在马路上,我私下欣赏着老舍的皮马褂,确实长得可以,几乎长到皮袍子一大半,我在北平中山公园看过新元史的作者八十岁翁穿过这么长的一件外衣,他这一身要算是第二件了。

那时他专门在从事写作,他有一个温暖的家,太太温柔地照料着小孩,更照料着他,让他安静地每天写两千字,放着笔时,总是带着小女儿,在马路上大叶子的梧桐树下散步,春夏之交的时候,最容易遇到他们。仿佛往山东大学入市,拐一弯,再走三四分钟路,就是他住家邻近的马路,头发修整,穿着浅灰色西服,一手牵着一个小孩,远些看有几分清癯,却不文弱,——原来他每天清晨,总要练一套武术的,他家的走廊上就放着一堆走江湖人的家伙,我认识其中一支戴红缨的标枪。

廿六年七月一日,我离青岛去北平,接着七七事变,八月中我又从天津搭海船绕道到济南,在车站上遇见山东大学同学,知道青岛的朋友已经星散了。以后回到故乡,偶从报上知老舍兄来到汉口,并且同了许多旧友在筹备文艺协会。我第二年秋入川,寄居白沙,老舍兄是什么时候到重庆的,我不知道,但不久接他来信,要我出席鲁迅先生二周年祭报告,当我到了重庆的晚上,适逢一位病理学者拿了一瓶地道的茅台酒,我们三个人在 × 市酒家喝了。几天后,又同几个朋友喝了一次绍兴酒,席上有何容兄,似乎喝到他死命的要喝时,可是不让他再喝了。这次见面,才知道他的妻儿还留在北平。武汉大学请他教书去,没有去,他不愿意图个人的安适,他要和几个朋友支持着"文协",但是,他已不是青岛时的老舍了,真是清癯了,苍老了,面上更深刻着苦闷的条纹了。三十年春天,我同建功兄去重庆，出他意料之外，他高兴得"破产请客"。虽然他更显得老相，面上更加深刻着苦闷的条纹，衣着也大大地落拓了，还患着贫血症，有位医生义务地在给他打针药。可是，他的精神是愉快的，他依旧要同几个朋友支持着"文协"，单看他送我的小字条，就知道了，抄在后面罢：

  看小儿女写字，最为有趣，倒画逆推，信意创作，兴之所至，加减笔画，前无古人，自成一家，至指黑眉重，墨点满身，亦具淋漓之致。

  为诗用文言，或者用白话，语妙即成诗，何必乱吵絮。

下面题着：

  静农兄来渝，酒后论文说字，写此为证。

  这以后，我们又有三个年头没有见面了。这三年的期间，活下去大不容易，我个人的变化并不少，老舍兄的变化也不少罢，听说太太从北平带着小孩来了，应该有些慰安了，却又害了一场盲肠炎。能不能再喝几盅白酒呢？这个是值得注意的事，因为战争以来，朋友们往往为了衰病都喝不上酒了；至于穷喝不起，那又当别论。话又说回来了，在老舍兄写作二十年纪念日，我竟说了一通酒话，颇像有意剔出人家的毛病来，不关祝贺，情类告密，以嗜酒者犯名士气故耳。这有什么办法呢？我不是写作者，只有说些不相干的了。现在发下宏愿要是不迟的话，还是学写作罢，可是老舍兄还春纪念时能不能写出像《骆驼祥子》那样的书呢？

怀念赵元任先生

■ 王了一

去年 5 月 17 日,赵元任先生从美国回到北京。这是他在解放后第二次回北京。第一次在 1973 年春天,周恩来总理会见了他。这次回来,邓小平副主席会见了他,中国社会科学院宴请了他,北京大学聘他为名誉教授。他的女儿赵如兰教授说,元任先生最满意的一件事是去年夏天他同女儿、女婿回国来了。的确是这样,他的高兴的心情我看得出来,所以我两次劝他回国定居。他说他在美国还有事情要处理,他回去再来。去年 12 月,清华大学打电话告诉我,元任先生已决定回国定居,我高兴极了。不料今年 3 月他就离开了我们。

在去年 6 月 10 日北京大学授予赵元任先生名誉教授称号的盛会上,我致了颂词。我勉励我的学生向元任先生学习,学习他的博学多能,学习他的由博返约,学习他先当哲学家、文学家、物理学家、数学家、音乐家,最后成为世界闻名的语言学家。

我在 1926 年考进清华大学研究院,当时我们有四位名教授:梁启超、王国维、赵元任、陈寅恪。我们同班的三十二位同学只有我一个人跟元任先生学习语言学,所以我和元任先生的关系特别密切。我常常到元任先生家里看他。有时候正碰上他吃午饭,赵师母笑着对我说:"我们边吃边谈吧,不怕你嘴馋。"有一次我看见元任先生正在弹钢琴,弹的是他自己谱写的歌曲。耳濡目染,我更喜爱元任先生的学问了。

　　我跟随元任先生虽只有短短的一年，但是我在学术方法上受元任先生的影响很深。后来我在《中国现代语法》自序上说，元任先生在我的研究生论文上所批的"说有易，说无难"六个字，至今成为我的座右铭。事情是这样的：我在研究生论文《中国古文法》里讲到"反照句"、"纲目句"的时候，加上一个（附言）说："反照句、纲目句，在西文罕见。"元任先生批云："删附言！未熟通某文，断不可定其无某文法。言有易，言无难！"这是对我的当头棒喝。但是我还没有接受教训。就在这一年，我写了另一篇论文《两粤音说》。承蒙元任先生介绍发表在《清华学报》上。这篇文章说两粤没有撮口呼。1928年元任先生去广州调查方言，他写信告诉当时在巴黎的我说，广州话里就有撮口呼，并举"雪"字为例。这件事使我深感惭愧。我检查我犯错误的原因，第一，我的论文题目本身就是错误的。调查方言只能一个一个地点去调查，决不能两粤作为一个整体来调查。其次，我不应该由我的家乡博白话没有撮口呼来推断两粤没有撮口呼，这在逻辑推理上是错误的。由于我在《两粤音说》上所犯的错误，我更懂得元任先生"说有易，说无难"的道理。

　　我1927年在清华研究院毕业后，想去法国留学，元任先生鼓励我，说法国有著名的语言学家，我可以去法国学习语言学。从此以后，我和元任先生很少见面了。但是，元任先生始终没有忘记我。1928年夏天，他把他的新著《现代吴语的研究》寄去巴黎给我，在扉页上用法文写着"avec compliments de Y.R.Chao"（"赵元任向你问好"）。1939年6月14日，他从檀香山寄给我一本法文书《时间与动词》，在扉页上用中文写着"给了一兄看"。1975年，他从美国加州寄给我一本用英文写的《早年自传》，在扉页上写着"送给了一兄存"。

我至今珍藏着这三本书。元任先生每十年写一封"绿色的信",印寄不常见面的亲戚朋友,我收到他的第二封和第五封。

我常常对我的学生说,元任先生之所以能有那么大的成就,就是因为基础打得好。1918年他在哈佛大学取得了哲学博士学位,那时他才二十六岁。1919年他回到他的母校康乃尔大学当物理学讲师。1921年,英国哲学家罗素来中国讲学,元任先生当翻译。在他的《自传》里可以看出,他是以此为荣的。1922年,他翻译了《阿丽思漫游奇境记》。1925年,他从欧洲归国后,在清华大学教数学,次年才当上研究院教授。在20年代,元任先生谱写了许多歌曲,如《叫我如何不想他》等,撰写了一些有关乐理的论文,如《中国派和声的几个小试验》等。哲学、文学、音乐、物理、数学,都是和语言学有密切关系的科学,这些基础打好了,搞起语言学来自然根深叶茂,取得卓越的成果。他写的《现代吴语的研究》、《南京音系》、《广西瑶歌记音》、《钟祥方言记》、《湖北方言调查》(主编)、《广州话入门》、《北京话入门》、《中国话的文法》、《语言问题》等,都是不朽的著作。我们向元任先生学习,不但要学习他的著作,还要学习他的治学经验和学术方法。

元任先生是中国的学者,可惜他在中国居住的时间太少了。据他的《自传》所载,他1910~1919在美国住了十年,1920~1921在中国,1921~1924在美国,1924~1925在欧洲,1925~1932在中国,1932~1933在美国,1933~1938在中国,1938~1982在美国居住四十四年(1973,1981回国两次)。假使他长期住在中国,当能对中国文化做出更大的贡献。据我所知,中华人民共和国建国以来,我们的政府一直争取元任先生返国。最后将近实现了,而元任先生却与世长辞。这不但使我们当弟子的深感哀痛,我国语言学

界也同声叹惜。最后,我把我的挽诗一首写在下面,来表示我的悼念之情:

> 离朱子野逊聪明,旷世奇才绝代英。
> 提要钩玄探古韵,鼓琴吹笛谱新声。
> 剧怜山水千重隔,不厌辀轩万里行。
> 今后更无青鸟使,望洋遥奠倍伤情!

风雨中忆萧红

■丁 玲

　　本来就没有什么地方可去，一下雨便更觉得闷在窑洞里的日子太长。要是有更大的风雨也好，要是有更汹涌的河水也好，可是仿佛要来一阵骇人的风雨似的，那么一块肮脏的云成天盖在头上，水声也是那么不断地哗啦哗啦在耳旁响，微微地下着一点看不见的细雨，打湿了地面，那轻柔的柳絮和蒲公英都飘舞不起而沾在泥土上了。这会使人有遐想，想到随风而倒的桃李，在风雨中更迅速进出的苞芽。即使是很小的风雨和浪潮，都更能显出百物的凋谢和生长，丑陋和美丽。

　　世界上什么是最可怕的呢，决不是艰难险阻，决不是洪水猛兽，也决不是荒凉寂寞。而难于忍耐的却是阴沉和絮聒；人的伟大也不是能乘风而起，青云直上，也不只是能抵抗横逆之来，而是能在阴霾的气压下，打开局面，指示光明。

　　时代已经非复少年时代了，谁还有悠闲的心情在闷人的风雨中煮酒烹茶与琴诗为侣呢？或者是温习着一些细腻的情致，重读着那些曾经被迷醉过被感动过的小说，或者低徊冥思那些天涯的故人？流着一点温柔的泪，那些天真、那些纯洁、那些无疵的赤子之心，那些轻微的感伤，那些精神上的享受都飞逝了，早已飞逝得找不到影子了。这个飞逝得很好，但现在是什么呢？是听着不断的水的絮聒，看着脏布也似的云块，痛感着阴霾，连寂寞的宁静也没有，然而却需要阿底拉斯的力背负着宇宙的时代所给予的创伤,毫不动摇地存在着,存在便是一种大声疾呼,便是一种骄傲,便是给絮聒以回答。

然而我决不会麻木的,我的头成天膨胀着要爆炸,它装得太多,需要呕吐。于是我写着,在白天,在夜晚,有关节炎的手臂因为放在桌子上太久而疼痛,患沙眼的眼睛因为在微小的灯光下而模糊。但幸好并没有激动,也没有感慨,我不缺乏冷静,而且很富有宽恕,我很愉快,因为我感到我身体内有东西在冲撞;它支持了我的疲倦,它使我会看到将来,它使我跨过现在,它会使我更冷静,它包括了真理和智慧,它是我生命中的力量,比少年时代的那种无愁的青春更可爱啊!

但我仍会想起天涯的故人的,那些死去的或是正受着难的。前天我想起了雪峰,在我的知友中他是最没有自己的了。他工作着,他一切为了党,他受埋怨过,然而他没有感伤,他对于名誉和地位是那样的无睹,那样不会趋炎附势,培植党羽,装腔作势,投机取巧。昨天我又苦苦地想起秋白,在政治生活中过了那么久,却还不能彻底地变更自己,他那种二重的生活使他在临死时还不能免于有所申诉。我常常责怪他申诉的"多余",然而当我去体味他内心的战斗历史时,却也不能不感动,哪怕那在整体中,是很渺小的。今天我想起了刚逝世不久的萧红,明天,我也许会想到更多的谁,人人都与这社会有关系,因为这社会,我更不能忘怀于一切了。

萧红和我认识的时候,是在一九三八年春初。那时山西还很冷,很久生活在军旅之中,习惯于粗犷的我,骤睹着她的苍白的脸,紧紧闭着的嘴唇,敏捷的动作和神经质的笑声,使我觉得很特别,而唤起许多回忆,但她的说话是很自然而真率的。我很奇怪作为一个作家的她，为什么会那样少于世故，大概女人都容易保有纯洁和幻想，或者也就同时显得有些稚嫩和软弱的缘故吧。但我们都很亲切，彼此并不感觉到有什么孤僻的性格。我们都尽情地在一块儿唱歌，每夜谈到很晚才睡觉。当然我们之中在思想上，在情感上，在性格上都不是没有差异，然而彼此都能理解，并不会因为不同意见或不同嗜好而争吵，而揶揄。接着是她随同我们一道去西安，我们在西安住完了一个春天。我们也痛饮过，我们也同度过风雨之夕，我们也互相倾诉。然而现在想来，我们谈得是多么的少啊！我们似乎从没有一次谈到过自己，尤其是我。然而我却以为她从没有一句话是失去了自己的，因为我们实在都太真实，太爱在朋友的面前赤裸自己的精神，因为我们又实在觉得是很亲近的。但我仍会觉得我们是谈得太少的，因为，像这样的能无妨嫌、无拘束、不需警惕着谈话的对手是太少了啊！

　　那时候我很希望她能来延安，平静地住一时期之后而致全力于著作。抗战开始后，短时期的劳累奔波似乎使她感到不知在什么地方能安排生活。她或许比我适于幽美平静。延安虽不够作为一个写作的百年长计之处，然在抗战中，的确可以使一个人少顾虑于日常琐碎，而策划于较远大的。并且这里有一种朝气，或者会使她能更健康些。但萧红却南去了。至今我还很后悔那时我对于她生活方式所参与的意见是太少了，这或许由于我们相交太浅，和我的生活方式离她太远的缘故，但徒劳的热情虽然常常于事无补，然在个人仍可得到一种心安。

　　我们分手后，就没有通过一封信。端木曾来过几次信，在最后的一封信上（香港失陷约一星期前收到）告诉我，萧红因病始由皇后医院迁出。不知为什么我就有一种预感，觉得有种可怕的东西会来似的。有一次我同白朗说:"萧红决不会长寿的。"当我说这话的时候,我是曾把眼睛扫遍了中国我所认识的或知道的女性朋友,而感到一种无言的寂寞。能够耐苦的,不依赖于别的力量,有才智、有气节而从事于写作的女友,是如此其寥寥啊!

不幸的是我的杞忧竟成了现实,当我昂头望着天的那边,或低头细数脚底的泥沙,我都不能压制我丧去一个真实的同伴的叹息。在这样的世界中生活下去,多一个真实的同伴,便多一份力量,我们的责任还不止于打开局面,指示光明,而还是创造光明和美丽;人的灵魂假如只能拘泥于个体的褊狭之中,便只能陶醉于自我的小小成就。我们要使所有的人都能有崇高的享受,和为这享受而做出伟大牺牲。

生在现在的这个世界上,活着固然能给整个事业添一份力量,而死对于自己也是莫大的损失。因为这世界上有的是戮尸的遗法,从此你的话语和文学将更被歪曲,被侮辱;听说连未死的胡风都有人证明他是汉奸,那么对于已死的人,当然更不必贿买这种无耻的人证了。鲁迅先生的"阿Q"曾被那批御用文人歪曲地诠释,那么《生死场》的命运也就难免于这种灾难。在活着的时候,你不能不被逼走到香港;死去,却还有各种污蔑在等着,而你还不会知道;那些与你一起的脱险回国朋友们还将有被监视和被处分的前途。我完全不懂得到底要把这批人逼到什么地步才算够?猫在吃老鼠之前,必先玩弄它以娱乐自己的得意。这种残酷是比一切屠戮都更恶毒,更需要毁灭的。

只要我活着,朋友的死耗一定将陆续地压住我沉闷的呼吸。尤其是在这风雨的日子里,我会更感到我的重荷。我的工作已经够消磨我的一生,何况再加上你们的屈死,和你们未完的事业,但我一定可以支持下去的。我要借这风雨,寄语你们,死去的,未死的朋友们,我将压榨我生命所有的余剩,为着你们的安慰和光荣。哪怕就仅仅为着你们也好,因为你们是受苦难的劳动者,你们的理想就是真理。

风雨已停,朦胧的月亮浮在西边的山头上,明天将有一个晴天。我为着明天的胜利而微笑,为着永生而休息。我吹熄了灯,平静地躺到床上。

忆白石老人

■ 艾 青

1949年我进北京城不久,就打听白石老人的情况,知道他还健在,我就想看望这位老画家。我约了沙可夫和江丰两个同志,由李可染同志陪同去看他,他住在西城跨车胡同十三号。进门的小房间住了一个小老头子,没有胡子,后来听说是清皇室的一名小太监,给他看门的。

当时,我们三个人都是北京军事管制委员会的文化接管委员,穿的是军装,臂上带臂章,三个人去看他,难免要使老人感到奇怪。经李可染介绍,他接待了我们。我马上向前说:"我在十八岁的时候,看了老先生的四张册页,印象很深,多年都没有机会见到你,今天特意来拜访。"

他问:"你在哪儿看到我的画?"

我说:"1928年,已经二十一年了,在杭州西湖艺术院。"

他问:"谁是艺术院院长?"

我说:"林风眠。"

他说:"他喜欢我的画。"

这样才知道来访者是艺术界的人,亲近多了,马上叫护士研墨,带上袖子,拿出几张纸给我们画画。他送了我们三个人每人一张水墨画,两尺琴条。给我画的是四只虾,半透明的,上画有两条小鱼。题款:

"艾青先生雅正　　八十九岁白石",印章"白石翁",另一方"吾所能者乐事"。

我们真高兴,带着感激的心情和他告别了。

我当时是接管中央美术学院的军代表。听说白石老人是教授,每月到学校一次,画一张画给学生看,作示范表演。有学生提出要把他的工资停掉。

我说:"这样的老画家,每月来一次画一张画,就是很大的贡献。日本人来,他没有饿死。国民党来,也没有饿死,共产党来,怎么能把他饿死呢?"何况美院院长徐悲鸿非常看重他,收藏了不少他的画,这样的提案当然不会采纳。

老人一生都很勤奋,木工出身,学雕花,后来学画。他已画了半个多世纪了,技巧精练,而他又是个爱创新的人,画的题材很广泛:山水、人物、花鸟虫鱼。没有看见他临摹别人的。他具有敏锐的观察力,记忆力特别强,能准确地捕捉形象。他有一双显微镜的眼睛,早年画的昆虫,纤毫毕露,我看见他画的飞蛾,伏在地上,满身白粉,头上有两瓣触须;他画的蜜蜂,翅膀好像有嗡嗡的声音;画知了、蜻蜓的翅膀像薄纱一样;他画的蚱蜢,大红大绿,很像后期印象派的油画。

他画鸡冠花,也画牡丹,但他和人家的画法不一样,大红花,笔触很粗,叶子用黑墨只几点;他画丝瓜、窝瓜;特别爱画葫芦;他爱画残荷,看看很乱,但很有气势。

有一张他画的向日葵。题:

"齐白石居京师第八年画",印章"木居士"。题诗:

"茅檐矮矮长葵齐,雨打风摇损叶稀。干旱犹思晴畅好,倾心应向日东西。白石山翁灯昏又题"。印章"白石翁"。

有一张柿子，粗枝大叶，果实赭红，写"杏子坞老民居京华第十一年矣　丁卯"，印章"木人"。

他也画山水，没有见他画重峦叠嶂，多是平日容易见到的。他一张山水画上题：

"予用自家笔墨写山水，然人皆（以）余为糊涂，吾亦以为然。白石山翁并题"。印章"白石山翁"。

后在画的空白处写"此幅无年月，是予二十年前所作者，今再题。八十八白石"，印章"齐大"。

事实是他不愿画人家画过的。

我在上海朵云轩买了一张他画的一片小松林，二尺的水墨画，我拿到和平书店给许麟庐看，许以为是假的，我要他一同到白石老人家，挂起来给白石老人看。我说："这画是我从上海买的，他说是假的，我说是真的，你看看……"他看了之后说："这个画人家画不出来的。"署名齐白石，印章是"白石翁"。

我又买了一张八尺的大画，画的是没有叶子的松树，结了松果，上面题了一首诗："松针已尽虫犹瘦，松子余年绿似苔。安得老天怜此树，雨风雷电一起来。阿爷尝语，先朝庚午夏，星塘老屋一带之松，为虫食其叶。一日，大风雨雷电，虫尽灭绝。丁巳以来，借山馆后之松，虫食欲枯。安得庚午之雷雨不可得矣。辛酉春正月画此并题记之。三百石印富翁五过都门"，下有八字："安得之安字本欲字"。印章"白石翁"。

他看了之后竟说："这是张假画。"

我却笑着说："这是昨天晚上我一夜把它赶出来的。"他知道骗不了我，就说："我拿两张画换你这张画。"我说："你就拿二十张画给我，我也不换。"他知道这是对他画的赞赏。

这张画是他七十多岁的作品。他拿了放大镜很仔细地看了说："我年轻时画画多么用心呵。"

一张画了九只麻雀在乱飞。诗题：

"叶落见藤乱，天寒入鸟音。老夫诗欲鸣，风急吹衣襟。枯藤寒雀从未有，既作新画，又作新诗。借山老人非懒辈也。观画者老何郎也"。印章"齐大"。看完画，他问我："老何郎是谁呀？"

我说："我正想问你呢。"他说："我记不起来了。"这张画是他早年画的，有一颗大印"甑屋"。

我曾多次见他画小鸡，毛茸茸，很可爱；也见过他画的鱼鹰，水是绿的，钻进水里的，很生动。

他对自己的艺术是很欣赏的，有一次，他正在画虾，用笔在纸上画了一根长长的头发粗细的须，一边对我说："我这么老了，还能画这样的线。"

他挂了三张画给我看，问我："你说哪一张好？"我问他："这是干什么？"他说："你懂得。"

我曾多次陪外宾去访问他，有一次，他很不高兴，我问他为什么，他说外宾看了他的画没有称赞他。我说："他称赞了，你听不懂。"他说他要的是外宾伸出大拇指来。他多天真！

他九十三岁时，国务院给他做寿，拍了电影，他和周恩来总理照了相，他很高兴。第二天画了几张画作为答谢的礼物，用红纸签署，亲自送到几个有关的人家里。送我的一张两尺长的彩色画，画的是一筐荔枝和一枝枇杷，这是他送我的第二张画，上面题：

"艾青先生　齐璜白石九十三岁"，印章"齐大"，另外在下面的一角有一方大的印章"人犹有所憾"。

他原来的润格，普通的画每尺四元，我以十元一尺买他的画，工笔草虫、山水、人物加倍，每次都请他到饭馆吃一顿，然后用车送他回家。他爱吃对虾，据说最多能吃六只。他的胃特别强，花生米只一咬成两瓣，再一咬就往下咽，他不吸烟，每顿能喝一两杯白酒。

一天，我收到他给毛主席刻的两方印子，阴文阳文都是毛泽东（他不知毛主席的号叫润之）。我把印子请毛主席的秘书转交。毛主席为报答宴请他一次，由郭沫若作陪。

他所收的门生很多，据说连梅兰芳也跪着磕过头，其中最出色的要算李可染。李原在西湖艺术院学画，素描基础很好，抗战期间画过几个战士被日军钉死在墙上的画。李在美院当教授，拜白石老人为师。李有一张画，一头躺着的水牛，牛背脊梁骨用一笔下来，气势很好，一个小孩赤着背，手持鸟笼，笼中小鸟在叫，牛转过头来听叫声……

白石老人看了一张画，题了字：

"心思手作不愧乾嘉间以后继起高手。八十七岁白石甲亥"。印章"白石题跋"。

一天，我去看他，他拿了一张纸条问我："这是个什么人哪，诗写的不坏，出口能成腔。"我接过来一看是柳亚子写的，诗里大意说："你比我大十二岁，应该是我的老师"。我感到很惊奇地说："你连柳亚子也不认得，他是中央人民政府的委员。"他说："我两耳不闻天下事，连这么个大人物也不知道。"感到有些愧色。

我在给他看门的太监那儿买了一张小横幅的字，写着："家山杏子坞，闲行日将夕。忽忘还家路，依着牛蹄迹。"印章"阿芝"，另一印"吾年八十乙矣"。我特别喜欢他的诗，生活气息浓，有一种朴素的美。早年，有人说他写的诗是薛蟠体，实在不公平。

我有几次去看他，都是李可染陪着，这一次听说他搬到一个女弟子家——是一个起义的将领家。他见到李可染忽然问："你贵姓？"李可染马上知道他不高兴了，就说："我最近忙，没有来看老师。"他转身对我说："艾青先生，解放初期，承蒙不弃，以为我是能画几笔的……"李可染马上说："艾先生最近出国，没有来看老师。"他才平息了怨怒。他说最近有人从香港来，要他到香港去。我说："你到香港去干什么？那儿许多人是从大陆逃亡的……你到香港，半路上死了怎么办？"他说："香港来人，要了我的亲笔写的润格，说我可以到香港卖画。"他不知道有人骗去他的润格，到香港去卖假画。

不久，他就搬回跨车胡同十三号了。

我想要他画一张他没有画过的画，我说："你给我画一张册页，从来没有画过的画。"他欣然答应，护士安排好了，他走到画案旁边画了一张水墨画：一只青蛙往水里跳的时候，一条后腿被草绊住了，青蛙前面有三个蝌蚪在游动，更显示青蛙挣不脱去的焦急。他很高兴地说："这个，我从来没有画过。"我也很高兴。他问我题什么款。我说："你就题吧，我是你的学生。"他题：

"青也吾弟　　小兄璜　　时同在京华　　深究画法　　九十三岁时记　　齐白石"

一天，我在伦池斋看见了一本册页，册页的第一张是白石老人画的：一个盘子放满了樱桃，有五颗落在盘子下面，盘子在一个小木架子上。我想买这张画。店主人说："要买就整本买。"我看不上别的画，光要这一张，他把价抬得高高的，我没有买；马上跑到白石老人家，对他说："我刚才看了伦池斋你画的樱桃，真好。"他问："是怎样的？"我就把画给他说了，他马上说："我给你画一张。"他在一张两尺的琴条上画起来，但是颜色没有伦池斋的那么鲜艳，他说："西洋红没有了。"

画完了，他写了两句诗，字很大：

"若教点上佳人口　　言事言情总断魂"

他显然是衰老了，我请他到曲园吃了饭，用车子送他回到跨车胡同，然后跑到伦池斋，把那张册页高价买来了。署名"齐白石"，印章"木人"。

后来，我把画给吴作人看，他说某年展览会上他见过这张画，整个展览会就这张画最突出。

有一次，他提出要我给他写传。我觉得我知道他的事太少，他已经九十多岁，我认识他也不过最近七八年，而且我已经看了他的年谱，就说："你的年谱不是已经有了吗？"我说的是胡适、邓广铭、黎锦熙三人合写的，商务印书馆出版的《齐白石年谱》。他不作声。

后来我问别人，他为什么不满意他的年谱，据说那本年谱把他的"瞒天过海法"给写了。1937年他七十五岁时，算命的说他流年不利，所以他增加了两岁。

这之后，我很少去看他，他也越来越不爱说话了。

最后一次我去看他，他已奄奄一息地躺在躺椅上，我上去握住他的手问他："你还认得我吗？"他无力地看了我一眼，轻轻地说："我有一个朋友，名字叫艾青。"他很少说话，我就说："我会来看你的。"他却说："你再来，我已不在了。"他已预感到自己在世之日不会有多久了。想不到这一别就成了永诀——紧接着的一场运动把我送到北大荒。

他逝世时已经九十七岁。实际是九十五岁。

怀念乔木

■ 季羡林

乔木同志离开我们已经一年多了。我曾多次想提笔写点怀念的文字，但都因循未果。难道是因为自己对这一位青年时代的朋友感情不深、怀念不切吗？不，不，绝不是的。正因为我怀念真感情深，我才迟迟不敢动笔，生怕亵渎了这一份怀念之情。到了今天，悲思已经逐步让位于怀念，正是非动笔不行的时候了。

我认识乔木是在清华大学。当时我不到二十岁，他小我一年，年纪更轻。我念外语系而他读历史系。我们究竟是怎样认识的，现在已经回忆不起来了。总之我们认识了。当时他正在从事反国民党的地下活动（后来他告诉我，他当时还不是党员）。他创办了一个工友子弟夜校，约我去上课。我确实也去上了课，就在那一座门外嵌着"清华学堂"的高大的楼房内。有一天夜里，他摸黑坐在我的床头上，劝我参加革命活动。我虽然痛恶国民党，但是我觉悟低，又怕担风险。所以，尽管他苦口婆心，反复劝说，我这一块顽石愣是不点头。我仿佛看到他的眼睛在黑暗中闪光。最后，听他叹了一口气，离开了我的房间。早晨，在盥洗室中我们的脸盆里，往往能发现革命的传单，是手抄油印的。我们心里都明白，这是从哪里来的。但是没有一个人向学校领导去报告。从此相安无事，一直到一两年后，乔木为了躲避国民党的迫害，逃往南方。

此后，我在清华毕业后教了一年书，同另一个乔木（乔冠华，后来号"南乔木",胡乔木号"北乔木")一起到了德国,一住就是10年。此时,乔木早已到了延安,开始他那众所周知的生涯。我们完全走了两条路,恍如云天相隔,"世事两茫茫"了。

等到我于1946年回国的时候,解放战争正在激烈进行。到了1949年,解放军终于开进了北平。就在这一年的春夏之交,我忽然接到一封从中南海寄出来的信。信开头就说:"你还记得当年在清华时的一个叫胡鼎新的同志吗?那就是我,今天的胡乔木。"我当然记得的,一缕怀旧之情蓦地萦上了我的心头。他在信中告诉我说,现在形势顿变,国家需要大量的研究东方问题、通东方语文的人才。他问我是否同意把南京东方语专、中央大学边政系一部分和边疆学院合并到北大来。我同意了。于是有一段时间,东语系是全北大最大的系。原来只有几个人的系,现在顿时熙熙攘攘,车马盈门,热闹非凡。

记得也就是在这之后不久,乔木到我住的翠花胡同来看我,一进门就说:"东语系马坚教授写的几篇文章……毛先生很喜欢,请转告马教授。"他大概知道,我们不习惯于说"毛主席",所以用了"毛先生"这一个词儿。我当时就觉得很新鲜,所以至今不忘。

到了1951年,我国政府派出了建国后第一个大型的出国代表团:赴印缅文化代表团。乔木问我愿不愿参加,我当然非常愿意。我研究印度古代文化,却没有到过印度,这无疑是一件憾事。现在天上掉下来一个良机,可以弥补这个缺憾了。于是我畅游了印度和缅甸,留下了毕生难忘的印象,这当然要感谢乔木。

但是,我是一个上不得台盘的人,我很怕见官。两个乔木都是我的朋友,现在都当了大官。我本来就不喜欢拜访人,特别是官,不管是多熟的朋友,也不例外。解放初期,我曾请南乔木乔冠华给北大学生做过一次报告。记得送他出来的时候,路上遇到艾思奇。他们俩显然很熟识。艾说:"你也到北大来老王卖瓜了!"乔说:"只许你卖,就不许我卖吗?"彼此哈哈大笑。从此我就再没有同乔冠华打交道,同北乔木也过从甚少。

说句老实话,我这两个朋友,南北二乔木都没有官架子。我最讨厌人摆官架子,然而偏偏有人爱摆。这是一种极端的低级趣味的表现。我的政策是:先礼后兵。不管你是多么大的官,初见面时,我总是彬彬有礼。如果你对我稍摆官谱,从此我就不再理你。见了面也不打招呼。知识分子一向是又臭又硬的,反正我绝不想往上爬,我完全无求于你,你对我绝对无可奈何。官架子是抬轿子的人抬出来的。如果没有人抬轿子,架子何来?因此我憎恶抬轿子者胜于坐轿子者。如果有人说这是狂狷,我也只等秋风过耳边。

但是,乔木却绝不属于这一类的官。他的官越做越大,地位越来越高,被誉为"党内的才子"、"大手笔",俨然执掌意识形态大权,名满天下。然而他并没有忘掉故人。特别是"文化大革命"以后,我们都有独自的经历。我们虽然没有当面谈过,但彼此心照不宣。他到我家来看过我,他的家我却是一次也没有去过。什么人送给他了上好的大米,他也要送给我一份。他到北戴河去休养,带回来了许多个儿极大的海螃蟹,也不忘记送我一筐。他并非百万富翁,这些可能都是他自己出钱买的。按照中国老规矩:来而不往,非礼也。投桃报李,我本来应该回报点东西的,可我什么吃的东西也没有送给乔木过。这是一种什么心理?我自己并不清楚。难道是中国旧知识分子,优秀的知识分子那种传统心理在作怪吗?

1986年冬天,北大的学生有一些爱国活动,有一点"不稳"。乔木大概有点着急。有一天他让我的儿子告诉我,他想找我谈一谈,了解一下真实的情况。但他不敢到北大来，怕学生们对他有什么行动，甚至包围他的汽车，问我愿不愿意到他那里去。我答应了。于是他把自己的车派来，接我和儿子、孙女到中南海他住的地方去。外面刚下过雪，天寒地冻。他住的房子极高极大，里面温暖如春。他全家人都出来作陪。他请他们和我的儿子、孙女到另外的屋子里去玩，只留我们两人，促膝而坐。开宗明义，他先声明："今天我们是老友会面。你眼前不是政治局委员、书记处书记，而是60年来的老朋友。"我当然完全理解他的意思，把我对青年学生的看法，竹筒倒豆子，和盘托出，毫不隐讳。我们谈了一个上午，只是我一个人说话。我说的要旨其实非常简明：青年学生是爱国的。在上者和年长者唯一正确的态度是理解和爱护，诱导与教育。个别人过激的言行可以置之不理。最后，乔木说话了：他完全同意我的看法，说是要把我的意见带到政治局去。能得到乔木的同意，我心里非常痛快。他请我吃午饭。他们全家以夫人谷羽同志为首和我们祖孙三代围坐在一张非常大的圆桌旁。让我吃惊的是，他们吃得竟是这样菲薄，与一般人想象的什么山珍海味、燕窝、鱼翅，毫不沾边儿。乔木是一个什么样的官，也就一清二楚了。

　　有一次，乔木想约我同他一起到甘肃敦煌去参观。我委婉地回绝了。并不是我不高兴同他一起出去，我是很高兴的。但是，一想到下面对中央大员那种逢迎招待、曲尽恭谨之能事的情景，一想到那种高楼大厦、扈从如云的盛况，我那种上不得台盘的老毛病又发作了，我感到厌恶，感到腻味，感到不能忍受。眼不见为净，还是老老实实地呆在家里为好。

　　最近几年以来，乔木的怀旧之情好像愈加浓烈。他曾几次对我说："老朋友见一面少一面了！"我真是有点惊讶。我比他长一岁，还没有这样的想法哩。但是,我似乎能了解他的心情。有一天,他来北大参加一个什么展览会。散会后,我特意陪他到燕南园去看清华老同学林庚。从那里打电话给吴组缃,电话总是没有人接。乔木告诉我,在清华时,他俩曾共同参加了一个地下革命组织,很想见组缃一面,竟不能如愿,言下极为怏怏。我心里想:这次不行,下次再见嘛。焉知下次竟没有出现。乔木同组缃终于没能见上一面,就离开了人间。这也可以说是抱恨终天吧。难道当时乔木已经有了什么预感吗?

他最后一次到我家来,是老伴谷羽同志陪他来的。我的儿子也来了。后来谷羽和我的儿子到楼外同秘书和司机去闲聊,屋里只剩下了我同乔木两人。我一下回忆起几年前在中南海的会面。同一会面,环境迥异。那一次是在极为高大宽敞、富丽堂皇的大厅里。这一次却是在低矮窄小、又脏又乱的书堆中。乔木仍然用他那缓慢低沉的声调说着话。我感谢他签名送给我的诗集和文集。他赞扬我在学术研究中取得的成就,用了几个比较夸张的词儿。我顿时感到惶恐,觳觫不安。我说:"你取得的成就比我大得多而又多呀!"对此,他没有多说什么话,只是轻微地叹了一口气,慢声细语地说:"那是另外一码事儿。"我不好再说什么了。谈话时间不短了,话好像是还没有说完。他终于起身告辞。我目送他的车转过小湖,才慢慢回家。我哪里会想到,这竟是乔木最后一次到我家里来呢?

大概是在前年,我忽然听说:乔木患了不治之症。我大吃一惊,仿佛当头挨了一棍。"斯人也,而有斯疾也。"难道天道真就是这个样子吗?我没有别的办法,只能寄希望于万一。这一次,我真想破例,主动到他家去看望他。但是,儿子告诉我,乔木无论如何也不让我去看他。我只好服从他的安排。要说心里不惦念他,那是根本不可能的。六十多年的老友，世上没有几个了。

时间也就这样过去，去年八九月间，他委托他的老伴告诉我的儿子，要我到医院里去看他。我十分了解他的心情：这是要同我最后诀别了。我怀着沉重的心情，同儿子到了他住的医院里。病房同中南海他的住房同样宽敞高大，但我的心情却无论如何也不能同那一次进中南海相比，我这一次是来同老友诀别的。乔木仰面躺在病床上，嘴里吸着氧气。床旁还有一些点滴用的器械。他看到我来了，显得有点激动，抓住我的手，久久不松开。看来他知道，这是最后一次握老友的手了。但是，他神态是安详的，神志是清明的，一点没有痛苦的表情。他仍然同平常一样慢声慢气地说着话。他曾在《人物》杂志上读过我那《留德十年》的一些篇章，不知道为什么他现在又忽然想了起来，连声说："写得好！写得好！"我此时此刻百感交集，我答应他全书出版后，一定送他一本。我明知道这只不过是空洞的谎言。这种空洞萦绕在我耳旁，使我自己都毛骨悚然。然而我不说这个又能说些什么呢？

这是我同乔木最后一次见面。过了不久，他就离开了人间。按照中国古代一些知识分子的做法，《留德十年》出版以后，我应当到他的坟上焚烧一本，算是送给他那在天之灵。然而，遵照乔木的遗嘱，他的骨灰都已撒到他革命的地方了，连一个骨灰盒都没有留下。他是"赤条条来去无牵挂"。然而，对我这后死者来说，却是极难排遣的。我面对这一本小书，泪眼模糊，魂断神销。

平心而论，乔木虽然表现上很严肃，不苟言笑，他实则是一个正直的人，一个正派的人，一个感情异常丰富的人，一个脱离了低级趣味的人。60年的宦海风波，他不能无所感受，但是他对我半点也没有流露过。他大概知道，我根本不是此道中人，说了也是白说，在他生前,大陆和香港都有一些人把他封为"左王",另外一位同志同他并列,称为"左后"。我觉得,乔木是冤枉的。他哪里是那种有意害人的人呢?

我同乔木相交60年。在他生前,对他我有意回避,绝少主动同他接近。这是我的生性使然,无法改变。他逝世后这一年多以来,不知道是为什么,我倒常常想到他。我像老牛反刍一样,回味我们60年交往的过程,顿生知己之感。这是我以前从来没有感到过的。现在我越来越觉得,乔木是了解我的。有知己之感是件好事。然而它却加浓了我的怀念和悲哀。这就难说是好是坏了。

随着自己的年龄的增长,我现在越来越觉得,在人世间,后死者的处境是并不美妙的。年岁越大,先他而走的亲友越多,怀念与悲思在他心中的积淀也就越来越厚,厚到令人难以承担的程度。何况我又是一个感情常常超过需要的人,我心里这一份负担就显得更重。乔木的死,无疑又在我心灵中增加了一份极为沉重的负担。我有没有办法摆脱这一份负担呢?我自己说不出。我怅望窗外皑皑的白雪,我想得很远,很远。

雁冰先生印象记

■ 吴组缃

直到去年春间，才和雁冰先生识面。

那是文艺协会的年会上，我到得很迟，远远看见台上坐着的，左边一排是几位官儿；右边，有一位穿咖啡色西服的。这人我不认识。请问了别人，别人诧异的说："你们没有见过面吗？是老茅。"台上光线照例较弱，那些座椅又堂皇得很，坐在那里的人们被这背景衬着，多少都显出些"庄严法相"的味儿。这时候的老茅即雁冰先生，也有点这类神圣不可接近的样子。我不喜欢听这种例会上的演讲，只好傻瞪瞪的端详那些台上的"法相"，望来望去，眼睛还是落到这咖啡色西服身上。我潜意识里给雁冰先生摄下一张照片：一个架子不小，神气十足，体格很魁梧，道貌很尊严的影子。

过了一会，雁冰先生也许是坐得不安起来了，他偷偷从台上的侧门溜了出来，溜到台下人群中，找了个旁边的空位子坐下了。这时候咖啡色身影骤然小了许多，那端严法相也不见了，现出一个清癯的柔弱的脸，是个"江浙型"的脸，戴一副小眼镜，唇上留着一点秀气的短髭。他连连眨动着那似乎有点砂眼病的眼睛，并且习惯地耸了耸肩，而后从衣袋里摸出烟卷，点了火，轻松地，舒适地，但几乎是敛缩地，依在那位子角落里，吸着。我心里想，一个人在台上，和在台下，有这样的不同！但也并不太吃惊。

这天会散，我们只在聚餐的席间握了握手，因为人多，场面乱，彼此都没有说甚么话，连寒暄也没有。第二天为舍予兄祝贺创作二十年，白天的茶会人太多，我没有看见雁冰先生。晚上在郭先生家里吃饭，雁冰先生也在场。这次人少些，可是也有两桌多。大说大笑大唱，一直闹了两三个钟头。雁冰先生始终敛缩地坐在一边，微笑着。我不记得他说了甚么，或是做了甚么。散了席，以群邀我到会里去住宿，说雁冰先生也住在那里，可以谈谈天，同路的大约有四五位，一路走。一路七嘴八舌的谈笑。有谁忽然想起来，说："啊哈！我们早就该给沈先生做纪念了！他比老舍还早呢。岁数怕也要大些？"于是许多人应和着闹起来，有的查问他的年纪，有的计算他从事文艺工作和开始写作小说的年数。雁冰先生现出着急的神气，笑着连说"没有，没有。"像一位小姐听到人家提及他的花烛佳期似的，简直是害羞的、快步抢到前面，躲开了。

当夜连我只有三个人在房里。雁冰先生把靠桌一张藤椅让给我坐，他自己坐在桌子侧面的小方凳上。我们随便谈着。已经不记得谈了些甚么——对，我曾傻里瓜气的问了他一些关于某某文化现况和对于自由主义者的态度之类问题。他只告诉了我几件他所目见的事实，谈了几个故事。没讲一句理论和空泛评语，也没有要"勉励"我或企图"说服"我的意思。随口我们又扯到别的题目上，渐渐的，我的潜意识里把原先所摄取的印象都重新添改过来了：他的谈锋很健，是一种抽丝似的，"娓娓"的谈法，不是那种高谈阔论；声音文静柔和，不是那种慷慨激昂的。他老是眼睛含着仁慈的柔软的光，亲切的笑着，只是一点似有若无的笑，从没笑出声来过，他是这样的随和，任你谈到甚么问题，他都流露出浓厚的兴趣，要接过去说几句；决不是一开口就是严肃的道理，否则不搭腔，他没有一点架子，也毫无甚么锋芒和尊严，你和他在一起，只觉得自由自在，你想说甚么，就说甚么；你要怎么说，就怎么说。你要躺下来尽管躺下来，要把脚架到桌上去就架上去。总之，你无须一点矜持，一点戒备，他不会给你心里添一点负担的。他的身体很单弱，面色也不很健康；我知道他常患失眠，并且最近生过肠胃病。而且，他那套咖啡色西服毫不庄严堂皇，虽然并不破，也很洁净，可是看去至少也是十年以上的旧物了。

这是雁冰先生给我的最初的印象。这印象我以为是正确的，大致没有甚么走样。因为今年文艺节后，我们同在一间房子里住了三四天，每天至少有七八十来个钟头是在一起的，现在回想起来，这最初的印象不须再加甚么修改；甚至那身咖啡色西服。当然，有些方面加深了一些，并且添了些新的。他把原是属于他的床位让给我睡，自己在书架下面另搭了张临时的。我睡的被子也有一部分是他的。这不是说明他对人客气，讲礼，因为他原非这里的主人；而是说明他和易近人。以及没有乖僻的脾气。他睡觉也叫同房的人欢喜，因为醒着时是静静的躺着，决不东翻西覆，烦躁的叹气，或是勉强找人说话，有些爱失眠的人总是这样的；睡着了，也不扯呼，或是锯牙齿，在房里和客厅里，他不但健谈，而且喜欢谈，甚至贪谈。京戏、相声，黑幕小说，托尔斯泰，医药，吃食，等等，等等，都是接过话头，随口说出来，那么自然，那么恬适，没有一点套头，没有一点成见。哪里人多，哪里谈得热闹，他就往哪里走拢，不管哪里有些什么人，正在谈什么天。晚上到了房里，他总说："我们谈谈再睡。"

常是海阔天空的谈到一二点钟，使人担心他的不很强健的身体。这个我了解，在乡间住久了，好容易遇见许多朋友，总想尽量过过谈瘾的。雁冰先生正是这样不甘寂寞的人。有一次谈到某位作家，大家都颇有微词。我平常自以为很宽大，持着我的"无所不容，有所不为"的信念，但对这位所谈的老兄的做法却不能不有些嫌厌。然而雁冰先生竟出来说好话了，可是并不曾替他掩饰，相反，先生承认了这些要不得，但说，他有很好的才能，只要慢慢规劝规劝他，他就可以好起来的。若是大家都鄙视，岂不是会把一个难得的人才糟蹋了。先生只轻言静语的说了这几句，有几位不能同意，于是两下还继续议论着。这时我骤然觉得鼻头有点发痒，眼泪几乎冒出来。我是不大轻易动情的，但这次我受了很深的感动。我常常在友人中觉到一些褊狭和琐屑的看法，而引以为憾，觉得痛苦，这回我可发觉自己是褊狭琐屑的了。我走到旁边和天翼说："沈先生这个人崇高得很。唉，真不容易。"

回乡下的头天晚上，又谈起雁冰先生祝贺纪念的事来了。他还是讳莫如深，誓不肯认。睡到床上，我慢慢回忆着，最先，我记起他发表三部曲和《子夜》，轰动了全国的时候。那时我也是为他的观点新颖气魄雄大的作品所动，而对他倾心钦慕的青年之一，那已经是十多年前的事。再往前想，记得当我十三四岁刚进中学的时候，《小说月报》革新，接恽铁樵先生的手作主编的，岂不就是雁冰先生？那至少也有二十四五年了。如此一算，我吃惊的想，先生至少也应该有五十岁了。我很想马上从床上跳起来，把这话告诉大家。但是人都睡静了，我只好暗自兴会着，继续的想。

《小说月报》革新的时候，国内怕还没有第二本新的纯文学杂志，它一上来就是提倡现实主义的文学，介绍世界写实名著，选刊写实的创作。其后由郑振铎先生接编了，可是我知道雁冰先生还是在里面负责的。"一二八"之役后，《小说月报》停了，傅东华先生主编了《文学》，另外在北平又有《文学季刊》出世，那都是《小说月报》

的后身，精神是一贯的，不过随着时代的进展，显得更新颖了。抗战发生后，先生编刊《文艺阵地》，以至最近以群负责的《青年文艺》和《文哨》，都是一脉相承的，但是先生所培植的现实主义文学，早就大大的繁茂起来了。看吧，现在各地风起云涌的文艺刊物，哪种不是现实主义的面目？谁能否认现实主义文学不是全国以至于全世界文学的主流？于是乎我又想到，文协的众多朋友们，无论所谓"老作家"，或是"新作家"，他们优秀作品的刊登和推荐，没有经过先生之手的，恐怕还是占少数罢？直到现在，他还是一方面努力自己的创作与翻译，一方面热切的关注着创作方面的收获，从他的谈话里，我知道那些随时出刊的作品，很少他没有仔细读过的；而且，以一种似饥若渴的心情，甚至有点宽纵与溺爱地选拔着新人们的作品。

　　我要老实说，当我和先生在一起的时候，我从来没有想起过他的这一番不能算"小"的历史和行迹。这不能怪我，是他的那种忘了自己的为人和态度，使我想不起这些来。我也要承认，我有时是有点拘谨讲礼的，但他在我面前，我从来没有想过他是个老前辈，我应当把我那套规规矩矩的家数拿出来。这也不能怪我，他老是那么不拿身份，不顾尊严，甚至三番四次的替你擦火柴点烟，替你茶碗里冲开水，你怎么能够想起那些来呢？我想，他若老是保持着像那天文协年会时给我的坐在台上的那个印象，那么，我恐怕就不会这样的对他随便，而只好远远的对他恭而敬之到底了吧？人们是有这种根性的。然而他觉得坐在上面不惯，要走到人众之中，把他的"原形"现出来，这怪得谁呢？

　　夜已经很深了，外面下着雨。我竖起耳朵听听侧面临时搭的竹板床上，雁冰先生没有声音的躺着，也不知道他醒着还是睡着。

我想对他说点什么,但是到底没敢惊动。我深深叹息了一下,心里说:

"他不是那庙堂之器,他也不要作那种俨然人师和泥胎偶像。他只是个辛勤劳苦的,仁慈宽和的,中国新文学的老长年和老保姆啊!"

吴宓先生与钱钟书

■ 杨　绛

钱钟书在《论交友》一文中曾说过：他在大学时代，五位最敬爱的老师都是以哲人、导师而兼做朋友的。吴宓先生就是其中一位。我常想，假如他有缘选修陈寅恪先生的课，他的哲人、导师而兼做朋友的老师准会增添一人。

我考入清华研究生院在清华当研究生的时候，钱钟书已离开清华。我们经常通信。钟书偶有问题要向吴宓先生请教，因我选修吴先生的课，就央我转一封信或递个条子。我有时在课后传言，有时到他居住的西客厅去。记得有一次我到西客厅，看见吴先生的书房门开着。他正低头来回来回踱步。我在门外等了一会，他也不觉得。我轻轻地敲敲门。他猛抬头，怔一怔，两食指抵住两太阳穴对我说："对不起，我这时候脑袋里全是古人的名字。"这就是说，他叫不出我的名字了。他当然认识我。我递上条子略谈钟书近况，忙就走了。

钟书崇敬的老师，我当然倍加崇敬。但是我对吴宓先生崇敬的同时，觉得他是一位最可欺的老师。我听到同学说他"傻得可爱"，我只觉得他老实得可怜。当时吴先生刚出版了他的《诗集》，同班同学借口研究典故，追问每一首诗的本事。有的他乐意说，有的不愿说。可是他像个不设防的城市，一攻就倒，问什么，说什么，连他意中人的小名儿都说出来。吴宓先生有个滑稽的表情，他自觉失言，就像顽童自知干了坏事那样，惶恐地伸伸舌头。他意中人的小名并不雅训，她本人一定是不愿意别人知道的。吴先生说了出来，立即惶恐地伸伸舌头。我代吴先生不安，也代同班同学感到惭愧。作弄一个痴情的老实人是不应该的，尤其他是一位可敬的老师。吴宓先生成了众口谈笑的话柄——他早已是众口谈笑的话柄。他老是受利用，被剥削，上当受骗。吴先生又不是湖涂人，当然能看到世道人心和他理想的并不一致。可是他只感慨而已，他还是坚持自己一贯的为人。

钱钟书和我同在英国牛津的时候，温源宁先生来信要钟书为他《不够知己》一书中专论吴宓的一篇文章写个英文书评。钟书立即遵命写了一篇。文章寄出后，他又嫌写得不够好。他相信自己的英文颇有进境，可以写出更漂亮的好文章。他把原稿细细删改修润，还加入自己的新意，增长了篇幅。他对吴宓先生的容易受愚弄不能理解，对吴先生的恋爱不以为然，对他钟情的人尤其不满。他自出心裁，给了她一个雅号：Super-annuated Coquette。Coquette，在我国语言里好像没有等同的名称，我们通常译为"卖弄风情的女人"，多少带些轻贱的意思。英语里的这个字，并不一定是贬词。如果她是妙龄女郎，她可以是个可爱的女子。但是加了一个形容词 Super-annuated（过期的，年龄过高的，或陈旧的），这位 Coquette 只能是可笑的了。如译成中文，名称就很不客气，难免人身攻击之嫌。而这两个英文字只是轻巧的讥诮。钟书对此得意非凡，觉得很俏皮。他料想前不久寄给温源宁先生的稿子不会立即刊登。文章是议论吴宓先生的，温先生准会先让吴先生过目。他把这篇修改过的文章直接寄给吴先生，由吴先生转交温先生，这样可以缩短邮程，追回他的第一稿。他生怕吴先生改掉他最得意的 Super-annuated Coquette 之称，蛮横无礼地不让删改一字。他忙忙地寄出后就急切等待温先生的欣赏和夸奖。

温先生的回信来了,是由吴先生转来的。温先生对钟书修改过的文章毫无兴趣,只淡淡说:上次的稿子已经刊登,不便再登了。他把那第二稿寄吴宓先生,请他退回钱钟书,还附上短信,说钟书那篇文章当由作者自己负责。显然他并不赞许,更别说欣赏。

钟书很失望,很失望。他写那第二稿,一心要博得温先生的赞赏。不料这番弄笔只招来一场没趣。那时候,温源宁先生是他崇敬的老师中最亲近的一位。温先生宴请过我们新夫妇。我们出国,他来送行,还登上渡船,直送上海轮。钟书是一直感激的。可是温先生只命他如此这般写一篇书评,并没请他发挥高见,还丑诋吴先生爱重的人——讥诮比恶骂更伤人啊,这对吴先生出言不逊。那不是温先生的本意。钟书兴头上竟全没想到自己对吴先生的狂妄。

钟书的失望和没趣是淋在他头上的一瓢清凉水。他随后有好多好多天很不自在。我知道他是为了那篇退回的文章。我也知道他的不自在不是失望或没趣,而是内疚。他什么也没说,我也没问,只陪着他心中不安。我至今还能感到那份不安的情味。因为我不安也是内疚。我看到退稿,心里想了想:温先生和吴先生虽然不够知己,究竟还是朋友;钟书何物小子,一个虚岁二十七的毛孩子,配和自己崇敬的老师辈论知己吗?我如果稍有头脑,应该提醒他,劝阻他。尽管我比他幼稚,如果二人加在一起,也能凑得半个诸葛亮。但是我那时身体不适,心力无多,对他那两篇稿子不感兴趣,只粗粗地看看,跳进眼里的只是那两字的雅号,觉得很妙。我看着他忙忙地改稿寄信,没说什么话。我实在是对他没有关心,而他却没有意识到我的不关心。这使我深深内疚。我们同在内疚,不过缘由不同。

我的了解一点不错。多年后,我知道他到昆明后就为那篇文章向吴宓先生赔罪了。吴先生说,他早已忘了。这句话确是真话,吴宓先生不说假话。他就是这样一位真诚而宽恕的长者。

1993年春，钟书住医院动了一个大手术。回家刚不久，我得到吴宓先生的女儿吴学昭女士来信，问我们是否愿意看看她父亲日记中说到我们两人的话。她征得同意，寄来了她摘录的片段。钟书看到后，立即回信向学昭女士自我检讨，谴责自己"少不解事，又好谐戏，同学复怂恿之，逞才行小慧"等等。这段话似乎不专指一篇文章，也泛指他早年其他类似的文章。信上又说："内疚于心，补过无从，惟有愧悔。"这显然是为了使吴宓先生伤心的那篇文章。尽管他早已向吴先生当面请罪，并得到宽恕，他始终没有忘怀。他信上还要求把他这封自我检讨的信附入《吴宓日记》公开发表，"俾见老物尚非不知人间有羞耻事者。"按说，多年前《天下》刊登的那篇文章是遵温源宁先生之命而写的，第二稿并未公开发表，读到全文的没几个人。小事一桩，吴先生早已忘了，钟书也不必那么沉重地谴责自己。可是，我过去陪着他默默地内疚，知道他心上多么不好过。他如今能公开自责，是快意的事。他的自责出于至诚，也唯有真诚的人能如此。钟书在这方面和吴宓先生是相同的。吴宓先生是真诚的人，钟书也是真诚的人。

钟书对我说：吴宓先生这部日记，值得他好好儿写一篇序。他读过许多日记，有的是Rousseau式的忏悔录，有的像曾文正公家书那样旨在训诫。吴先生这部日记却别具风格。可惜他实在没有精力写大文章，而他所看到的日记仅仅是一小部分。他大病之后，只能偷懒了。他就把自己的请罪信作为《代序》。

《代序》中说，他对吴宓先生"尊而不亲"。那是指他在清华当学生的时期。其实，吴宓先生是他交往最长久、交情最亲近的一位老师。其他几位，先后都疏远了。60年代初，吴先生到了北京，还到我家做客，他在我们家吃过晚饭，三人在灯下娓娓话家常，谈体己，乐也融融。此情此景，一去不复返了。

现在却流传着一则谣言，说钱钟书离开西南联大时公开说："西南联大的外文系根本不行：叶公超太懒，吴宓太笨，陈福田太俗。"自命"钱学专家"的某某等把这话一传再传。谎言传得愈广，愈显得真实。众口一词，还能是假吗？据传，以上这一段话，是根据周榆瑞的某一篇文章。又据传，周榆瑞是根据"外文系同事李赋宁兄"的话。周榆瑞去世已十多年了，可是李赋宁先生还健在啊。他曾是钱钟书的学生。我就问他了。他得知这话很气愤。他说："想不到有人居然会这样损害我的几位恩师。"他也很委屈，因为受了冤枉。他郑重声明："我从未听见钱钟书先生说'叶公超太懒，陈福田太俗，吴宓太笨'或类似的话。我也不相信钱先生会说这样的话。"他本想登报声明，可是对谁声明、找谁申辩呢？他就亲笔写下他的郑重声明，交我保存。我就在这里为他声明一下。高明的读者，看到这类"传记"，可以举一反三。

记邹明

■ 孙　犁

　　我和邹明，是一九四九年进城以后认识的。《天津日报》，由冀中和冀东两家报纸组成。邹明是冀东来的，他原来给首长当过一段秘书，到报社，分配到副刊科。我从冀中来，是副刊科的副科长。这是我参加革命十多年后，履历表上的第一个官衔。

　　在旧社会，很重视履历。我记得青年时，在北平市政府工务局，弄到一个书记的职位，消息传到岳父家，曾在外面混过事的岳叔说："唉！虽然也是个职位，可写在履历上，以后就很难长进了。"

　　我的妻子，把这句话，原原本本地向我转述了。当时她既不知道，什么叫做履历，我也不通世故宦情，根本没往心里去想。

　　及至晚年，才知道履历的重要。曾有传说，有人对我的级别，发生了疑问，差一点没有定为处级。此时，我的儿子，也已经该是处级了。

　　我虽然当了副刊科的副科长，心里也根本没有把它当成一个什么官儿。在旧社会，我见过科长，那是很威风的。科长穿的是西装，他下面有两位股长，穿的是绸子长衫。科长到各室视察，谁要是不规矩，比如我对面一位姓方的小职员，正在打瞌睡，科长就可以用皮鞋踢他的桌子。但那是旧衙门，是旧北平市政府的工务局，同时，那里也没有副科长。科长，我也只见过那一次。

　　既是官职，必有等级。我的上面有：科长、编辑部正副主任，正副总编、正副社长。这还只是在报社，如连上市里，则又有宣传部的处长、部长、文教书记等等。这就像过去北京厂甸卖的大串山里红，即使你也算是这串上的一个吧，也是最下面，最小最干瘪的那一个了。但我当时并未在意。

我这副科长，分管文艺周刊，手下还有一个兵，这就是邹明。他是我的第一个下级，我对他的特殊感情，就可想而知了。

但是除去工作，我很少和他闲谈。他很拘谨，我那时也很忙。我印象里，他是福建人，他父亲晚年得子，从小也很娇惯。后来爱好文学，写一些评论文字，参加了革命。这道路，和我大致是相同的。

他的文章，写得也很拘谨，不开展，出手很慢，后来也就很少写了。他写的东西，我都仔细给他修改。

进城时，他已经有爱人孩子。我记得，我的家眷初来，还是住的他住过的房子。

那是一间楼下临街的，大而无当的房子，好像是一家商店的门脸。我们搬进去时，厕所内粪便堆积，我用了很大力气掏洗，才弄干净。我的老伴见我勇于干这种脏活儿，曾大为惊异。我当时确是为一大家子人，能有个栖身之处，奋力操劳。"文化大革命"时，一些势利小人，编造无耻谰言，以为我一进报社，就享受什么特殊的待遇，是别有用心的。当时我的职位和待遇，比任何一个同类干部都低。对于这一点，我从来不会特别去感激谁，当然也不会去抱怨谁。

关于在一起工作时的一些细节，我都忘记了。可能相互之间，也有过一些不愉快。但邹明一直对我很尊重。在我病了以后，帮过我一些忙。我们家里，也不把他当做外人。当我在外养病三年，回家以后，老伴曾向我说过：她有一次到报社去找邹明，看见他拿着刨子，从木工室出来，她差一点没有哭了。又说：我女儿的朝鲜同学，送了很多鱿鱼,她不会做,都送给邹明了。

等到"文化大革命"开始,她在公共汽车上,碰到邹明,流着泪向他诉说家里的遭遇;邹明却大笑起来,她回来向我表示不解。

我向她解释说:你这是古时所谓妇人之恩,浅薄之见。你在汽车上,和他谈论这些事,他不笑,还能跟着你哭吗?我也有这个经验。一九五三年,我去安国下乡,看望了胡家干娘。她向我诉说了土改以后的生活,我当时也是大笑。后来觉得在老人面前,这样笑不好,可当时也没有别的方式来表示。我想,胡家干娘也会不高兴的。

从我病了以后,邹明的工作,他受反右的牵连,他的调离报社,我都不大清楚。"文化大革命"后期,有一次我从干校回来,在报社附近等汽车,邹明看见我,跑过来说了几句话。后来,我搬回多伦道,他还在山西路住,又遇见过几次,我约他到家来,他也总没来过。

"四人帮"倒台以后,报社筹备出文艺双月刊,人手不够。我对当时的总编辑石坚同志说,邹明在师范学院,因为口音,长期不能开课,把他调回来吧!很快他就调来了,实际是刊物的主编。

我有时办事莽撞,有一次回答丁玲的信,写了一句:我们小小的编辑部,于是外人以为我是文艺双月刊的主编。这可能使邹明很为难,每期还送稿子,征求我的意见,我又认为不必要,是负担。等到我明白过来,才在一篇文章中声明:我不是任何刊物的主编,也不是编委。这已经是几年以后了。

在我当选市作协主席后,我还推荐他去当副秘书长。后来,我不愿干了,不久,他也就被免掉了。

"文革"以后,有那么几年,每逢春季,我想到郊区农村转转,邹明他们总是要一辆车,陪我去。有人说我是去观赏桃花,那太风雅了。去了以后,我发现总是惊动区、村干部,又乱照像,也玩不好,大失本意，后来说不愿去了。最后一次，是到邹明下放过的农村去。到那里，村干部大摆宴席，喝起酒来，我不喝酒，也陪坐在炕上，很不自在。临行时，村干部装了三包大米，连司机，送我们每人一包。我严肃地对邹明说，这样不行。结果退了回去，当然弄得大家都不高兴，回来的路上，谁也没有说话。以后就再没有一同出过门。

邹明好看秘籍禁书，进城不久，他就借来了《金瓶梅》。他买的宋人评话八种，包括金主亮荒淫那一篇。他还有这方面的运气，我从街头买了一部《今古奇观》，因是旧书，没有细看就送给他了。他后来对我说，这部书你可错出手了，其中好些篇，是按古本三言二拍排印的，没有删节，非一般版本可比。说时非常得意。前些日子，山东一位青年，寄我一本五角丛书本的中外禁书目录，我也托人带给他了。在我大量买书那些年，有了重本，我总是送他的。

曾有一次，邹明当面怏怏地说我不帮助人。当时，我不明白他指的什么方面，就没有说话。他说的是事实，在一些大问题上，我没有能帮助他。但我也并不因此自责。我的一生，不只不能在大事件上帮助朋友，同样也不能帮助我的儿女，甚至不能自助。因为我一直没有这种能力，并不是因为我没有这种感情。

这些年，我写了东西，自己拿不准，总是请他给看一看。

"老邹，你看行吗？有什么问题吗？"我对他的看文字的能力，是完全信赖的。

他总是说好，没有提过反对的意见。其实，我知道，他对文、对事、对人，意见并不和我完全相同。他所以不提反对意见，是在他的印象里，我可能是个听不进批评的人。这怨自己道德修养不够，不能怪他。有一次，有一篇比较麻烦的作品，我请他看过，又像上面那样问他，他只是沉了沉脸说："好，这是总结性的！"

我终于不明白，他是赞成，还是反对，最后还是把那篇文章发表了。

另有一次，我几次托他打电话，给北京的一个朋友，要回一篇稿子。我说得很坚决，但就是要不回来，终于使我和那位朋友之间，发生了不愉快。我后来想，他在打电话时，可能变通了我的语气。因为他和那位同志，也是要好的朋友。

邹明喜欢洋玩艺，他劝我买过一支派克水笔，在"文革"时，我专门为此挨了一次批斗。我老伴病了，他又给买了一部袖珍收音机，使病人卧床收听。他有机会就兴致勃勃地给我介绍新兴的商品，后来，弄得我总是笑而不答。

邹明除去上班，还要回家做饭，每逢临近做饭时间，他就告辞，我也总是说一句："又该回去做饭了？"

他就不再言语，红着脸走了，很不好意思似的。以后，我就不再说这句话了。

有一家出版社委托他编一本我谈编辑工作的书。在书后，他愿附上他早年写的经过我修改的一篇文章。我劝他留着，以后编到他自己的书里。我总是劝他多写一些文章，他就是不愿动笔，偶尔写一点，文风改进也不大。

他的资历、影响，他对作家的感情和尊重，他在编辑工作上的认真正直，在文艺界得到了承认。大批中青年作家，都是他的朋友。丁玲、舒群、康濯、魏巍对他都很尊重，评上了高级职称，还得到了全国老编辑荣誉奖，奖品是一个花岗岩大花瓶，足有五公斤重。评委诸公不知如何设计的，既可作为装饰，又可运动手臂，还能显示老年人的沉稳持重。难为市作协的李中，从北京运回三个来，我和万力，各得其一。

邹明病了以后，正值他主编的刊物创刊十周年。他要我写一点意见，我写了。他愿意寄到《人民日报》先登一下，我也同意了。我愿意他病中高兴一下。

自从他病了以后，我长时间心情抑郁，若有所失。回顾四十年交往，虽说不上深交，也算是互相了解的了。他是我最接近的朋友，最亲近的同事。我们之间，初交以淡，后来也没有大起大落的波折变异。他不顺利时，我不在家。"文革"期间，他已不在报社。没有机会面对面地相互进行批判。也没有发现他在别的地方，用别的方式对我进行侮辱攻击。这就是很不容易，值得纪念的了。

我老了，记忆力差，对人对事，也不愿再多用感情。以上所记，杂乱无章，与其说是记朋友，不如说是记我本人。是哀邹明，也是哀我自己。我们的一生，这样短暂，却充满了风雨、冰雹、雷电，经历了哀伤、凄楚、挣扎，看到了那么多的卑鄙、无耻和丑恶，这是一场无可奈何的人生大梦，它的觉醒，常常在瞑目临终之时。

我和邹明，都不是强者，而是弱者；不是成功者，而是失败者。我们从哪一方面，都谈不上功成名遂，心满意足。但也不必自叹弗如，怨天尤人。有很多事情，是本身条件和错误所造成。我常对邹明说：我们还是相信命运吧！这样可以减少很多苦恼。邹明不一定同意我的人生观，但他也不反驳我。

我发现，邹明有时确是想匡正我的一些过失；我有时也确是把他当做一位老朋友，知心人，想听听他对我的总的印象和评价。但总是错过这种机会，得不到实现。原因主要在我不能使他免除顾虑。如果邹明从此不能再说话，就成了我终生的一大遗憾。此时此刻，朋友之间，像他这样了解我的人，实在不太多了。

邹明一生，官运也不亨通。我在小汤山养病时，有报社一位老服务员跟随我,他曾对我老伴说:报社很多人,都不喜欢邹明,就是孙犁喜欢他。他的官运不通,可能和他的性格有关,他脾气不好。在报社,第一阶段,混到了文艺部副主任,和我那副科长,差不多。第二阶段,编一本默默无闻,只能销几千份的刊物,直到今年十月一期上,才正式标明他是主编,随后他就病倒了。人不信命,可乎!

邹明好喝酒,饮浓茶,抽劣质烟。到我那里,我给他较好的烟,他总是说:那个没劲儿。显然,烟酒对他的病也都不利。

二三十年代,有那么多的青年,因为爱好文艺,从而走上了革命征途。这是当时社会大潮中的一种壮观景象。为此,不少人曾付出各式各样的代价,有些人也因此在不同程度上误了自身。幸运者少,悲剧者多。我现在想,如果邹明一直给首长当秘书,从那时就弃文从政、从军,虽不一定就位至显要,在精神和物质生活方面,总会比现在更功德圆满一些吧。我之想起这些,是因为也曾有一位首长,要我去给他当秘书,别人先替我回绝了,失去了做官的一次机会,为此常常耿耿于怀的缘故。

现在有的人,就聪明多了。即使已经进入文艺圈的人,也多已弃文从商,或文商结合;或以文沽名,而后从政;或政余弄文,以邀名声。因而文场芜杂,士林斑驳。干预生活,是干预政治的先声;摆脱政治,是醉心政治的烟幕。文艺便日渐商贾化、政客化、青皮化。

邹明比我可能好一些,但也不是一个聪明人。在一些问题上,在生活行动上,有些旧观念。他不会投政治之机,渔时代之利,因此也不会得风气之先。他一直不能成为一个时代的宠儿,耀眼的明星。他常常有点畸零之感,有些消极的想法。然又不甘把时间浪费,总想做些力所能及的事情。考核他几十年所作所为,我以为还都是于国家于人民有益的。但像这种工作方式,特别在目前局势来说,是吃不开的，不受重视的。除去业务，他没有其他野心；自幼家境富裕，也不把金钱看得那么重。他既不能攀援权要以自显，也不屑借重明星以自高。因此，他将永远是默默无闻的，再过些年，也许会被人忘记的。

很多外人，把邹明说成是我的"嫡系"，这当然有些过分。

但长期以来，我确把他看作是自己的一个帮手。进入晚年，我还常想，他能够帮助我的孩子们，处理我的后事。现在他的情况如此，我的心情，是不用诉说的。

鲁迅忌日忆殷夫

■阿 英

为着想再写点什么来纪念鲁迅先生逝世二十周年,我又把《鲁迅全集》翻了一遍。当接触到有关殷夫(白莽)同志两篇纪念文字的时候,心里感觉着有些说不出的沉滞。我想,如果殷夫同志他还活着,现在已经是四十多岁,在政治上很成熟的人了。然而,竟还像鲁迅先生所说:"他的年青的相貌就又在我的眼前出现,像活着一样。"在我的心里,他还是很年青。

鲁迅先生回忆他:"热天穿着大棉袍,满脸油汗,笑笑的对我说道:这是第三回了。自己出来的。"而我,从这叙述里,却看到了这对面说话的两个人;他们的音容神态,如面对时那样的吸引着我。但他们离开人世,一位已经是二十年,一位是二十六个年头了。

殷夫同志,在我们中间是年纪最轻的,我们总是把他当"小弟弟"看待,非常的喜爱他。因此,他留给我们的苦痛也最深。牺牲了的同志很多,只有他是更多的出现在回忆之中。记得我和他的相识,是在第一次大革命失败以后,是一九二八年的春天。那时他在吴淞同济大学读书。

《太阳月刊》是这年一月开始出版的。就在创刊号发行不几天,我们收到了一束诗稿,署名是殷夫。我立刻被这些诗篇激动了,是那样充满着热烈的革命感情。从附信里也证实了他是"同志"。于是,我不自觉的提起笔,写了复信,约他来上海。还很快的,以非常惊喜的心情，告诉了光慈、孟超和其他同志。这就是发表在《太阳月刊》上的殷夫同志的第一组诗。

在约定的日子，他果然按时到了我指定的地点。我们见到他那样年青，真是说不出的愉快。他内心也很激动，几乎一见面就要叫了起来。我们立即把他拉到临近的一家广东茶座。他，和鲁迅先生所记一样，"面貌很端正；颜色是黑黑的"，中等身材，留着短发。这一天穿着西装，但并不新，是深色。

我们在茶楼谈的很多。在谈话中，他有时给我们以羞涩的感觉，就更衬托出他的年青和纯朴。从这次谈话中，我们知道他曾经被捕，现在学校的环境对他也不利，但他还是想坚持在这里学好德文。知道他和在蒋介石那边哥哥的关系，说他哥哥怕他革命，总想把他带在身边。更多的，是谈他的诗，他的写作生活，当时的文学活动。他说话时总是很沉静，声音相当低，像在秘密会议场子里一样。句子很短，很明快，也很诚恳。完全显示出革命者的朴素风格。情况和鲁迅先生的初次会见迥不相同，这主要恐怕是由于党的关系吧。

从这时起，他就成了太阳社社员，经常的给我们刊物写稿。自一九二八年到一九三一年，我们先办《太阳月刊》，被国民党查禁后，改名《时代文艺》，以后又改名《新流月报》，左联成立后办《拓荒者》，他都是经常的撰稿人。由于我实际负责编辑，和他的接触也最多。大约同济的环境对他愈来愈不利，到一九二九年，就离开了那里，回到团内工作。他参加了《列宁青年》的编辑。

他在《列宁青年》上发表的稿件很多，我所见到的有诗、散文、政论和翻译。当我见到他从俄文翻译过来的文稿时，我很惊奇，因为我知道他懂英文、德文，没有学过俄文。后来遇到他，才知道他又学了五个月的俄文，结果竟能进行翻译了。我感到他真是一个天才，几乎想把他抱了起来。我很得意的把这情况告诉了很多同志。

我记得和他最后一次的见面，是在他被捕前不久，约当一九三〇年的冬天。这一回约定见面的地点，大约是四马路一家书店。他这一回穿的是长袍，是深灰色的。天很冷，他把两手插在西装裤里，里面是套颈的深红羊毛衫。就这样，我们从四马路谈到五马路、六马路，又谈了回来，往返了不少次，我记得总有两小时光景。谈些什么，我已经记不起了，总之，彼此谈的很有兴致，中间还夹着愤慨。一直到两个人都走得很疲乏，才恋恋不舍的分开。

以后我就再没有见到他了。一直到他被捕后几天，才有他的好友柯涟同志来通知我。柯涟同志那时好像是在江苏省委工作，也曾给我们写过稿。他告诉我，殷夫同志那天由外面回来，看到冯铿同志留条，就按那地址去开会，走进去就被捕了。告诉我，殷夫同志的住处已被捕房找到了，留了人在那里监守。我急急的问他殷夫同志的原稿，他说没有拿出，有好几本诗集，里面有一本完全是为柯涟同志写的。我要柯涟同志通过房东去设法。但结果，没有办法能接近房东，不久捕房就把所有的东西拿走了。而柯涟同志，他的好朋友，也在不久以后，遭受到国民党的逮捕，被枪杀了。

殷夫同志牺牲的日子，是一九三一年二月七日（他生于一九〇九年）。据我当时所听到他们牺牲的情况是这样：他们本关在上海龙华国民党警备司令部监狱里，这一晚他们突然被带到后园，逼他们背墙排立，残酷的用机枪向他们进行扫射，他们意识到是牺牲的时候，就英勇的喊着口号倒下去。以后就被埋在预掘的几个坑里。当时什么消息都没有透露出来。

鲁迅先生对殷夫同志他们的牺牲，从"忍看朋辈成新鬼，怒向刀丛觅小诗"的诗句里，是反映了他极度的愤慨。从回忆里，也可以看到他对殷夫同志的爱护。鲁迅先生爱殷夫同志,爱鲁迅先生的也莫不爱殷夫同志。我们的同志更无一不爱殷夫同志。在鲁迅先生的纪念日子里,来回忆一下殷夫同志,鲁迅先生死而有灵,当也是很欣慰的吧。

我们将永不会忘却鲁迅先生悲愤的诗句,和殷夫同志响亮的预言:

> 未来的世界是我们的,
> 没有刽子手断头台绞得死历史的演递。
> ——《殷夫一九二九年的五月一日》

记梅兰芳先生

■ 冯亦代

不知从什么时候起,我对京剧有了爱好。我最喜欢听旦角文文静静的唱声。而邻居老人收藏的唱片中,多的是梅兰芳先生的杰作,因此我从小就喜爱聆听。至于亲眼看红毡毯上梅先生的表演,则还是三十年代初的事情。

第一次看梅先生的演出,是我在上海读书的时候,记得那晚梅先生贴的是《霸王别姬》,演项羽的是杨小楼。那天一早我就去黄金大戏院买票,得到的回答是全部戏票早已售罄。失望使我心里难受,"无巧不成书",却来了个退票的。虽然他要我的钱比原来应该付的多两毛,虽然我是个穷学生,父亲每月给我的零用钱并不多,我还是"认"了。

梅先生的虞姬,活画出一个置身于四面楚歌、生离死别的女儿心情。她柔情万千,却又显出她的刚烈遒劲,劝酒的"夜深沉"与抹剑的一挥,能不为观众深切同情与失声叹息!而以活霸王著称的杨小楼,与梅先生相互配合,堪称双璧,令人叹为观止。我以后不知看了多少遍《霸王别姬》,梅先生的演技是更为细腻入微,超脱于京剧程式之外了,而演霸王的无论是金少山或刘连荣,都未有超过杨小楼的。

约摸十年之后,我浪迹香港,其时梅先生也在那里避日寇与汉奸的凶焰。有次一位父执在九龙塘俱乐部宴请梅先生,我也躬逢其会。这是我第一次与他同席。这样一位国际知名的表演艺术大师，我初想，必然是位高不可攀的人物，何况在座的人只有我是后辈，但言谈之间，他对我一点也不忽视。他举止潇洒温文，言语典雅蕴藉，恂恂然，蔼蔼然，可敬可亲。

1949年5月上海解放，不久全国第一次文代会在北平召开，梅先生和我同隶华东第二团，一起搭火车北上。和梅先生同行的还有数十年来随他演出的王少亭等名角，我才知梅先生不忘故旧，多年来始终负责这批朋友的生活。他自己不为敌伪演出，也不愿朋友们失足，宁愿典典卖卖来坚持操守。

车到蚌埠，因为正在施工修理铁路大桥，我们不得不临时下车，在大街上一家茶店里休息。不知怎的消息传开，说梅兰芳到了蚌埠，狭隘的长街顿时聚集了千百路人，老的少的，男的女的，一再鼓掌要求梅先生和他们一见。几位工作人员多方劝说，也无结果。这时梅先生就走到楼窗口向路人致意。人群见了他笑容可掬的身影，齐声要求他唱几句以偿他们的夙愿。梅先生高兴地引吭高歌，博得了人群中发出的不绝彩声与掌声。一曲又一曲，只有在工作人员一再央说梅先生旅途劳顿，亟须休息时，人们才逐渐安静下来。但是他们还是不散，一直送我们到车站上车。

我向梅先生道乏，他意味深长地说，我如今多少理会了些为人民服务的意义了。这句话启发了我的深思。人民需要文艺，人民尊重文艺工作者，文艺工作者也永远不能忘掉厚望于他们的人民。

冼星海同志回忆录

■ 光未然

星海同志逝世已经四周年了。每逢他的祭日,总想写点东西纪念他。可是提起笔来,老觉得笔杆太沉重了。

一九三七年五、六月间,抗战前夕,遍及全国的群众救亡运动热潮中,一首曾经在"一二·九"运动中广泛传唱的歌曲《五月的鲜花》流传到上海。同时在群众中流传着关于这首歌曲诞生经过的浪漫传说。星海、张曙等同志领导的上海救亡歌咏运动,大力传播这首歌曲。那时我在上海组织了一个人数不多的青年读书会,得到通知,邀请我们参加在远郊大场举行的歌咏大会和歌咏旅行。通知书上还说,在大场举行的歌咏大会上,将由冼星海、张曙同志指挥练唱《五月的鲜花》。一天早上,我和一批青年友人带着干粮,兴致勃勃地赶到大场山海工学团。那时抗日是有罪的,救亡歌咏运动也是触犯王法的,大场一带,反动宪警戒备森严。但是山海工学团宽敞的操场上,仍然秩序井然地挤满了从上海一带远道赶来的成千工人、店员和学生群众,那场面是很壮观的。星海、张曙轮流登上方桌,十分严肃热情地指挥大家练唱《五月的鲜花》。大家越唱越起劲,唱的群情激奋,斗志昂扬。正是在这次歌咏大会上,我结识了星海同志和张曙同志。对于他俩当天汗流浃背反复不倦地指挥教唱这首歌曲,我深受感动。

第二天下午,我应邀到星海的寓所去谈天。他首先向我介绍了他那可亲可敬的妈妈，随后关切地问到我的情况。我那时二十三岁，因为在武汉呆不下去了，头年冬天逃到上海，靠零星的稿费和朋友的支援维持生活，也算是亭子间里的小文化人吧。星海比我大八岁。大家知道，他平时是惯于沉默寡言的。这次交谈，他却谈了很多。他谈到了他备尝艰苦的游欧经历，归国后的抱负，也谈到当时不愉快的处境。他鄙弃当时音乐界一些人对西洋音乐的抄袭和模仿。他自豪地说：我是一个东方的作曲家，我要创造为人民大众喜爱的有东方民族色彩的音乐，为我国的民族解放和东方被压迫民族的解放，献出自己的力量。他搬出了一大叠他的《民族交响乐》的初稿，一面哼出其中的几段主旋律，一面解释他的创作意图：表现中国人民的苦难、挣扎和无限光明的希望。这次谈话，给我的印象很深。在我的头脑里，有了一个魁梧的身躯，紫铜色的面孔，坚毅的挑战者的神情，仿佛要压倒一切困难的、创造新事物的宏愿。总之，是一个正在成长的艺术巨人的形象。临别时候，他提出要求，说高尔基周年祭辰迫近，邀我写一首纪念歌的歌词。我欣然应命，第二天就交给他了。这是我们合作的第一支歌曲。他写好以后，反复地哼着征求意见，直到我也跟着唱了，并声明完全满意为止。他立刻到歌咏队教唱，并在纪念会前夕，赶到南京向青年群众亲自教唱。这个人，就是有这样一种永不知疲倦的工作精神。使你感到它是身心俱强、朝气蓬勃的英雄，而完全想不到这个英雄的身体内部机构，由于长期艰苦的流浪生活，遗留下一些难堪的病痛；这病痛，别人看不出来，他自己也完全蔑视的。最后终于强制他停止了才思迸发的创作生命。

"七·七"、"八·一三"抗战爆发，大家是多么兴奋啊。我知道同志们组织了一个战地服务的团体，星海也欣然参加。几天后他随一支演剧队离开上海了。十月间，我们先后到了武汉。星海同志一到武汉，立刻被大批青年人所包围。他生活在年轻人的怀抱里，像孩子一样地喜悦和兴奋。那时，由东北、华北、上海等地转移到武汉的青年团体、艺术团队是很多的，武汉的工人、店员、学生所组织的业余宣传队、歌咏队，更如雨后春笋。大家都要求星海同志去教唱、教指挥，或者要求见面交谈。他总是有求必应，日里夜里都同群众打成一片。他的创造力这时也显得特别旺盛。

这年冬天，我因事回鄂北，路过安陆，适星海同志随洪深先生领导的上海救亡演剧队第二队在安陆工作。我被留下在该队住了十多天，一同过新年。这时也同星海合作过几支新歌。星海兴致很高，往往略事沉吟，数分钟一挥而就，刹那间全队传唱起来。自成异彩；而能不怕吵闹，俯在椅角上，箱盖上，坐在门槛上，随时随地可以写作，一气呵成。他那为革命事业献身的高度热忱，是令人感佩的。

一九三八年春，由于我党同国民党坚持斗争的结果，在周恩来同志的筹划和领导下，政治部第三厅宣告成立，郭沫若同志任厅长，进步的文化人大汇合，力求冲破重重障碍，推进全国的抗日宣传工作。我和星海、张曙同志也参加了第三厅，我们三人同住在武昌县花林（第三厅所在地）后楼上一个房间里，朝夕相处。我们都不习惯于坐办公室，几乎每天在武汉三镇各处奔走，朝出晚归。我们常在夜间临睡前交换一些意见，有时作长夜谈，谈到高兴的时候，听到隔壁房间敲敲墙板，才各自入睡。遇到"五·一"、"五·四"、"七·七"这样的纪念节日即将来临，星海就要促我当晚写出歌词，他当夜作曲，第二天过江去教唱。有时他也邀我一同过江去听新歌试唱，一同在青年朋友们的高歌和欢笑声中渡过整天，夜晚一同回来。

一九三七、三八年两度在武汉，一度在安陆相处期间，我同星海大约合作过十几首歌曲，其中有《新中国》、《新时代的歌手》、《戏剧抗战》、《拓荒歌》、《纪念五一节》等等。歌词写得草率，不足以充分诱发作曲家的乐思，当时起点作用，唱过便了。

我同星海同志最后一次见面和合作，是在一九三九年春天的延安，写出《黄河大合唱》。那时我在晋西吕梁山游击区山沟里堕马受伤，躺在担架上，村村转送，再次渡过黄河，被送到延安边区医院诊治。抗敌演剧队第三队的同志们伴送我到延安。三队同志们是到延安学习和汇报的，他们需要新的上演节目。星海同志到医院来看我，也提议再来一次合作。三月间，我便把一九三八、三九年两次渡河以及在黄河边上行军时的一些感受，原来打算要写一首题为《黄河吟》的长诗的，改写成《黄河大合唱》的歌词。当时我左臂肿胀，行动不灵，躺在床上，口授给三队胡志涛同志笔录。五天写就后，记得是一个晚上，在西北旅社一间宽敞的窑洞里，请来了星海同志，开了个小小的朗诵会。我把歌词念给他和三队同志听，还谈了写作的动机和意图，作为星海作曲时的参考。他凝神听完后，忽地站起来把歌词一把抓在手上，说："我有把握把它写好！"大家热烈地鼓掌欢呼，我们的喜悦和感激是不言可喻了。

我和演剧三队同志们二月间到达延安时，正值延安第一次生产运动高潮。星海同志每天随鲁艺师生上山开荒，手上也打了泡的。三月间，运动告一段落，他有了较充裕的时间，在他的小窑洞里，日益继夜地赶写起来。我还记得那山坡上的一排排小窑洞，鲁艺教师们的宿舍。星海的一间朴素而明朗，土炕上架着木床，他和夫人钱韵玲同志同住，临窗的小书桌，也架在炕上。星海就在这小桌上写出了他著名的两个大合唱，及其他许多佳作。他的工作毅力是惊人的，一开始写作就不愿休息，偶尔斜躺在小床上抱头沉吟一下，忽地又起来振笔直书下去。他的头脑里仿佛有无尽的乐语的泉源，刷刷地迸流出来，就使他经常处在一种兴奋得无法自抑的精神状态中。他爱吃糖果，当时延安买不到糖果，他要我买两斤白糖送给他。白糖放在桌上，写几句便抓一把送进嘴里，于是一转瞬间，糖水便转化为美妙的乐句了。

演出的日子迫近了，我们一方面希望他快写，一方面又担心他的身体，因为他在连续地熬夜。每天早上，我们派田冲同志、邬析零同志去小心地探问他昨夜的结果。他俩从不空手而回。星海是那样的虚心，一定要关心我对每一支曲子的意见，并且豪爽地授权给我们："可以随便地改。"自然，我们不会那样狂妄的。像我们最喜欢的曲子，如《黄河船夫曲》、《保卫黄河》、《怒吼吧黄河》等，感到它的气势磅礴，比我们料想的要雄伟得多，便马上交给全队练唱。其他的曲子，有时我们提出个别的意见，他往往毫不迟疑地修改。其中《黄河颂》、《黄河怨》两个独唱曲，我们挑剔较多，他立即全部推翻，第二天便交出了新稿。第二稿的《黄河颂》试唱后还希望修改个别乐句，那知他又撕掉重写。第三天看到的，又是一个完全崭新的令人叹服的第三稿！这就是星海！这就是他那十分顽强的精益求精、日新又新的精神！同时，这也是他对群众、对战友的高度信赖，使我们感惭交加。像这个大合唱包括的八首歌曲的各种曲式，如哪一首用独唱或齐唱、对唱、轮唱、合唱等，原是我凭着外行人的主观设想提供参考，事后想来并不完全恰当的，当时星海同志也完全迁就。他的创造的才能，可以突破各种局限，可以克服各种困难。延安当时缺乏西洋乐器，为《黄河大合唱》写伴奏，他就利用当时当地所能找到的各种乐器、提琴、二胡、三弦、笛子、军号、大鼓等等一齐来，充分发挥它们的作用。巧妙地互相搭配，创造了中西合璧而富于民族色彩的伴奏音乐。这是一个重大的创造。取得了很好的效果。当时在延安听过演唱的同志们，想必记得那压轴之作《怒吼吧！黄河》演唱临近结束的时候，那一阵阵震撼人心的军号和大鼓声，何等地突出并强化了歌曲的内容，使人顿时热血沸腾，久久不能平静下来。

星海同志以六天时间的日夜突击，写完了《黄河大合唱》的全部曲调。又经过了一个星期，一面参加生产劳动及其他活动，一面写完了它的全部伴奏音乐。几天以后，在鲁艺音乐系的协助下，由抗敌演剧第三队上演于陕北公学大礼堂。演出是很成功的，受到延安听众的热烈赞赏。虽然合唱队不到三十人，乐队也不过三十人左右（乐队大部分是鲁艺音乐系的同志），虽然第三队的演唱技术是不高的，但大家有亲切的生活体验和饱满的热情，曾经在黄河边上战斗过来的；他们熟悉创作的过程，善于传达创作意图；更重要的是，这次演出一直是在星海同志直接教导和主持之下进行的。

我没能听到稍后由星海同志亲自组织并亲自指挥的，有五百人左右参加演唱的《黄河大合唱》声势浩大的演出，那时我已离开延安易地治疗了。一九四四年昆明学生运动高潮中演出这个大合唱，一九四六年北平进步青年组织的星海合唱团为怀念星海而举行的演唱，我都曾躬逢其盛。这两次演出，都冲破了国民党反动派的重重破坏，洋溢着战斗的激情。

《黄河大合唱》歌颂了我们党和毛主席领导下抗日军民的游击战争，歌唱了"万山丛中""青纱帐里"的游击战士，歌唱了"在黄河两岸……星罗棋布，散布在敌人后面"的游击兵团、野战兵团，歌唱了我国抗日军民乘风破浪的雄姿，歌唱了我们中华民族伟大坚强的气概，歌唱了以延安为中心的"新中国已经破晓"，并且"向着全中国受难的人民""向着全世界劳动的人民，发出战斗的警号"。这一切经过作曲家音乐形象的再创造和音乐艺术上的光华四射的渲染，赋予了强大的艺术生命。它歌颂什么，反对什么，凡是有正常听觉的人，应当是不难理解的。固然歌词还有不少缺点，但是星海同志艺术上的贡献是不朽的。

同聂耳同志一样，星海同志无疑地是我国无产阶级音乐艺术的先驱者，是我国伟大的作曲家，人民的艺术家。他那样热爱党，热爱群众，热爱劳动，他的心那样贴近人民，这就使得他有了无穷的力量和气魄，也使得他永远活在人民的口上心上。他的歌曲，是革命的民族气派的产物。他准确地表现了我国人民大革命胜利前夜的时代精神，豪强多彩而勇于创造。同聂耳一样，他死得太早。他已经为他所热爱的人民尽了最大最好的努力。中国人民将永远含着眼泪感激他。

我的女友们

■ 苏 青

女子是不够朋友的。无论两个女人好到怎样程度,要是其中有一个结了婚的话,"友谊"就进了坟墓,我从前有许多好友,现在都貌合神离,有些且音讯杳然了,原因是我已结了婚,而且有了孩子,不复是"伟大女性",够不上同前程远大的她们谈交情。而我呢,委实也没有想过将要离异了丈夫,抛弃了婴儿,去享受和这些女伴们一同研究皮鞋式样之类的乐趣。

我从未向她们夸说过我的丈夫如何豪富,我的孩子如何美丽等惹厌话,也未曾目视飞鸟地怠慢她们过,更没有对她们敷衍地打过"今天天气……哈……哈……哈……"等套话,然而我与她们之间,确是有了隔膜了。

有时我在公园路某洋服后门口遇见几位身披浅灰色着大衣的旧友,约我加入妇女国货服用会,并坚嘱预备好提案,以便开会时当众提出。我自顾无此雅兴,且没有新衣可于此开会日参加"时装竞赛",只得婉谢了;她们立刻现出不悦而且轻视的颜色,悻悻地走开。

有时我在电影场遇见几位布衫短裙的女志士,她们滔滔不绝地对我讲了许多"整个的社会问题",我却没有"顽石点头",但也不曾与之舌战,其原因是:(一)全神贯注到银幕上的动作和表情,宁可辜负女友们四溅的香唾,却不愿让自己的四毛钱花得冤枉。(二)恐"雄辩"要惊起邻排的 Gentlemen 及 Ladies 的座,惹得被骂为"死要出风头"。(三)更恐她们评论时事,累及自己受反动嫌疑。结果,只得又不欢而散。

　　有时居然也有几个故友来"拜访"我,在促膝工作完毕后,谈心却不得劲儿:她们批评我房中的木器窗帷的颜色,以至于我丈夫的面貌;而我却觉得这些实在都没有心儿要谈的。而且她们的意见又与我相左:她们嫌我木器上象牙镶嵌得多,而我心中却觉得耐久的紫檀并不一定要乱镶上什么象牙;她们以为窗帷该用淡红轻绸,而我却觉得纯白轻纱似较洁雅;她们介绍我许多名贵的脂粉,而我却恨夹中钞票不够;她们说我丈夫欠白皙,而我却从来不喜欢"梅兰芳式"的男子……话虽如此,我口中却不得不唯唯称是,否则就将被加上一个"爱戴高帽子"的恶名了。

　　有时我也曾去找过人家,她们正在疾写男子压迫女人,女子得赶快起来,自谋解放。最痛心的是,她们把话头针对了我说:"将多有希望的女子,嫁后就完全变了,简直不知道有独立人格!"这类新名词,在四五年前,我也曾把它当过口头禅,如今此词久已不弹,听起来似乎有些深奥。我的意思是,夫妇间应得互相迁就,互相谅解,难道不"你一枪,我一刀"的,就没有独立人格了吗?"独立人格"?我委实不知道自己在什么地方遗失了它?现在该到何处去找寻?但是,事实逼迫着我,又不得不附和着讲些男子薄幸这类话,虽然我至今尚未发现丈夫负心的痕迹。可是结果出乎意外,我卖尽了力,代价只换得轻轻被说一声"无志气,甘心作男子奴隶!"

　　于是我觉得自己落伍了,结婚就落了女友们的"伍"。我不复是"伟大的女性"。

　　"女子是不够朋友的。"我的女友们在失望中感慨着。

伤 逝
——怀念巴金老人

■ 黄　裳

十月十七日晚饭后，我正在电视机前观看神舟六号飞船胜利返回的新闻。电话传来了巴老逝世的消息。我没有吃惊，依旧平静地看完电视。可是上床休息却一夜无眠，六十年来与巴老往还的往事，纷至沓来，次第上心，不能自已。真是没有法子。想想只有将这些如尘的记忆片断，捉到纸面上来，作为对老人的纪念，才能获得心的平静。

我最早见到巴金，是1942年冬，在重庆。当时我只身入蜀，举目无亲，只带了他的三哥、我的老师李林的一纸便条，把我介绍给他。便条上什么都不敢写，只报告平安而已。巴金的话不多，但却热情地接待了我。记得曾介绍我去吴朗西在沙坪坝开的一家寄售商行，卖去了一件大衣，作为生活费。他还将我所写的旅行记事散文，介绍给"旅行杂志"。得到在重庆的第一笔稿费。

我们见面不多，不过两三次。谈话也简短。这以后，我就走到军中，当一名翻译官。在昆明、贵阳、印度都曾收到他的来信，都是商量把我发表过的散文收集起来的事。他也真不怕麻烦，为一个年轻人做这些琐碎的事。最后编辑成书，就是由他以编委身份，收入中华书局的"中华文艺丛刊"的《锦帆集》，时在1946年。这是我的第一本书。没有他，我不会走上文坛。

这以后，就是编入文化生活出版社的"文学丛刊"的《锦帆集外》，他是出版社的总编辑。取回原稿一看，着实令我吃惊而脸红。那些零乱的底稿，一一都由他用红笔改定，连标点也不放过。例如我喜欢写的"里"字，也一一改成"裏"字。从此我才懂得做编辑工作的责任与辛苦。当时他已是名作家，却肯埋头做这些"小事"。想来从他身上受到的教育、影响又何只此一端。他是大作家，又是伟大的组织者，从他手中推荐了多少新人，为文坛添加了如许新生力量，这许多，都是在默默无言中完成的。

1946年后，他定居上海卢湾区的淮海坊59号。这时我已成为他家的常客。因工作忙碌，我不常回家吃饭，经常在他家晚餐，几如家人。饭后聊天，往往至夜深。女主人萧珊好客，59号简直成了一处沙龙。文艺界的朋友络绎不断，在他家可以遇到五湖四海不同流派、不同地域的作家，作为小字辈，我认识了不少前辈作家。所谓"小字辈"，是指萧珊西南联大的一群同学，如穆旦、汪曾祺、刘北汜等。巴金工作忙，总躲在三楼卧室里译作，只在饭时才由萧珊叫他下来。我们当面都称他为"李先生"或"巴先生"，背后则叫他"老巴"。"小字辈"们有时请萧珊出去看电影、坐DD'S，靳以就说我们是萧珊的卫星。我还曾约他们全家到嘉兴、苏州去玩过，巴金高兴地参加。1956年我重访重庆，在米亭子书摊上买得巴金祖父的木刻本诗集，回沪后送给他，他十分高兴。巴金是喜欢旅游的，不只是对杭州情有独钟。

巴金也喜欢坐咖啡馆，随意聊天。没有什么郑重的话题。他没有宣传过什么"主义"，对文学批评也并不看重，虽然他和李健吾有深挚的友谊。他也偶尔对某些作品作些评价。我问过他，最出色的译本是哪一部，他脱口而出地答道，"鲁迅译的《死魂灵》"。他还说过胡适的白话文写得好，一清如水。他对徐懋庸是有意见的，但从未听他背后的议论。

巴金也有激动的时候。一次他和吴朗西、朱洗等在家里讨论什么问题，大概是有关文化生活出版社，大声争论，我枯坐一旁，听不懂也无从插嘴。

他还关心过我的恋爱生活，出谋划策。后来先室之丧，在告别仪式上，我发现有一只署名"老友巴金"的花圈，着实令我感动，其时他住在医院已好几年了。

为李林墓碑设计，我曾提出请马夷初写墓碑，被他立即否决了。后来是请钱君匋设计的。

他喜欢买书，也喜欢赠书。我陪他走过不少西文旧书店，店伙都和他熟识，有好书都留给他。他的版税收入，大半都花在买书上。他喜欢将新出的书送给朋友，不论是自著还是别人的作品。因为经常见面，所以得到他签赠的书很多，有些是新刊的小册子，后来很难搜全了。至于大部头如"全集""选集"，更是高兴地持赠，仿佛是夸示自己新生的孩子似的递过来。他的译文集曾有香港三联版，印得很精致。后来又出了台湾版，大本精装一叠，又欢喜地取来相赠。最后是"人文"本的译文全集。他实在又是一位出色的、成果累累的大翻译家。我最喜读的是他译的赫尔岑的《一个家庭的戏剧》，是一部难得的译品。我喜欢搜集亲近师友的著作，力求其全。不知何以不为某些人理解，加以讥嘲，真不可解。他迁居武康路宅时，我曾帮他搬过书，一束束洋书，搬上二楼他的书房，吃力得很。他真是位大藏书家，浩如烟海的卷册，生前多已捐赠各大图书馆。他还有个遗愿，想完成一座"尧林图书馆"，纪念三哥。我多次看到新华书店按时给他送来新出的图书，一次就是几十百册。可见他爱书的豪情。

有人认为，巴金当了好几届政协副主席，又当了多年作家协会主席，就认为他当了官。其实我觉得他对当官毫无兴趣。虽然在医院病房门口总有几位战士在卫护，出游时有车队，浩浩荡荡，对这些他都觉得没有什么意思。平常闲谈，也从不涉及官场。在我的记忆中，只记得他曾提起周扬曾劝他入党，也就是闲谈中的一句话，没有深论。他多次去北京，也会见过高端政要，他都没有细说，只有胡耀邦请他吃饭，他说得较详，也有兴趣。

他喜欢西湖，晚年曾多次到杭州休养。1983年秋，还从杭州到鲁迅的故乡绍兴去过一次，我与内人陪同前去，黄河清（源）也同行。他的兴致好好得很，虽腿脚不便，也还到了禹陵；在三味书屋坐进鲁迅当年读书桌的小凳子，顽态可掬。在百草园照了相，是他晚年最从容、最健康也照得最好的一帧。

一次单位搞个人鉴定，我请他给我提意见，他指出我"拼命要钱"是大缺点。这批评是确切的。因为买旧书，钱总是不够用。于是预支版税算稿费，编书也要编辑费（如《新时代文丛》），无所不用其极。为了买书，一次还向萧珊借过三百元，自然没几天就还了。可见他对我的批评也是说真话的。大型文学刊物《收获》一直是他主持着，八十年代我给《收获》写稿，没有一次退稿。但有两次小事可以看出他的处事风格。我有一篇"过去的足迹"，是写吴晗的。篇末有许多文字被他一刀砍掉了。还有一篇当中有对老友不敬的话，也被他删去了。两次都没有同我商量，只是由编辑转告，对第二篇的处理，说明将来编集时可以补入。我非常佩服他这种处事风格。觉得有如在大树密荫之下安坐，是一种幸福。

他总是劝朋友多写，多留下些东西。他苦口婆心地劝曹禺完成剧本《桥》，在病房里也是如此。他对我也总是勉励，每次见面几乎都希望我多写。回思往事，至今不敢懈怠。

他晚年完成的巨作《随想录》，在香港《大公报》的副刊"大公园"连载，曾引起一些流言飞语。我也在"大公园"上写了一篇读后感（收入《榆下说书》），他曾当面称赞我说得好。这是少见的夸奖。不是说文章写得如何好，只是可见一时舆论风气而已。《随想录》陆续发表，不同意见也层出不穷。一时风云雷雨，作者的感受就像在太空飞行的航空员一般。但我在闲谈中从未见他有任何表露，沉着得可惊。所有细节我都是从侧面了解的。

写到这里，来了一位记者，问起许多古怪的问题，小故事，关于巴金的"小故事"，我回答不出，手足无措。好容易送走了客人，拿起一本《随想录》来读，随手一翻，翻到一篇"大镜子"，读罢身心通泰，写得好，是上好的散文，也是上好的杂文。文章中有这样几句话，"我不需要悼词，我都不愿意听别人对着我的骨灰盒讲好话"。好像正像两天前他讲的话。我记起他曾对我说，《随想录》就是当作遗嘱来写的。当时着实吃了一惊，觉得刺耳，也手足无措过。现在想来，他并不曾说谎。《随想录》就是一本讲真话的书，虽然有的人读了不舒服，但她要存在下去，直到谎言绝迹那一天为止，她也就自然灭亡了。

"文革"后期我陪黄永玉到武康路访问过一次巴金，这是睽隔了十多年后第一次相见，使我出惊的是，他的头发全白了。永玉是带了沈从文的问候来的。他一家都住在楼下的客厅里，别的房间全封了。萧珊不久前过世，他的神情落寞得很，话更少了。我们坐了一会就告辞了。得以从容访问长谈则是八十年代初期前后。

巴老逝世，是中国文学界的大损失，损失了一位领军的人物。

他享年一百零一岁，但依然站在时代前面。记得过去谈天时，我曾对新出现的作者文字不讲究、不够洗练、不够纯熟而不满，他立即反驳，为新生力量辩护，像老母鸡保护鸡雏似的。他是新生者的保护者，是前进道路上的领路人。他的两项遗愿，一是现代文学馆的建立，现在已初步建成，日益壮大；另一项是"文革博物馆"的实现，虽然八字还没有一撇，但倡议确已得到广泛的拥护、认同。应可无憾。匆匆急就，写此小文，以为巴老纪念。掷笔惘然。

星斗其文,赤子其人

■ 汪曾祺

沈先生逝世后,傅汉斯、张充和从美国电传来一幅挽辞。字是晋人小楷,一看就知道是张充和写的。词想必也是她拟的。只有四句:

> 不折不从　亦慈亦让
> 星斗其文　赤子其人

这是嵌字格,但是非常贴切,把沈先生的一生概括得很全面。这位四妹对三姐夫沈二哥真是非常了解。——荒芜同志编了一本《我所认识的沈从文》,写得最好的一篇,我以为也应该是张充和写的《三姐夫沈二哥》。

沈先生的血管里有少数民族的血液。他在填履历表时,"民族"一栏里填土家族或苗族都可以,可以由他自由选择。湘西有少数民族血统的人大都有一股蛮劲、狠劲,做什么都要做出一个名堂。黄永玉就是这样的人。沈先生瘦瘦小小(晚年发胖了),但是有用不完的精力。他小时是个顽童,爱游泳(他叫"游水")。进城后好像就不游了。三姐(师母张兆和)很想看他游一次泳,但是没有看到。我当然更没有看到过。他少年当兵,飘泊转徙,很少连续几晚睡在同一张床上。吃的东西,最好的不过是切成四方的大块猪肉(煮在豆芽菜汤里）。行军、拉船，锻炼出一副极富耐力的体魄。二十岁冒冒失失地闯到北平来，举目无亲。连标点符号都不会用，就想用手中一枝笔打出一个天下。经常为弄不到一点东西"消化消化"而发愁。冬天屋里生不起火，用被子围起来，还是不停地写。我一九四六年到上海，因为找不到职业，情绪很坏，他写信把我大骂了一顿，说："为了一时的困难，就这样哭哭啼啼的，甚至想到要自杀，真是没出息！你手中有一枝笔，怕什么！"他在信里说了一些他刚到北京时的情形。——同时又叫三姐从苏州写了一封很长的信安慰我。他真的用一枝笔打出了一个天下了。一个只读过小学的人，竟成了一个大作家，而且积累了那么多的学问，真是一个奇迹。

沈先生很爱用一个别人不常用的词："耐烦"。他说自己不是天才（他应当算是个天才），只是耐烦。他对别人的称赞，也常说"要算耐烦"。看见儿子小虎搞机床设计时，说"要算耐烦"。看见孙女小红做作业时，也说"要算耐烦"。他的"耐烦"，意思就是锲而不舍，不怕费劲。一个时期，沈先生每个月都要发表几篇小说，每年都要出几本书，被称为"多产作家"，但是写东西不是很快的，从来不是一挥而就。他年轻时常常日以继夜地写。他常流鼻血。血液凝聚力差，一流起来不易止住，很怕人。有时夜间写作，竟致晕倒，伏在自己的一排鼻血里，第二天才被人发现。我就亲眼看到过他的带有鼻血痕迹的手稿。他后来还常流鼻血，不过不那么厉害了。他自己知道，并不惊慌。很奇怪，他连续感冒几天，一流鼻血，感冒就好了。他的作品看起来很轻松自如，若不经意，但都是苦心刻琢出来的。《边城》一共不到七万字，他告诉我，写了半年。他这篇小说是《国闻周报》上连载的，每期一章。小说共二十一章，$21 \times 7=147$，我算了算，差不多正是半年。这篇东西是他新婚之后写的，那时他住在达子营。

巴金往在他那里。他们每天写，巴老在屋里写，沈先生搬个小桌子，在院子里树荫下写。巴老写了一个长篇，沈先生写了《边城》。他称他的小说为"习作"，并不完全是谦虚。有些小说是为了教创作课给学生示范而写的，因此试验了各种方法。为了教学生写对话，有的小说通篇都用对话组成，如《着墨医生》；有的，一句对话也没有。《月下小景》确是为了履行许给张家小五的诺言"写故事给你看"而写的。同时，当然是为了试验一下"讲故事"的方法（这一组"故事"明显地看得出受了《十日谈》和《一千零一夜》的影响）。同时，也为了试验一下把六朝译经和口语结合的文体。这种试验，后来形成一种他自己说是"文白夹杂"的独特的沈从文体，在四十年代的文字（如《烛虚》）中尤为成熟。他的亲戚，语言学家周有光曾说"你的语言是古英语"，甚至是拉丁文。沈先生讲创作，不大爱说"结构"，他说是"组织"。我也比较喜欢"组织"这个词。"结构"过于理智，"组织"更带感情，较多作者的主观。他曾把一篇小说一条一条地裁开，用不同方法组织，看看哪一种形式更为合适。沈先生爱改自己的文章。他的原稿，一改再改，天头地脚页边，都是修改的字迹，蜘蛛网似的，这里牵出一条，那里牵出一条。作品发表了，改。成书了，改。看到自己的文章，总要改。有时改了多次，反而不如原来的，以至三姐后来不许他改了（三姐是沈先生文集的一个极其细心，极其认真的义务责任编辑）。沈先生的作品写得最快，最顺畅，改得最少的，只有一本《从文自传》。这本自传没有经过冥思苦想，只用了三个星期，一气呵成。

  他不大用稿纸写作。在昆明写东西，是用毛笔写在当地出产的竹纸上的，自己折出印子。他也用钢笔，蘸水钢笔。他抓钢笔的手势有点像抓毛笔（这一点可以证明他不是洋学堂出身）。《长河》就是用钢笔写的,写在一个硬面的练习簿上,直行,两面写。他的原稿的字很清楚,不潦草,但写的是行书。不熟悉他的字体的排字工人是会感到困难的。他晚年写信写文章爱用秃笔淡墨。用秃笔写那样小的字,不但清楚,而且顿挫有致,真是一个功夫。

他很爱他的家乡。他的《湘西》、《湘行散记》和许多篇小说可以作证。他不止一次和我谈起棉花坡,谈起枫树坳,——一到秋天满城落了枫树的红叶。一说起来,不胜神往。黄永玉画过一张凤凰沈家门外的小巷,屋顶墙壁颇零乱,有大朵大朵的红花——不知是不是夹竹桃,画面颜色很浓,水气泱泱。沈先生很喜欢这张画,说:"就是这样!"八十岁那年,和三姐一同回了一次凤凰,领着她看了他小说中所写的各处,都还没有大变样。家乡人闻知沈从文回来了,简直不知怎样招待才好。他说:"他们为我捉了一只锦鸡!"锦鸡毛羽很好看,他很爱那只锦鸡,还抱着它照了一张相,后来知道竟作了他的盘中餐,对三姐说:"真煞风景!"锦鸡肉并不怎么好吃。沈先生说及时大笑,但也表现出对乡人的殷勤十分感激。他在家乡听了傩戏,这是一种古调犹存的很老的弋阳腔。打鼓的是一位七十多岁的老人,他对年轻人打鼓失去旧范很不以为然。沈先生听了,说:"这是楚声,楚声!"他动情地听着"楚声",泪流满面。

沈先生八十岁生日,我曾写了一首诗送他,开头两句是

犹及回乡听楚声,
此身虽在总堪惊。

端木蕻良看到这首诗,认为"犹及"二字很好。我写下来的时候就有点觉得这不大吉利,没想到沈先生再也不能回家乡听一次了!

他的家乡每年有人来看他，沈先生非常亲切地和他们谈话，一坐半天。每当同乡人来了，原来在座的朋友或学生就只有退避在一边，听他们谈话。沈先生很好客，朋友很多。老一辈的有林宰平、徐志摩。沈先生提及他们时充满感情。没有他们的提挈，沈先生也许就会当了警察，或者在马路旁边"瘪了"。我认识他后，他经常来往的有杨振声、张奚若、金岳霖、朱光潜诸先生、梁思成林徽因夫妇。他们的交往真是君子之交，既无朋党色彩，也无酒食征逐。清茶一杯，闲谈片刻。杨先生有一次托沈先生带信，让我到南锣鼓巷他的住处去，我以为有什么事。去了，只是他亲自给我煮一杯咖啡，让我看一本他收藏的姚茫父的册页。这册页的芯子只有火柴盒那样大，横的，是山水，用极富金石味的墨线勾轮廓，设极重的青绿，真是妙品。杨先生对待我这个初露头角的学生如此，则其接待沈先生的情形可知。杨先生和沈先生夫妇曾在颐和园住过一个时期，想来也不过是清晨或黄昏到后山谐趣园一带走走，看看湖里的金丝莲，或写出一张得意的字来，互相欣赏欣赏，其余时间各自在屋里读书做事，如此而已。沈先生对青年的帮助真是不遗余力。他曾经自己出钱为一个诗人出了第一本诗集。一九四七年，诗人柯原的父亲故去，家中拉了一笔债，沈先生提出卖字来帮助他。《益世报》登出了沈从文卖字的启事，买字的可定出规格，而将价款直接寄给诗人。何原一九八〇年去看沈先生，沈先生才记起有这回事。他对学生的作品细心修改，寄给相熟的报刊，尽量争取发表。他这辈子为学生寄稿的邮费，加起来是一个相当可观的数字。抗战时期，通货膨胀，邮费也不断涨，往往寄一封信，信封正面反面都得贴满邮票。为了省一点邮费，沈先生总是把稿纸的天头地脚页边都裁去，只留一个稿芯，这样分量轻一点。稿子发表了，稿费寄来，他必为亲自送去。

李霖灿在丽江画玉龙雪山，他的画都是寄到昆明，由沈先生代为出手的。我在昆明写的稿子，几乎无一篇不是他寄出去的。一九四六年，郑振铎、李健吾先生在上海创办《文艺复兴》，沈先生把我的《小学校的钟声》和《复仇》寄去。这两篇稿子写出已经有几年，当时无地方可发表。稿子是用毛笔楷书写在学生作文的绿格本上的，郑先生收到，发现稿纸上已经叫蠹虫蛀了好些洞，使他大为激动。沈先生对我这个学生是很喜欢的。为了躲避日本飞机空袭，他们全家有一阵住在呈贡新街，后迁跑马山桃源新村。沈先生有课时进城住两三天。他进城时，我都去看他。交稿子，看他收藏的宝贝，借书。沈先生的书是为了自己看，也为了借给别人看的。"借书一痴，还书一痴"，借书的痴子不少，还书的痴子可不多。有些书借出去一去无踪。有一次，晚上，我喝得烂醉，坐在路边，沈先生到一处演讲回来，以为是一个难民，生了病，走近看看，是我！他和两个同学把我扶到他住处，灌了好些酽茶，我才醒过来。有一回我去看他，牙疼，腮帮子肿得老高。沈先生开了门，一看，一句话没说，出去买了几个大橘子抱着回来了。沈先生的家庭是我见到的最好的家庭，随时都在亲切和谐气氛中。两个儿子，小龙小虎，兄弟怡怡。他们都很高尚清白，无丝毫庸俗习气，无一句粗鄙言语，——他们都很幽默，但幽默得很温雅。一家人于钱上都看得很淡。《沈从文文集》的稿费寄到，九千多元，大概开过家庭会议，又从存款中取出几百元，凑成一万，寄到家乡办学。沈先生也有生气的时候，也有极度烦恼痛苦的时候，在昆明，在北京，我都见到过，但多数时候都是笑眯眯的。他总是用一种善意的、含情的微笑，来看这个世界的一切。到了晚年，喜欢放声大笑，笑得合不拢嘴，且摆动双手作势，真像一个孩子。只有着破一切人事乘除，得失荣辱，全置度外，心地明净无渣滓的人，才能这样畅快地大笑。

　　沈先生五十年代后放下写小说、散文的笔（偶然还写一点，笔下仍极活泼，如写纪念陈翔鹤文章，实写得极好），改业钻研文物，而且钻出了很大的名堂，不少中国人、外国人都很奇怪。实不奇怪。沈先生很早就对历史文物有很大兴趣。他写的关于展子虔游春图的文章，我以为是一篇重要文章，从人物服装颜色式样考订图画的年代和真伪，是别的鉴赏家所未注意的方法。他关于书法的文章，特别是对宋四家的看法，很有见地。在昆明，我陪他去遛街，总要看看市招，到裱画店看看字画。昆明市政府对面有一堵大照壁，写满了一壁字（内容已不记得，大概不外是总理遗训），字有七八寸见方大，用二爨掺一点北魏造象题记笔意，白墙蓝字，是一位无名书家写的，写得实在好。我们每次经过，都要去看看。昆明有一位书法家叫吴忠草，字写得极多，很多人家都有他的字，家家裱画店都有他的刚刚裱好的字。字写得很熟练，行书，只是用笔枯扁，结体少变化。沈先生还去看过他，说："这位老先生写了一辈子字！"意思颇为他水平受到限制而惋惜。昆明碰碰撞撞都可见到黑漆金字抱柱楹联上钱南园的四方大颜字，也还值得一看。沈先生到北京后即喜欢搜集瓷器。有一个时期，他家用的餐具都是很名贵的旧瓷器，只是不配套，因为是一件一件买回来的。他一度专门搜集青花瓷。买到手，过一阵就送人。西南联大好几位助教、研究生结婚时都收到沈先生送的雍正青花的茶杯或酒杯。沈先生对陶瓷赏鉴极精，一眼就知是什么朝代的。一个朋友送我一个梨皮色釉的粗瓷盒子，我拿去给他看，他说："元朝东西，民间窑！"有一阵搜集旧纸，大都是乾隆以前的。多是染过色的，瓷青的、豆绿的、水红的，触手细腻到像煮熟的鸡蛋白外的薄皮，真是美极了。至于茧纸、高丽发笺，那是凡品了。(他搜集旧纸,但自己舍不得用来写字。晚年写字用糊窗户的高丽纸,他说:"我的字值三分钱。")

在昆明,搜集了一阵耿马漆盒。这种漆盒昆明的地摊上很容易买到,且不贵。沈先生搜集器物的原则是"人弃我取"。其实这种竹胎的,涂红黑两色漆,刮出极繁复而奇异的花纹的圆盘是很美的。装点心,装花生米,装邮票杂物均合适,放在桌上也是个摆设。这种漆盒也都陆续送人了。客人来,坐一阵,临走时大都能带走一个漆盒。有一阵研究中国丝绸,弄到许多大藏经的封面,各种颜色都有:宝蓝的、茶褐的、肉色的,花纹也是各式各样。沈先生后来写了一本《中国丝绸图案》。有一阵研究刺绣。除了衣服、裙子,弄了好多扇套、眼镜盒、香袋。不知他是从哪里"寻摸"来的。这些绣品的针法真是多种多样。我只记得有一种绣法叫"打子",是用一个一个丝线疙瘩缀出来的。他给我看一种绣品,叫"七色晕",用七种颜色的绒绣成一个团花,看了真叫人发晕。他搜集、研究这些东西,不是为了消遣,是从中发现、证实中国历史文化的优越这个角度出发的,研究时充满感情。我在他八十岁生日写给他的诗里有一联:

玩物从来非丧志,
著书老去为抒情。

这全是纪实。沈先生提及某种文物时常是赞叹不已。马王堆那副不到一两重的纱衣,他不知说了多少次。刺绣用的金线原来是盲人用一把刀,全凭手感,就金箔上切割出来的。他说起时非常感动。有一个木偶(大概是楚俑)一尺多高,衣服非常特别:上衣的一半(连同袖子)是黑色,一半是红的;下装正好相反,一半是红的,一半是黑的。沈先生说："这真是现代派！"如果照这样式（一点不用修改）做一件时装，拿到巴黎去，由一个长身细腰的模特儿穿起来，到表演台上转那么一转，准能把全巴黎都"镇"了！他平生搜集的文物，在他生前全都分别捐给了几个博物馆、工艺美术院校和工艺美术工厂，连收条都不要一个。

  沈先生自奉甚薄。穿衣服从不讲究。他在《湘行散记》里说他穿了一件细毛料的长衫，这件长衫我可没见过。我见他时总是一件洗得褪了色的蓝布长衫，夹着一摞书，匆匆忙忙地走。解放后是蓝卡其布或涤卡的干部服，黑灯芯绒的"懒汉鞋"。有一年做了一件皮大衣，他穿在身上，说是很暖和，高兴得像一个孩子。吃得很清淡，我没见他下过一次馆子。在昆明，我到文林街二十号他的宿舍去看他，到吃饭时总是到对西米线铺吃一碗一角三分钱的米线。有时加一个西红柿，打一个鸡蛋，超不过两角五分。三姐是会做菜的，会做八宝糯米鸭，炖在一个大砂锅里，但不常做。他们住在中老胡同时，有时张充和骑自行车到前门月盛斋买一包烧羊肉回来，就算加了菜了。在小羊宜宾胡同时，常吃的不外是炒四川的菜头，炒茨菇。沈先生爱吃茨菇，说"这个好，比土豆'格'高"。他在《自传》中说他很会炖狗肉，我在昆明，在北京都没见他炖过一次。有一次，他到他的助手王亚蓉家去，先来看看我（王亚蓉住在我们家马路对面，——他七十多了，血压高到二百多，还常为了一点研究资料上的小事到处跑），我让他过一会来吃饭。他带来一卷画，是古代马戏图的摹本，实在是很精彩。他非常得意地问我的女儿："精彩吧？"那天我给他做了一只烧羊腿，一条鱼。他回家一再向三姐称道："真好吃。"他经常吃的荤菜是：猪头肉。

  他的丧事十分简单。他凡事不喜张扬，最反对搞个人的纪念活动。反对"办生做寿"。他生前累次嘱咐家人，他死后，不开追悼会，不举行遗体告别。但火化之前，总要有一点仪式。新华社消息的标题是沈从文告别亲友和读者，是合适的。只通知少数亲友。——有一些景仰他的人是未接通知自己去的。不收花圈，只有约二十多个布满鲜花的花篮，很大的白色的百合花、康乃馨、菊花、菖兰。参加仪式的人也不戴纸制的白花，但每人发给一枝半开的月季，行礼后放在遗体边。不放哀乐，放沈先生生前喜爱的音乐，如贝多芬的"悲怆"奏鸣曲等。沈先生面色如生，很安详地躺着。我走近他身边，看着他，久久不能离开。这样一个人，就这样地去了。我看他一眼，又看一眼，我哭了。沈先生家有一盆虎耳草，种在一个椭圆形的小小钧窑盆里。很多人不认识这种草。这就是《边城》里翠翠在梦里采摘的那种草，沈先生喜欢的草。

朋 友

■ 贾平凹

朋友是磁石吸来的铁片儿，钉子、螺丝帽和小别针，只要愿意，从俗世上的任何尘土里都能吸来。现在，街上的小青年有江湖意气，喜欢把朋友的关系叫"铁哥们"，第一次听到这么说，以为是铁焊了那种牢不可破，但一想，磁石吸的就是关于铁的东西呀。这些东西，有的用力甩甩就掉了，有的怎么也甩不掉，可你没了磁性它们就全没有喽！昨天夜里，端了盆热水在凉台上洗脚，天上一个月亮，盆水里也有一个月亮，突然想到这就是朋友么。

我在乡下的时候有过许多朋友。至今二十年过去，来往的还有一二，八九皆已记不起姓名，却时常怀念一位已经死去的朋友。我个子不高，打篮球时他肯传球给我，我们就成了朋友，数年间形影不离。后来分手，是为着从树上摘下一堆桑葚，说好一人吃一半，我去洗手时他吃了他的一半，又吃了我的一半的一半。那时人穷，吃是第一重要的。现在是过城里人的日子，人与人见面再不问"吃过了吗"的话。在名与利的奋斗中，我又有了相当多的朋友，但也在奋斗名与利的过程中，我的朋友变换如四季，走的走，来的来，你面前总有几张板凳，板凳总没空过。

我作过大概的统计，有危难时护佑过我的朋友，有贫困时周济过我的朋友，有帮我处理过鸡零狗碎事的朋友，有利用过我又反过来踹我一脚的朋友，有诬陷过我的朋友，有添油加醋传播过我不该传播的隐私而给我制造了巨大麻烦的朋友。成我事的是朋友,坏我事的也是朋友。有的人认为我没有用了,不再前来,有些人我看着恶心了主动与他断交,但难处理的是那些帮我忙越帮越乱的人,是那些对我有过恩却又没完没了地向我讨人情的人。

地球上人类最多,但你一生交往最多的却不外乎在方圆几里或十几里,朋友的圈子其实就是你人生的世界,你的为名为利的奋斗历程就是朋友的好与恶的历史。有人说,我是最能交朋友的,殊不知我相当多的时间却是被朋友占有,常常感觉我是一条端上饭桌的鱼,你来捣一筷子,他来挖一勺子,我被他们吃得只剩下一副骨架。

当我一个人坐在厕所的马桶上独自享受清静的时候,我想象坐监狱是美好的,当然是坐单人号子。但有一次我独自化名去住了医院,只和戴了口罩的大夫护士见面,病床的号码就是我的一切,我却再也熬不了一个月,第二十七天里翻院墙回家给所有的朋友打电话。也就有人说啦:你最大的不幸就是不会交友。这我便不同意了,我的朋友中是有相当一些人令我吃尽了苦头,但更多的朋友是让我欣慰和自豪的。

过去的一个故事讲,有人得了病去看医生,正好两个医生一条街住着,他看见一家医生门前鬼特别多,认为这医生必是医术不高,把那么多人医死了,就去门前只有两个鬼的另一位医生家看病,结果病没有治好。旁边人推荐他去鬼多的那医生家看病,他说那家门口鬼多这家门口鬼少,旁边人说:那家医生看过万人病,死鬼五十个,这家医生在你之前就只看过两个病人呀!

我想,我恐怕是门前鬼多的那个医生。根据我的性情、职业、地位和环境,我的朋友可以归两大类:一类是生活关照型。人家给我办过事，比如买了煤，把煤一块一块搬上楼，家人病了找车去医院，介绍孩子入托。我当然也给人家办过事，写一幅字让他去巴结他的领导，画一张画让他去银行打通贷款的关节，出席他岳父的寿宴……或许人家帮我的多，或许我帮人家的多，但只要相互诚实，谁吃亏谁占便宜就无所谓，我们就是长朋友、久朋友。另一类是精神交流型。具体事都干不来，只有一张八哥嘴，或是我慕他才，或是他慕我才，在一块谈文道艺，饮茶聊天。

在相当长的时间里，我把我的朋友看得非常重要，为此冷落了我的亲戚，甚至我的父母和妻子儿女。可我渐渐发现，一个人活着其实仅仅是一个人的事，生活关照型的朋友可能了解我身上的每一个痣，不一定了解我的心；精神交流型的朋友可能了解我的心，却又常常拂我的意。快乐来了，最快乐的是自己。苦难来了，最苦难的也是自己。

然而我还是交朋友，朋友多多益善。孤独的灵魂在空荡的天空中游弋，但人之所以是人，有灵魂同时有身躯的皮囊，要生活就不能没有朋友。因为出了门，门外的路泥泞，树丛和墙根又有狗吠。

西班牙有个毕加索，一生才大名大，朋友是很多的，有许多朋友似乎天生就是来扶助他的，但他经常换女人也换朋友。这样的人我们效法不来，而他说过一句话：朋友是走了的好。我对于曾经是我朋友后断交或疏远的那些人，时常想起来寒心，也时常想到他们的好处。如今倒坦然多了，因为当时寒心，是把朋友看成了自己和自己的家人，殊不知朋友毕竟是朋友，朋友是春天的花，到了冬天就都没有了。

朋友不一定是知己，知己不一定是朋友，知己也不一定总是人，他虽然吃我、耗我、毁我，那又算得了什么呢？皇帝能养一国之众，我能给几个人好处呢？这么想想，就想到他们的好处了。

今天上午，我又结识了一个新朋友，他向我诉苦说他的老婆工作在城郊外县，家人十多年不能团聚，让我写几幅字，他去贡献给人事部门的掌权人。我立即写了，他留下一罐清茶一条特级烟。待他一走，我就拨电话邀三四位旧的朋友来有福同享。

这时候，我的朋友正骑了车子向我这儿赶来。我等待着他们，却小小私心勃动，先自己沏一杯喝起，燃一支吸起。如此便忽然体会了真朋友是无言的牺牲，如这茶这烟，于是站在门口迎接喧哗到来的朋友而仰天哈哈大笑了。

别了,江南秀士

■ 从维熙

前几年,我曾去过文夫的家里做客,他家的小楼就在苏州河畔,站在小楼之上,可以鸟瞰院外的河和舟。真是一方水土养育一方文人,姑苏地域文化的投影,溢满文夫作品的字里行间。因而文夫的文字,犹如苏州园林般有滋有味,也就不足为奇了。

九日早晨,国文打来电话,告诉我老陆走了。真是人的命运无常,今年春节我还和文夫通电话时,他声音虽然有些沙哑,但还能从他的语音中,听到一种与友人通话时的兴奋。他说:"我只是行路有些困难,这是哮喘的后遗症,你放心吧,能闯过风雨年代的人,都不是懦弱的人。"说完这几句生命自白之后,他没有忘记对我进行规劝:"你要少吸烟,少喝酒——更不要玩命地敲打电脑键盘了。"不过半年光景,文夫沙哑的声音犹在耳边回荡之际,他竟然悄然而去了。

多年来,我养成了这样一个习惯:只要是友人出了什么不幸,我总要拿出相册,翻看友人昔日的形影。文夫的噩耗传来之后,我从一堆相册中,找了很久才从业已发黄的相册中,找到了曾经一起经历的往事。第一张照片拍摄于上个世纪八十年代之初,我们的背后是飞流直下的长白山瀑布。那是我和他以及张弦应吉林之邀,一起登长白山天池时的留影。由于影像的再现,一幕幕的往事,立刻涌入心扉。记得,当汽车沿S形山路向天池盘旋而上时,文夫突然提出一个建议:"我们弃车爬山如何?"司机当即告知我们,去天池只有这一条路,意思是我们不能舍车而自行浪漫。但文夫告知司机和与我们一起上山的陪同老黄:"你们可能还不太知道,我们仨可都是劳动大学毕业的,几年来爬格子爬得肌肉萎缩,让我们表现一回如何?"此提议立刻得到我俩的响应,弄得老黄进退两难。最后,他只好让司机先把汽车开上天池,他陪同我们一起爬山。这就是上个世纪八十年代的陆文夫。

至今我还记得爬山时的惊魂:没有路的山非常难爬自不必说,更让人揪心的是,前行者脚下踩下来的石头,不断向后行者的身边滚落。每一次石头滚落下来,不仅让人发出惊呼,长白群山都随之发出合鸣。当我们爬上天池时,人人大汗淋漓,只好脱去衣衫裸胸而立——但天池气温较低,我们只好把湿淋淋的衣衫拧干,重新披在身上。就是在这天池之畔,文夫对我述说了他的一件往事:1964年他在下放的劳动改造中,由于对国家和个人前途的极度悲哀,曾产生过自杀念头。他曾先后两次登上那儿的一座高高的古塔(记忆中这座塔名叫灵谷塔),他一层层地爬到塔顶的时候,见天那么蓝,地是那么的绿,感到自己轻生,愧对生养他的苍天大地。在咀嚼苦咸的泪水中,他觉得自己不能走,还要卑微地活下去。在我过去的认知里,文夫是个十分乐观的人,我与他结识于1956年全国第一届青年创作会议,当时我和他互赠了彼此的处女作,他赠我他的小说集《荣誉》,我赠他我的小说集《七月雨》。记得善饮的刘绍棠与我拉着他在正义路附近的一个餐馆喝酒的时候,因为文夫的形象沉静儒雅,我在热酒烧膛之际,信口给他起了个"江南秀士"的雅号。但是我确实不知时笑得那么灿烂的文夫,在那困顿年代的人生驿站,也曾留下轻生的悲怆印记——不仅我不知道,也是他众多文坛友人所不知道的。之所以将此事写在为他送行的祭文当中,意在说明虽然他外表温儒，内在却深藏着探求真理的执著。

另一张合影，是在辽宁锦州笔架山前的海边。照片上文夫高高地站在中间，一边站着我，另一边站着张洁。我们三个因何去的锦州，我已无从忆起，但是面对笔架山，文夫见景生情的一番幽默，我却至今难以忘怀。他说："这是给中国文人提示，笔高才能神远。"张洁开文夫的玩笑说："笔那么大，拿得动吗？"文夫明知张洁是一句笑谈，但还是认真地说："古文中不是有'如椽大笔'一说吗，意思不外是警示文化人，不要只看脏了手中的笔，干些蝇营狗苟之事，要人文合一。笔下流出的墨痕，一定要是自己的心声。"见文夫如此认真，我给他俩的谈话做结论说："那就让我们对笔架山明誓吧，我们三个谁写了违心之文，就让他死后上不了天堂，而下十八层地狱。"

此时，文夫当真走了。回眸文夫留下的文字，大都是拧干了水分的硬货，这对一个作家来说是很难的。从1956年的《小巷深处》算起，直到《围墙》、《清高》、《美食家》以及长篇小说《人之窝》……表面看，文夫留下的作品不是太多，但他的作品篇篇圆润，掷地有声；这是那些多卷体的官样"文集"远远不能比拟的。前几年，我曾去过文夫的家里做客，他家的小楼就在苏州河畔，站在小楼之上，可以鸟瞰院外的河和舟。真是一方水土养育一方文人，姑苏城文化的投影，充溢于文夫作品的字里行间。如此，文夫的文字如苏州园林般有滋有味，也就不足为奇了。祭文至此，我还需要特别申明一点：文夫逝世这几天，报刊和网上不断提及文夫《美食家》一篇，我不太同意把文夫的遗作，只囿囵于《美食家》的帏阁之中，他的许多作品，都是精雕细刻——绣出苏州园林般的绝美意境，却不可挂一漏万。此外，不能忘却的一笔是，文夫是个有中国良心的作家，就像他在笔架山前的自白，他的一生中没有留下一丝蝇营狗苟的肮脏，在文坛的过去和人文分离成了时尚的今天,文夫都做到了无愧于心!因而他去的地方,是天穹之上的天堂。

今天是2005年7月13日,苏州百姓正为文夫远去在殡仪馆送行。远在京城的友人,不能前往苏州,仅以此一纸悲情悼文,送文坛的"江南秀士"上路……

王小波，晚上能来喝酒吗？

■ 刘心武

北京有三座金刚宝座塔。一座在蜚声中外的风景名胜地香山碧云寺里。碧云寺的金刚宝座塔非常抢眼，特别是孙中山的衣冠冢设在了那里，不仅一般游客重视，更是政要们常去拜谒的圣地。另一座金刚宝座塔在五塔寺里，虽然离城区很近，就在西直门外动物园后面长河北岸，却因为不靠着通衢而鲜为人知，一般旅游者很少到那里去。五塔寺，是以里面的金刚宝座塔来命名的俗称，它在明朝的正式名称是真觉寺，到了清朝雍正时期，因为雍正名胤禛，"禛"字以及与其同音的字别人都不许用了，须"避讳"，这座寺院又更名为大正觉寺。所谓金刚宝座塔，就是在高大宽阔的石座上，中心一座大的，四角各一座较小的，五个石砌宝塔构成一种巍峨肃穆的阵式，攀登它，需从石座下券洞拾级而上，入口则在一座琉璃瓦顶的石亭中。北京的第三座金刚宝座塔在西黄寺里，那座庙几十年来一直被包含在部队驻地范围内，不对外开放。打个比方，碧云寺好比著名作家，五塔寺好比尚未引人注意的作家，而西黄寺则类似根本无作品发表的人士。

五塔寺的金刚宝座塔前面，东边西边各有一株银杏树，非常古老，至少有五百年树龄了。如今北京城市绿化多采用这一树种，因为不仅树型挺拔、叶片形态有趣，而且夏日青葱秋天金黄，可以把市容点染得富于诗意。不过，银杏树是雌雄异体的树，如果将雌树雄树就近栽种，则秋天会结出累累银杏，俗称白果。此果虽可入药、配菜甚至烘焙后当作零食，但含小毒，为避免果实坠落增加清扫压力以及预防市民、特别是儿童不慎拣食中毒，现在当作绿化树的银杏树都有意只种单性，不使雌雄相杂。但古人在五塔寺金刚宝座塔两侧栽种银杏时，却是有意成就一对夫妻，岁岁相伴，年年生育，到今天已是夏如绿陵秋如金丘，银杏成熟时，风过果落，铺满一地。

至今还记得十九年前深秋到五塔寺水彩写生的情景。此寺已作为北京石刻博物馆对外开放，在金刚宝座塔周遭，搜集来不少历经沧桑的残缺石碑、石雕，有相当的观赏与研究价值。但那天下午的游人只有十来位，空旷的寺庙里，多亏有许多飞禽穿梭鸣唱，才使我摆脱了灵魂深处寂寞咬啮的痛楚，把对沟通的向往通过画笔铺排在对银杏树的描摹中。

雌雄异体，单独存在，人与银杏其实非常相近。个体生命必须与他人，与群体，同处于世。为什么有的人自杀？多半是他或她，觉得已经完全失却了与他人、群体之间沟通的可能。爱情是一种灵肉融合的沟通，亲情是必要的精神链接，但即使有了爱情与亲情，人还是难以满足，总还渴望获得友情。那么，什么是友情？友情的最浅白的定义是"谈得来"，尽管我们每天会身处他人、群体之中，但真的谈得来的，能有几个？

人生苦短，得一"谈伴"甚难。但人生的苦寻中，觅得"谈伴"的快乐，是无法形容的。

一位曾到农村"插队"的"知青"和我说起，那时候，生活的艰苦于他真算不了什么，最大的苦闷是周围的人里，没一个能成为"谈伴"的。于是，每到难得的休息日，他就会徒步翻过五座山岭，去找一位曾是他邻居,当时插队在山那边农村的"谈伴"。到了那里,"谈伴"见到他,会把多日积攒下的柴鸡蛋,一股脑儿煎给他以为招待,而那浓郁的煎蛋香所引出的并非食欲而是"谈欲"。没等对方把鸡蛋煎妥,他就忍不住"开谈",而对方也就边做事边跟他"对阵",他们的话题,在那样的地方那样的环境下,往往会显得非常怪诞。比如:"佛祖和耶稣的故事,会不会是一个来源两个版本?"当然也会有犯忌的讨论:"如果鲁迅看到《多余的话》,还会视瞿秋白为人生知己吗?"他们漫步田野,登山兀坐,直谈到天色昏暗,所议及的大小话题往往并不能形成共识。分手时,不禁"执手相看泪眼",但那跟我回忆的"知青"肯定地说,尽管他返回自己那个村子时双腿累得发麻,但他获得了极大的心理满足,那甚至可以说是支撑他继续存活下去的主要动力。

人生苦短,得一"谈伴"甚难。但人生的苦寻中,觅得"谈伴"的快乐,是无法形容的。

"谈伴"的出现,又往往是偶然的。

记得那是1996年初秋,我懒懒地散步于安定门外蒋宅口一带,发现街边一家私营小书店,有一搭没一搭地迈进去。店面很窄,陈列的书不多,瞥来瞥去,净是些纯粹消遣消闲的花花绿绿的东西,不过终于发现有一格塞着些文学书,其中有一本是《黄金时代》。

"又是教人如何'日进斗金'的'发财经'吧?怎么搁在了这里?"顺手抽出,随便一翻,才知却是小说,作者署名王小波。书里是几个中篇小说,头一篇即《黄金时代》。我试着读了一页,呀,竟欲罢不能,就那么着,站在书架前,一口气把它读完。

我要买下那书,却懊丧地发现自己出来时并未揣上钱包。从书店往家走，还回味着读过的文字，多年来没有这样的阅读快感了。我无法评论，只觉得心灵受到冲击。那文字的语感，或者说叙述方式，真太好了，似乎漫不经心，其实深具功力。人性，人性，人性，这是我一直寄望于文学，也是自己写作中一再注意要去探究、揭橥的，没想到这位王小波在似乎并未刻意用力的情况下，"毫无心肝"地把书写得如此令人"毛骨悚然"。故事之外，似乎什么也没说，又似乎说了太多太多。

也不是完全没听说过王小波。我从那以前的好几年起，就基本上再不参加文学界的种种活动，但也还经常联系着几位年轻的作家、评论家，他们有时会跟我说起他们参加种种活动的见闻，其中就提到过"还有王小波，他总是闷坐一边，很少发言"。因此，我也模模糊糊地知道，王小波是一个"写小说的业余作者"。

真没想到这位"业余作者"的小说《黄金时代》如此"专业"，震了！盖了帽了！必须刮目相看。

那天晚饭后，忽来兴致，打了一圈电话，接电话的人都很惊讶，因为我的主题是："你能告诉我联系王小波的电话号码吗？"广种薄收的结果是，其中一位告诉了我一个号码："不过我从没打过，你试试吧。"

那时候还没有"粉丝"的称谓，现在想起来，我的作为，实在堪称"王小波的超级粉丝"。

我迫不及待地拨了那个得来不易的电话号码。那边是一个懒懒的声音："谁啊？"

我报上姓名。那边依然懒懒的："唔。"

我应该怎么介绍自己？《班主任》的作者？第二届茅盾文学奖获奖作品《钟鼓楼》的作者？《人民文学》杂志前主编？他难道会

没听说过我这么个人吗？我想他不至于清高到那般程度。

我就直截了当地说："看了《黄金时代》，想认识你，跟你聊聊。"

他居然还是懒洋洋的："好吧。"语气虽然出乎我的意料，传递过来的信息却令我欣慰。

我就问他第二天下午有没有时间，他说有，我就告诉他我住在哪里，下午三点半希望他来。

第二天下午他基本准时到了我家。坦白地说，乍见到他，把我吓了一跳。我没想到他那么高，都站着，我得仰头跟他说话。请他坐到沙发上后，面对着他，不客气地说，觉得丑，而且丑相中还带有些凶样。

可是一开始对话，我就越来越感受到他的丰富多彩。开头，觉得他憨厚，再一会儿，感受到他的睿智，两杯茶过后，竟觉得他越看越顺眼，那也许是因为，他逐步展示出了其优美的灵魂。

我把在小书店立读《黄金时代》的情形讲给他听，提及因为没带钱所以没买下那本书，书里其他几篇都还没来得及读哩。说着我注意到他手里一直拎着一个最简陋的薄薄的透明塑料袋，里面正是一本《黄金时代》。我问："是带给我的吗？"他就掏出来递给我，我一翻："怎么，都不给我签上名？"我找来笔递过去，他也就在扉页上给我签了名。我拍着那书告诉他："你写得实在好。不可以这样好！你让我嫉妒！"

从表情上看，他很重视我的嫉妒。

我已经不记得随后又聊了些什么。只记得渐渐地，从我说得多，到他说得多。确实投机。我真的有个新"谈伴"了。他也会把我当作一个"谈伴"吗？

眼见天色转暗，到吃饭的时候了，我邀他到楼下附近一家小餐馆吃饭,他允诺,于是我们一起下楼。

楼下不远那个三星餐厅,我现在写下它的字号,绝无代为广告之嫌,因为它早已关张,但是这家小小的餐厅,却会永远嵌在我的人生记忆之中,也不光是因为和王小波在那里喝过酒畅谈过,还有其他一些朋友,包括来自海外的,我都曾邀他们在那里小酌。三星餐厅的老板并不经常来店监管视察,就由厨师服务员经营,去多了,就知道顾客付的钱,他们收了都装进一个大饼干桶里,老板大约每周来一两次,把那饼干听里的钱取走。这样的合作模式很富人情味儿。厨师做的菜,特别是干烧鱼,水平不让大酒楼,而且上菜很快,服务周到,生意很好。它的关张,是由于位置正在居民楼一层,煎炒烹炸,油烟很大,虽然有通往楼顶的烟道,楼上居民仍然投书有关部门,认为不该在那个位置设这样的餐厅。餐厅关闭不久,那个空间被改造为一个牙科诊所,先尽情饕餮再医治不堪饫甘餍肥的牙齿,这更迭是否具有反讽意味?可惜王小波已经不在,我们无法就此展开饶有兴味的漫谈。

记得我和王小波头一次到三星餐厅喝酒吃餐,选了里头一张靠犄角的餐桌,我们面对面坐下,要了一瓶北京最大众化的牛栏山二锅头,还有若干凉菜和热菜,其中自然少不了厨师最拿手的干烧鱼,一边乱侃一边对酌起来。我不知道王小波为什么能跟我聊得那么欢。我们之间的差异实在太大。那一年我54岁,他比我小10岁。我自己也很惊异,我跟他哪来那么多的"共同语言"?"共同语言"之所以要打引号,是因为就交谈的实质而言,我们双方多半是在陈述并不共同的想法。但我们双方偏都听得进对方的"不和谐音",甚至还越听越感觉兴趣盎然。我们并没有多少争论。他的语速,近乎慢条斯理,但语言链却非常坚韧。他的幽默全是软的冷的,我忍不住笑,他不笑，但面容会变得格外温和，我心中暗想，乍见他时所感到的那分凶猛，怎么竟被交谈化解为蔼然可亲了呢？

那一晚我们喝得吃得忘记了时间，也忘记了地点。每人都喝了半斤高度白酒。微醺中，我忽然发现熟悉的厨师站到我身边，弯下腰望我。我才惊醒过来——原来是在饭馆里呀！我问："几点了？"厨师指指墙上的挂钟，呀，过十一点了！再环顾周围，其他顾客早无踪影，厅堂里一些桌椅已然拼成临时床铺，有的上面已经搬来了被褥——人家早该打烊，困倦的小伙子们正耐住性子等待我们结束神侃离去好睡个痛快觉呢！我酒醒了一半，立刻道歉、付账，王小波也就站起来。

出了餐厅，夜风吹到身上，凉意沁人。我望望王小波，问他："你穿得够吗？你还赶得上末班车吗？"他淡淡地说："太不是问题。我流浪惯了。"我又问："我们还能一起喝酒吗？如果我再给你打电话？"他点头："那当然。"我们也没有握手，他就转身离去了，步伐很慢，像是在享受秋凉。我望着他背影有半分钟，他没有回头张望。回到家里，我沏一杯乌龙茶，坐在灯下慢慢呷着，感到十分满足。这一天我没有白过，我多了一个"谈伴"，无所谓受益不受益，甚至可以说并无特别收获，但一个生命在与另一个生命的随意的、绝无功利的交谈中，觉得舒畅，感到愉快，这命运的赐予，不就应该合掌感激吗？

在以后的几个月里，我不但把《黄金时代》整本书细读了，也自己到书店买了能买到的王小波其他著作，那时候他陆续在某些报纸副刊上发表随笔，我遇上必读。坦白地说，以后的阅读，再没有产生初次立读《黄金时代》时那样的惊诧与钦佩。但我没有资格说"他最好的作品到头来还是《黄金时代》"，而且，我更没有什么资格要求他"越写越好",他随便去写,我随便地读,各随其便,这是人与人之间能以成为"谈伴"即朋友的最关键的条件。

我又打电话约王小波来喝酒,他又来了。我们仍旧有聊不尽的话题。

有一回,我觉得王小波的有趣,应该让更多的人分享。谁说他是木讷的?口拙的?寡言的?语塞的?为什么在有些所谓的研讨会上,他会给一些人留下了那样的印象?我就不信换了另一种情境,他还会那样,人们还见不到他闪光的一面。于是,我就召集一个饭局,自然还是在三星餐厅,自然还是以大尾的干烧鱼为主菜,以牛栏山二锅头和燕京啤酒佐餐,请来王小波,以及五六个"小朋友",拼桌欢聚。那一阵,我常自费请客,当然请不起也没必要请鲍翅宴,至多是烤鸭涮肉,多半就让"小朋友"们将就我,到我住处楼下的三星餐厅吃家常菜。常赏光的,有北京大学的张颐武(那时候还是副教授)、小说家邱华栋(那时还在报社编副刊)等。跟王小波聚的那一回,张、邱二位外,还有三四位年轻的评论家和报刊文学编辑。那回聚餐,席间也是随便乱聊。我召集的这类聚餐,在侃聊上有两个显著的特点,一是不涉官场文坛的"仕途经济",二是没有荤段子,也不是事先"约法三章",而是大家自觉自愿地摈弃那类"俗套",但话题往往也会是尖锐的。记得那次就有好一阵在议论《中国可以说不》。有趣的是《中国可以说不》的"炮制者"也名小波,即张小波,偏张小波也是我的一个"谈伴"。我本来想把张小波也拉来,让两位小波"浪打浪",后来觉得"条件尚未成熟,相会仍需择日",就没约张小波来。

《中国可以说不》是本内容与编辑方式都颇杂驳的书,算政论?不大像。算杂文随笔集?却又颇具系统。张小波原是上世纪80年代大学里的"校园诗人",后来成为"个体书商"。依我对他的了解,就他内心深处的认知而言,他并非一个民族主义鼓吹者,更无"仇美情绪",但他敏锐地捕捉到了那时候青年人当中开始涌动的民族主义情结,于是攒出这样一本"拟愤青体"的《说不》,既满足了有相关情绪的读者的表述需求,也向社会传达出一种值得警惕的动向,并引发了关于中国如何面对西方、融入世界的热烈讨论。这本书一出就引起轰动,一时洛阳纸贵,连续加印,张小波因此也完成了资本初期积累,在那基础上,他的图书公司现在已经成为京城中民营出版业的翘楚。

王小波对世界、对人类的认知,是与《说不》那本书宣示相拗的。记得那次他在席间语速舒缓,绝无批判的声调,然而态度十分明确。"说'不',这不好。一说'不',就把门关了,把路堵了,把桥拆了。"引号里的是原话,当时大家都静下来听他说,我记得特别清楚。然后——我现在只能引其大意,他回顾了人类在几个关键历史时期的"文明碰撞",表述出这样的思路:到头来,还得坐下来谈,即使是战胜国接受战败国投降,再苛刻的条件里,也还是要包含着"不"以外的容忍与接纳,因此,人类应该聪明起来,提前在对抗里揉进对话与交涉,在冲突里预设让步与双存。

王小波喜欢有深度的交谈。所谓深度,不是故作高深,而是坦率地把长时间思考而始终不能释然的心结,陈述出来,听取"谈伴"那往往是"牛蹄子,两瓣子"的歧见怪论,纵使到头来未必得到启发,也还是会因为心灵的良性碰撞而欣喜。记得我们两个对酌时,谈到宗教信仰的问题。我说到那时为止,我对基督教、佛教、伊斯兰教都很尊重,但无论哪一种,也都还没有皈依的冲动。不过,相对而言,《圣经》是吸引人的,也许,基督教的感召力毕竟要大些?他就问我:

"既然读过《圣经》,那么,你对基督被钉死在十字架上以后,又分明复活的记载,能从心底里相信吗?"我说:"愿意相信,但到目前为止,还是不怎么相信。"他就说:"这是许多中国人不能真正皈依基督教的关键。一般中国人更相信轮回,就是人死了,他会托生为别的,也许是某种动物,也许还是人,但即使托生为人,也还需要从婴儿重新发育一遍——二十年后又是一条好汉嘛!"我说:"基督是主的儿子,是主的使者,不是一般意义上的人,但他具有人的形态。他死而复活,不需要把那以前的生命重来一遍。这样的记载确实与中国传统文化里所记载的生命现象差别很大。"我们就这样饶有兴味地聊了好久。

聊到生命的奥秘,自然也就涉及"性"。王小波夫人是性学专家,当时去英国作访问学者。我知道王小波跟李银河一起从事过对中国当下同性恋现象的调查研究,而且还出版了专著。王小波编剧的《东宫·西宫》被导演张元拍成电影以后,在阿根廷的一个国际电影节上获得了最佳编剧奖。张元执导的处女作《北京杂种》,我从编剧唐大年那里得到录像带,看了以后很兴奋,写了一篇《你只能面对》的评论,投给了《读书》杂志。当时《读书》由沈昌文主编,他把那篇文章作为头题刊出,产生了一定影响,张元对我很感激。因此,他拍好《东宫·西宫》以后,有一天就请我到他家去,给我放由胶片翻转的录像带看。那时候我已经联系上了王小波,见到王小波,自然要毫无保留地对《东宫·西宫》褒贬一番。我问王小波自己是否有过同性恋经验?他说没有。我就说,作家写作,当然可以写自己并无实践经验的生活,艺术想象与概念出发的区别,我以为在于"无痕"与"有痕"。可惜的是,《东宫·西宫》为了揭示主人公"受虐为甜"的心理,用了一个"笨"办法,就是使用平行蒙太奇的电影语言,把主人公的"求得受虐",与京剧《女起解》里苏三带枷趔行的镜头,交叉重叠,这就"痕迹过明"了!其实这样的拍法可能张元的意志体现得更多,王小波却微笑着听取我的批评,不辩一词。出演《东宫·西宫》男一号的演员是真的同性恋者,拍完这部影片他就和瑞典驻华使馆一位卸任的同性外交官去往瑞典哥德堡同居了,他有真实的生命体验,难怪表演得那么自然"无痕"。说起这事,我和王小波都祝福他们安享互爱的安宁。

王小波留学美国时,在匹兹堡大学从学于许倬云教授攻硕士学位,他说他对许导师十分佩服,许教授有残疾,双手畸形,王小波比划给我看,说许导师精神上的健美给予了他宝贵的滋养。王小波回国后先后在北京大学和中国人民大学任教,但是到头来他毅然辞去教职,选择了自由写作。想起有的人把他称为"业余作者",不禁哑然失笑。难道所有不在作家协会编制里的写作者就都该称为"业余作者"吗?其实我见到王小波时,他是一个真正的专业作家。他别的事基本上全不干,就是热衷于写作。他跟我说起正想进行跟《黄金时代》迥异的文本实验,讲了关于《红拂夜奔》和《万寿寺》的写作心得,听来似乎十分地"脱离现实",但我理解,那其实是他心灵对现实的特殊解读。他强调文学应该是有趣的,理性应该寓于漫不经心的"童言"里。

那时候王小波发表作品已经不甚困难,但靠写作生存,显然仍会拮据。我说反正你有李银河为后盾,他说他也还有别的谋生手段,他有开载重车的驾照,必要的时候可以上路挣钱。

1997年初春,大约下午两点,我照例打电话约王小波:"晚上能来喝酒吗?"他回答说:"不行了,中午老同学聚会,喝高了,现在头还在疼,晚上没法跟你喝了。"我没太在意,嘱咐了一句:"你还是注意别喝高了好。"也就算了。

　　大约一周以后，忽然接到一个电话，声音很生，称是"王小波的哥儿们"，直截了当地告诉我："王小波去世了。"我本能地反应是："玩笑可不能这样开呀！"但那竟是事实。李银河去英国后，王小波一个人独居。他去世那夜，有邻居听见他在屋里大喊了一声。总之，当人们打开他的房门以后，发现他已经僵硬。医学鉴定他是猝死于心肌梗塞。

　　王小波也是"大院里的孩子"，他是在教育部的宿舍大院里长大的，大院里的同龄人即使后来各奔西东，也始终保持着联系。为他操办后事的大院"哥儿们"发现，在王小波电话机旁遗留下的号码本里，记录着我的名字和号码，所以他们打来电话："没想到小波跟您走得这么近。"

　　骤然失去王小波这样一个"谈伴"，我的悲痛难以用语言表达。

　　生前，王小波只相当于五塔寺，冷寂无声。死后，他却仿佛成了碧云寺，热闹非凡，甚至还出现了关于他为什么生前被冷落的问责浪潮。几年后，一位熟人特意给我发来"伊妹儿"，让我看附件中的文章，那篇文章里提到我，摘录如下：

　　　　王小波将会和鲁迅一样地影响几代人，并且成为中国文化的经典。

　　　　王小波在相对说来落寞的情况下死去。死去之后被媒体和读者所认可。他本来在生前早就应该达到这样的高度，但由于评论家的缺席，让他那几年几乎被淹没。看来我们真不应该随便否定这冷漠的商业社会，更不应该随便蔑视媒体记者们，金钱有时比评论家更有人性,更懂得文学的价值……为什么要这样?我们没有权利去批评王蒙刘心武(两人都在王小波死后为他写过文章)……他们的主要任务不是发表评论,而是创作……

这篇署名九丹、阿伯的文章标题是《卑微的王小波》,文章在我引录的段落之后点名举例,责备了官方与学院的评论家。这当然是研究王小波的可资参考的材料之一。不知九丹、阿伯在王小波生前与其交往的程度如何,但他们想象中的我只会在王小波死后写文章(似有"凑热闹"之嫌),虽放弃了对王蒙和我的批评,而把板子打往职业评论家屁股,却引得我不能不说几句感想。

王小波"卑微"?以我和王小波的接触(应该说具有一定深度,这大概远超出九丹、阿伯的想象),我的印象是,他一点也不卑微,他不谦卑,也不谦虚,当然,他也不狂傲,他是一个内向的、平和的、对自己平等、对他人也平等的、灵魂丰富多彩的、特立独行的写作者。他之所以应邀参加一些文学杂志编辑部召集的讨论会,微笑着默默地坐在一隅,并不是谦卑地期待着官方评论家或学院专家的"首肯",那只不过是他参与社会、体味人生百态的方式之一。他对商业社会的看法从不用愤激、反讽的声调表述,在我们交谈中涉及这个话题时,他以幽默的角度表达出对历史进程的"看穿",常令我有醍醐灌顶的快感。

王小波伟大(九丹、阿伯的文章里这样说)?是又一个鲁迅?其作品是"中国文化的经典"?的确,我不是评论家,对此无法置喙。庆幸的是,当我想认识王小波时,我没有意识到他"伟大"而且是"鲁迅",倘若那时候有"不缺席的评论家"那样宣谕了,我是一定不会转着圈打听他的电话号码的。

面对着我在五塔寺的水彩写生,那银杏树里仿佛浮现出王小波的面容,我忍不住轻轻召唤:王小波,晚上能来喝酒吗?

1980年夏天的一顿午餐

■ 陈忠实

一

一顿午餐，留下两个人半生的记忆。

这两个人，一个是作家刘恒，一个是我。

11月中旬在北京召开的中国作家协会第七次全国代表大会期间，在堪称豪华的北京饭店的过厅里，我和刘恒碰见了相遇了，几年不见，他胖了，头发却稀疏了。心想着按他的年纪，头发不该这么稀，眼见的却稀了。对视的一瞬，都伸出手来握到一起。没有热烈的问候，也没有搂肩捶胸的亲昵举动，他似乎和我一样不善此举。刚握住手，他便说起那顿午餐，在我家乡的灞桥古镇上吃的那一碗羊肉泡馍。正说间，围过来几位作家朋友，刘恒着意强调是站在街道边上吃的。我说是的，一间门面的小饭馆容纳不下汹涌而来的食客，就站在饭馆门外的街道上吃饭，站着还是蹲着我记不清了……

这是1980年夏天的事。

这年的春节刚刚过罢，我所供职的西安郊区随区划变更为雁塔、未央和灞桥三个区。我的具体单位郊区文化馆也分为三个。我选择了离家较近的灞桥区文化馆，为着关照依赖生产队生活的老婆孩子比较方便，还有自留地须得我播种和收割。刚刚设立的灞桥区缺少办公房舍，把文化馆暂且安排到距离区政府机关近十里远的灞桥古镇上。这儿有一家电影院，用木材和红瓦建构的放映大棚，据说是1958年大跃进年代兴建的文化娱乐设施，地上铺的青砖已经被川流不息的脚步踩得坑坑洼洼了，既可见久远的历程，更可见当地乡民观赏电影的盛况。放映棚后边，有一排又低又矮的土坯垒墙的平房，是电影放映人员工作和住宿兼用的房子，现在腾出一半来，给我等文化馆干部入住，同时也就挂出一块灞桥区文化馆的白底黑字的招牌。我得到一间小屋，一张办公桌、两把椅子和一块床板，都是公家配备的公物。一只做饭烧水的小火炉是自购的私家财物，烧煤是按统购物资每月的定量，到三里外的柳巷煤店去购买。我那时已官晋一级，兼着区文化局副局长，舍弃了区政府给文化局分配的稍好的办公室，选择了和文化馆干部搅和在一起。我喜欢古人折柳送别的这个千古老镇，一缕温情来自桥南头的高中母校，三年读书留下的美好记忆全都浮泛出来了；另一缕情思或者说情调，来自职业爱好，多年来舞文弄墨尽管还没弄出多大的响声，尽管生活习性生活方式和当地农民差不了多少。而文人的那些酸不酸甜不甜的情调却顽固地潜在着，诸如早春到刚刚解冻的灞河长堤上漫步，看杨柳枝条上日渐萌生的黄色嫩芽，夏日傍晚把脚伸进水里看长河落日的灿烂归于模糊，深秋时节灞河滩里眼看着变得枯黄的杂草野花，每逢集日拥挤着推车挑担拉牛牵羊的男女乡民，大自然在这个古镇千百年来周而复始地演绎着绿了枯了暖了又冷了的景致。刚跨入20世纪80年代的古镇周边的乡民在这里聚集，呈现出从极左律令下刚刚获得喘息的农民脸上的轻松和脚下的急迫，我常常在牛马市场木材市场和小吃摊前沉迷……我觉得傍着灞河依着一堤柳绿的古镇灞桥，更切合我的生活习性和生存心理。

　　刘恒突然来了。是我在这个古镇落脚扎铺大约半年。1980年正值酷暑三伏最难熬的季节,一个高过我半头的小伙子走进电影院后院的平房,找我,自我介绍是《北京文学》的编辑。我在让座和递茶的时候,心里已不单是感动,更有沉沉的负疚了。古镇灞桥通西安的13路公交汽车,那时候是一小时一趟,我每逢到西安赶会或办事,在车上前胸后背都被挤拥得长吸粗呼;汽车在坑坑洼洼的砂石路上左避右躲,常常抵不上小伙子骑自行车的速度。这是唯一的公共交通设施,别无选择,出租车的名称还没有进入中国人的生活。刘恒肯定是冒着燥热乘坐西安到城郊的这班公共汽车来的,而且是从北京来的。我的那间宿办合用的屋子,配备两把椅子,超过两个来客我便坐在床沿上,把椅子让给客人,沙发在那时也是一个奢侈的名词。刘恒便坐在另一把椅子上,喝我递给他的粗茶。他说他来约稿。他似乎说他刚进《北京文学》做编辑不久。他说是老傅让他来找我的。说到老傅,我顿然觉得和近在咫尺的这位小伙子拉得更近了,距离和陌生顿然大部分化释了。

二

老傅是傅用霖,年龄和我不相上下,还不上四十,大家都习惯称老傅而很少直呼其名,多是一种敬重和信赖,他的谦和诚恳对熟人和生人都发生着这样潜在的心理影响。我和他相识在1976年那个在中国历史不会淡漠的春天。已经复刊出版的《人民文学》杂志约了8名业余作者给刊物写稿,我和老傅就有缘相识了。他不住编辑部安排的旅馆,我和他也就只见过两回面,分手后也没有书信来往。1978年秋天我从公社(乡镇)调到西安郊区文化馆,专注于阅读,既在提升扩展艺术视野,更在反省和涮涤极左的思想和极左的艺术概念,有整整3个月的时间,完全是自我把握的行为。到1979年春天，我感到一种表述的欲望强烈起来，便开始写小说，自然是短篇。正在这时候，我收到老傅的约稿信。这是一封在我的创作历程中不会泯灭的约稿信，在于它是第一封。

　　此前在西安的一次文学聚会上，《陕西日报》长我一辈的老编辑吕震岳当面约稿，我给了他一篇《信任》。这篇6000字的小说随之被《人民文学》转载（那时没有选刊，该杂志辟有转载专栏）。到1980年初被评为第二届全国短篇小说奖。老吕是口头约稿。我正儿八经接到本省和外埠的第一封约稿信件，是老傅写给我的，是在中国文学刚刚复兴的新时期的背景下，也是在我刚刚拧开钢笔铺开稿纸的时候。我得到鼓舞，也获得自信，不是我投稿待审，而是有人向我约稿了，而且是《北京文学》杂志的编辑。对于从中学就喜欢写作喜欢投稿的我来说，这封约稿信是一个标志性的转折。我便给老傅寄去了短篇小说《徐家园三老汉》，很快便刊登了。这是新时期开始我写作并发表的第三个短篇小说。直到刘恒受他之嘱到灞桥来的时候，我和他再没见过面，却是一种老朋友的感觉了，通信甚至深过交手。

三

　　我和刘恒说了什么话，刘恒对我说了什么话，确已无从记忆。印象里是他话不多，也不似我后来接触过的北京人的口才天性。到中午饭时，我就领他去吃牛羊肉泡馍。这肯定是作为主人的我提议并得到他响应的。在电影院我的住所的马路对面，有镇上的供销社开办的一家国营食堂，有几样炒菜，我尝过，委实不敢恭维。再就是8分钱的素面条和1毛5的肉面条。我想有特点的地方风味饭食，在西安当数羊肉泡馍了。经济政策刚刚松动，我在镇上发现了头一副卖豆腐脑的挑担，也过了久违的豆腐脑口瘾；紧跟着就是这家牛羊肉泡馍馆开张，弥补或者说填充了古镇饮食许久的空缺。这家仅只一间门面的泡馍馆开张的炮声刚落，在古镇以及周围乡村引起的议论旷日持久，波及到一切阶层所有职业的男女，肯定与疑惑的争论互不妥协。这是1980年特有的社会性话题，牵涉两种制度和两条道路的议争。无论这种议争怎样持续，牛羊肉泡馍馆的生意却火爆异常，从早晨开门并拨旺昨夜封闭的火炉，直到天黑良久，食客不仅盈门，而且是排队编号。呼喊着号码让客人领饭的粗音大响，从早到晚响个不停。尤其是午饭时间，一间门面四五张桌子根本无法容纳涌涌而来的食客，门外的人行道和上一阶土台的马路边上，站着或蹲着的人，都抱着一只大号粗瓷白碗，吃着同一个师傅从同一只铁瓢里用羊肉汤烩煮出来的掰碎了的馍块。

我领着刘恒走出文化馆所在的电影院的敞门，向西一拐就走到熙熙攘攘吃着喊着的一堆人跟前。我早已看惯也习惯了这壮观的又是奇特的聚吃景象，刘恒肯定是头一回驾临并亲自目睹，似不可想象也无所适从吧。我早已多回在这里站着吃或蹲着吃过，便按着看似杂乱无序里的程序做起，先交钱，再拿七成熟的烧饼，并领取一个标明顺序数码的牌号，自然要申明"普通"或"优质"，有几毛钱的差价，有两块肉的质量差别。我招待远道而来的贵宾刘恒，自然是肉多汤肥的"优质"。那时候中国人还没有肥胖的恐惧，还没有减肥尿糖抽脂刮油等富贵症，还过着拿着肉票想挑肥膘肉还得托熟人走后门的光景。我便和刘恒蹲在街道边的人行道上，开始掰馍，我告诉他操作要领，馍块尽量小点，汤汁才能浸得透，味道才好。对于外来的朋友，我都会告知这些基本的掰馍要领，然而这需得耐心，尤其是初操此法者，手指别扭，捏也罢掰也罢往往很不熟练。刘恒大约耐着性子掰完了馍,由我交给掌勺的师傅。

我和刘恒就站在街道边上等待。我估计他此前没经过这种吃饭的阵势,此后大概也难得再温习一回,因为这景象后来在古镇灞桥也很快消失了,不是吃午餐的人减少了,而是如雨后春笋般接连开张的私营饭馆分解了食客,单是泡馍馆就有四五家可供食客比对和选择;反倒是那些刚刚扔下镰刀戴上小白帽的乡村少男少女,站在饭馆门口用七成秦腔三成京腔招徕拢络过往的食客。

四

几年之后,我有幸得到专业作家的资格,可以自主支配时间,也可以不再坐班上班,自我把握和斟酌一番,便决定撤出古镇灞桥,回归到灞河上游白鹿原下祖居的老屋,吃老婆擀的面条喝她熬烧的包谷糁子,想吃一碗羊肉泡馍需得等到进城开会办事的机会。

住在乡下,应酬事少了,阅读的时间自然多了,在赠寄的一本杂志上,我发现了刘恒,有一种特别兴奋的感觉。随之又读到了《狗日的粮食》,我有一种抑压不住的心理冲动,一个成熟的禀赋独立的作家跃到中国文坛前沿了。每与本地文学朋友聊起文学动态,便说到《狗日的粮食》,也怀一份庆幸和得意,说到在灞桥街头站着或蹲着招待刘恒的那一碗牛羊肉泡馍,朋友听了不无惊诧和朗笑,玩笑说,你把一个大作家委屈了。我也隐隐感到,便盼着有一天能在西安最知名的百年名店"老孙家泡馍馆"招待一回,挽回小镇站吃的遗憾。这时候不仅公家有了列项的招待款,我个人的稿酬收入也水涨船高了,况且"老孙家"也得了刘华清题写的"天下第一碗"的真笔墨宝,店堂已是冬暖夏凉和细瓷雕花碗的现代化装备了,我在这儿招待过组团的兄弟省作家和单个来陕的作家朋友,却遗憾着刘恒。刘恒似乎不大走动,似乎除了一部一部引起不同凡响的作品之外,再没有其他逸事或作品之外的响动。我能获得的信息,都是他的作品所引发的话题。这样,刘恒在中国文坛的姿态,便在我心里形成了,让我无形中形成了敬重,不受年龄的限制。敬重不在年龄。

从 1980 年夏天初识于我的灞桥,街道边的一顿午餐,成为我们 20 多年深刻的记忆。这期间,我和刘恒大约有两三次相遇,每当见面握手,便说到街头的那顿午餐,一碗牛羊肉泡馍。以我推想,随着经济快速发展,也随着作家腰包的不断填充,大餐小餐中餐西餐乃至豪华宴会,他和我都经历过了。在他,起码我没听见对某一顿大餐的感受;在我,即使吃过什么稀罕饭菜,稀罕过后也就不稀罕了。灞桥街头的这一顿牛羊肉泡馍,之所以让两个人经久不忘,我想在于这情景发生的年代——1980 年夏天,中国新的发展契机初露端倪时的一个标志性的年份,第一家私营饭馆在古镇灞桥张扬出来时的特有景观;另一因由在于这碗牛羊肉泡馍,标记着那个年月的我的消费水平,自参加工作 18 年第一次涨薪,拿到 45 元月薪了,发表了 10 多篇小说,累计有 1000 多元的外快稿酬了,可以请本地和外埠的朋友吃一餐泡馍了;还有一点在于,蹲或站在街道上吃泡馍的这两个人,后来都成了有点名气的作家,一个在北京,一个还在关中。这似乎才是造成记忆不泯的关键,作家微妙的生活感受;此前此后我陪过老朋友新相识包括乡村亲邻等都吃过,过后统忘记了;唯有作家不会忘记,我记着,刘恒也记着。

这回在北京饭店和刘恒握手,他开口便说起这顿牛羊肉泡馍午餐。笑罢,我突然想到,这顿街边的午餐已成为一种情结,也成为一种警示,在我千万别弄出摆显"贵族"的哆来,当下这种发"贵族"的哆气小成气候。那样一来,刘恒可能再不说1980年夏天古镇灞桥的午餐,也不屑于和我握手了。

致大海

■ 冯骥才

今天是给您送行的日子,冰心老太太!

我病了,没去成,这也许会成为我终生的一个遗憾。但如果您能听到我这话,一准会说:"是你存心不来!"那我不会再笑,反而会落下泪来。

十点钟整,这是朋友们向您鞠躬告别的时刻,我在书房一片散尾竹的绿影里跪伏下来,向着西北方向——您遥远的静卧的地方,恭敬地磕了三个头。然后打开音乐,凝神默对早已备置在案前的一束玫瑰。当然,这就是面对您。本来心里潦乱又沉重,但渐渐地我那特意选放的德彪西的《大海》发生了神奇的效力,涛声所至,愁云忧散。心里渐如海天一般辽阔与平静。于是您往日那些神气十足的音容笑貌全都呈现出来,而且愈来愈清晰,一直逼近眼前。

我原打算与您告别时,对您磕这三个头。当然,绝大部分人一定会诧异于我何以非要行此大礼。他们哪里知道这绝非一种传统方式,一种中国人极致的礼仪,而是我对您特殊的爱的方式,这里边的所有细节我全部牢牢记得。

80年代末,一个您生命的节日——10月5日。我在天津东郊一位农人家中,听说他家装了电话,还能挂长途,便抓起话筒拨通了您家。我对着话筒大声说:"老太太,我给您拜寿了!"

您马上来了幽默。您说:"你不来,打电话拜寿可不成。"您的口气还假装有点生气。但我却知道在电话那端,您一定在笑,我好像看见了您那慈祥的并带着童心的笑容。

为了哄您高兴,我说:"我该罚,我在这儿给您磕头了!"

您一听果然笑了,而且抓着这个笑话不放,您说:"我看不见。"

我说:"我旁边有人,可以作证。"

您说:"他们都是你一伙的,我不信。"

本来我想逗您乐,却被您逗得乐不可支。谁说您老,您的机敏和反应能超过任何年轻人。我只好说:"您把这笔账先记在本子上。等我和您见面时,保证补上。"

这便是磕头的来历,对不对?从此,它成了每次见面必说的一个玩笑的由头。只要说说这个笑话,便立即能感受到与您之间那种率真、亲切、又十分美好的感觉。

大约是1992年底,我在中国美术馆举办画展期间,和妻子顾同昭,还有三两朋友一同去看您。那天您特别爱说话,特别兴奋,特别精神;您一向底气深厚的嗓音由于提高了三度,简直洪亮极了。您说,前不久有一位大人物来看您,说了些"长寿幸福"之类吉祥话。您告诉他,您虽长寿,却不总是幸福的。您说自己的一生正好是"酸甜苦辣"四个字。跟着您把这四个字解释得明白有力,铮铮作响。

您说,您的少时留下许多辛酸——这是酸;青年时代还算留下一些甜美的回忆——这是甜;中年以后,"文革"十年,苦不堪言——这是苦;您现在老了,但您现在却是——"姜是老的辣"。当您说到这个"辣"字时,您的脖子一梗。我便看到了您身上的骨气。老太太,那一刻您身上真是闪闪发光呢!

这话我当您的面是不会说的。我知道,您不喜欢听这种话,但我现在可以说了。

记得那天，您还问我："要是碰到大人物，你敢说话吗？"没等我说，您又进一步说道，"说话谁都敢，看你说什么。要说别人不敢说、又非说不可的话。冯骥才——你拿的工资可是人民给的，不是领导给的。领导的工资也是人民给的。拿了人民的钱就得为人民说话，不要怕！"

说完您还着意地看了我一眼。

老太太，您这一眼可好厉害。您似乎要把这几句话注入我的骨头里。但您知道吗？这也正是我总愿意到您那里去的真正缘故。

我喜欢您此时的样子，很气概，很威风，也很清晰。您吐字和您写字一样，一笔一画，从不含混。您一生都明达透彻，思想在脑海里如一颗颗美丽的石子沉在清亮见底的水中。您享受着清晰，从来不委身于糊涂。

再说那天，老太太！您怎么那么高兴。您把我妻子叫到跟前，您亲亲她，还叫我也亲亲她。大家全笑了。您把天堂的画面搬到大家眼前，融融的爱意使每一个人的心情都充满美好。于是在场朋友们说，冯骥才总说给冰心磕头拜寿，却没见过真的磕过头。您笑嘻嘻地说："他是个口头革命派！"

我听罢，立即趴在地上给您磕了三个头。您坐在轮椅上无法阻拦我，但我听见您的声音："你怎么说来就来。"等我起身，见您被逗得正在止不住地笑，同时还第一次看到您挺不好意思的表情。我可不愿意叫您发窘。我说："照老规矩，晚辈磕头，得给红包。"

您想了想，边拉开抽屉，边说："我还真的有件奖品给你。今年过生日时，有人给我印了一种寿卡，凡是朋友们来拜寿，我就送一张给他做纪念。我还剩点儿，奖给你一张吧！"

粉红色的卡片鲜美雅致，名片大小，上边印着金色的寿字，还有您的名字与生日的日子。卡片的背面是您手书自己的那句座右铭：
"有了爱便有了一切。"

您说，这寿卡是编号的，限数一百。您还说，这是他们为了叫您长命百岁。

我接过寿卡一看，顺口说："看来我既活不到您这分量，也活不到您这岁数了。"

您说："胡说。你又高又大，比我分量大多了。再说你怎么知道自己不长寿？"

我说："编号100是百岁，我这是77号，这说明我活77岁。"

您嗔怪地说："更胡说了。拿来——"您要过我手中的寿卡，好像想也没想，拿起桌上的圆珠笔在编号每个7字横笔的下边，勾了半个小圈儿，马上变成99号了！您又写上一句："骥才万寿，冰心，1992.12.20。"

大家看了大笑，同时无不惊奇。您的智慧、幽默、机敏，令人折服。您的朋友们都常常为此惊叹不已！尽管您坐在轮椅上，您的思维之神速却敢和这世界上任何人赛跑。但对于我，从中更深的感动则来自一种既是长者又是挚友的爱意。可使我一直不解的是，您历经那么多时代的不幸，对人间的诡诈与丑恶的体验较我深切得多。然而，您为何从不厌世，不避世，不警惕世人，却对人们依然始终紧拥不弃，痴信您那句常常会使自己陷入被动的无限美好的格言"有了爱便有了一切"？这到底是为了一种信念，还是一种天性使然？

我想到一件更远的事。

那时吴文藻先生还在世。那天是您和吴先生钻石婚的纪念日。我和楚庄、邓伟志等几位文友去看您。您那天新裤新褂，容光焕发；您总是这么神采奕奕，叫人家无论碰到怎样的打击也无法再垂头丧气。

那天聊天时，没等我们问您就自动讲起当年结婚的情景。您说，您和吴文藻度蜜月，是相约在北京西山的一个古庙里。

您当时的神气真像回到了六十年前——

您说，那天您在燕京大学讲完课，换一件干净的蓝旗袍，把随身用品包一个方方正正的小布包，往胳肢窝里一夹就去了。到了西山，吴文藻还没来——说到这儿，您还笑一笑说："他就这么糊涂！"

您等待时间长了，口渴了，便在不远的农户那儿买了几根黄瓜，跑到井边洗了洗，坐在庙门口高高的门坎上吃黄瓜，一时引得几个农家的女人来到庙前瞧新媳妇。这样直等到您的新郎吴文藻姗姗来迟。

您结婚的那间房子是庙里后院的一间破屋，门关不上，晚上屋里经常跑大耗子，桌子有一条腿残了，晃晃荡荡。"这就是我们结婚的情景。"说到这儿，您大笑，很快活，弄不清您是自嘲，还是为自己当年的清贫又洒脱而洋洋自得。这时您话锋一转，忽问我："冯骥才，你怎么结的婚？"

我说："我还不如您哪。我是'文革'高潮时结的婚！"

您听了一怔，便说："那你说说。"

我说那时我和未婚妻两家都被抄了，结婚没房子，街道赤卫队队队长还算不错，给我们一间几平米的小屋。结婚那天，我和我爱人的全家去了一个小饭馆吃饭。我父亲关在牛棚，母亲的头发被红卫兵铰了，没能去。我把劫后仅有的几件衣服叠了叠，放在自行车后衣架上，但在路上颠掉了，结婚时两手空空。由于我们都是被抄户，更不敢说"庆祝"之类的话，大家压低嗓子说："祝贺你们！"然后不出声地碰一下杯子。

饭后我们就去那间小屋。屋里空荡荡，四个房角，看得见三个。

床是用砖块和木板搭的。要命的是,我这间小屋在二楼,楼下是一个红卫兵"总部"。他们得知楼上有两个"狗崽子"结婚,虽然没上来搜查盘问,却不断跑到院里往楼上吹喇叭,还一个劲儿打手电,电光就在我们天花板上扫来扫去。我们便和衣而卧。我爱人吓得靠在我胸前哆嗦了一个晚上。"这就是我们的新婚之夜!"我说。

我讲述这件事时,您听得认真又紧张。我想完事您一定会说出几句同情的话来。可是您却微笑又严肃地对我说:"冯骥才,你可别抱怨生活,你们这样的结婚才能永远记得,大鱼大肉的结婚都是大同小异,过后是什么也记不住的。"

您的话使我出其不意。

一下子,您把我的目光从一片荆棘的困扰中引向一片大海。

哎哎,您没有把我送给您那幅关于海的画带走吧?

那幅画我可是特意为您画得那么小,您的房间太窄,没有挂大画的墙壁。但是您告诉我:"只要是海,都是无边的大。"

我把您那本译作《先知》的封面都翻掉了。因此我熟悉您这种诗样的语言所裹藏的深邃的寓意。我送给您一幅画,您送给我这一句话。

我在那幅蓝色的画里,给您画了许多阳光;您在这个短句中,给了我无尽的放达的视野。

在与您的交往中,我懂得了什么是"大"。大,不是目空一切,不是作宏观状,不是超然世外,或从权力的高度俯视天下。人间的事物只要富于海的境界都可以既博大又亲近,既辽阔又丰盈。那便是大智,大勇,大仁,大义,大爱,大恨,与正大光明。

德彪西的《大海》全是画面。

被狂风掀起的水雾与低垂的阴云融成一片;雪色的排天大浪迸溅

出的全是它晶莹透明的水珠。一束夕照射入它蓝幽幽的深处，加倍反映出夺目的光芒。瞬息间，整个世界全是细密的迷人的柔情的微波。大海中从无云影，只有阳光。这因为，它不曾有过瞬息的静止；它永远跃动不已的是那浩瀚又坦荡的生命。

这也正是您的海。我心里的您！

我忽然觉得，我更了解您。

我开始奇怪自己，您在世时，我不是对您已经十分熟悉与理解了吗？但为什么，您去了，反倒对您忽有所悟，从而对您认识更深，感受也更深呢？无论是您的思想、气质、爱，甚至形象，还有您的意义。这真是个神奇的感觉！于是，我不再觉得失去了您，而是更广阔又真切地拥有了您；我不再觉得您愈走愈远，却感到您从来没有像此刻这样的贴近。远离了大海，大海反而进入我的心中。我不曾这样为别人送行过。我实实在在是在享受着一种境界。并不知不觉在我心里响起少年时代记忆得刻骨铭心的普希金那首长诗《致大海》的结尾：

> 再见吧，大海！我永远不会
> 忘记你庄严的容光，
> 我将久久地久久地听着
> 你黄昏时分的轰响；
> 我的心将充满了你，
> 我将把你的山岩，你的海湾，
> 你的光和影，你浪花的喋喋，
> 带到森林，带到寂寞的荒原。

说朋道友

■ 三 毛

亲爱的朋友：

离国半年，来信挤压了许多，"信箱"停顿数月，十分抱歉。这几天将书信做了分类，这一期不再单独回信，只想将部分相同的信件在这里做一个总答复，因为性质是一样的。

许多青年朋友来的全是长信，信中愁烦、伤心、失望、愤怒的原因都是因为视为至爱的好友改变了态度，或辜负了情意等等。在此我谈的是友谊中所发生的变化，而不是指爱情类的情感那一类书信。

对于"朋友"这两个字，事实上定义很难下，它比不得"天地君亲师"那么明确而了然，因此所谓朋友，在认知和接受上都必然难免主观。

我总认为，朋友的相交，最可贵在于知心，最不可取，在于霸占或单方强求。西方有一句谚语说"朋友的可贵，就在于自由"。这句话是深得我心的。

青年人交友，出于一片热切之心，恨不得朝朝暮暮，生死相共。这种出发点是可以欣赏而且理解的，因为人类常常觉得内心荒凉，期望有一个倾诉的对象。而青年朋友许多心事羞于向父母启口，朋友便成为极为重要而急切的精神寄托，这也是十分合理的心态。

问题是，当人一旦忘记了距离的"极重要"和"必需"时，太过亲密的交往，往往将朋友这一个随时可能改变的关系，变成复杂，甚而难堪。总结所有的来信，对于朋友的失望，大半来自对方所言、所行达不到自己对他所要求的标准。而我却认为，朋友是不能要求的，一点也不能，因为我们没有权利。

古人一再的说："君子之交淡如水"，这句话实在是不错的。那就有如住在小河边，每日起居中听见水中白鹅戏绿波，感到内心欢悦，但不必每一分钟都跑到门口去看那条河，因为河总是在的。

朋友的聚散离合，往往与时间、空间都有很大的关系，当一个人的大环境改变了的时候，内心也是会有变化的。老友相逢，如果硬要对方承诺小学同窗时说的种种痴话，而以好朋友的身份向对方索取这份友情的承诺，在处事上便不免流于幼稚和天真，因为时空变了，怨不得他人无力。

再来说大部分的来信，其中多多少少涉及友谊之后而产生的金钱关系。虽说好友有通财之义，但是急难时，总得等对方首先提出愿意相助，才叫不强人所难。如果情感真切，而对方不能以情感支助，他人可能有本身的困难或对金钱处理的态度，不能因为受拒而怪责那是不够朋友。一个好朋友，首先必须为对方设想，金钱之事，能不接触，是最体谅朋友的一种行为。除非生死大事实在走投无路，可开口商借。但如芝麻小事或要朋友一同"上会"被拒，该怪责的当是自己，不是他人。

也有来信中说，被朋友出卖了，一再告诫不可说给第三者听的秘密，告诉了朋友，因而传扬开去，使人窘迫。其实，这是我们自己的识人不精，也是自己出卖了自己。这也愤怒不得，谁让你忘了'"见人只说三分话"这句谚语的真理呢？反过来说，不做见不得人之事，一生光明坦荡，哪来的秘密叫人给传了出去会受到难堪？

一个没有秘密的人,当然很少,如果实在是有,又想倾诉,那就请静心看看对方是否值得信任;如果心存怀疑,便不要一时冲动脱口而出,悔之不及。

更有来信说,自己对待朋友出自一片真心,想不到对方并未以真心回报,因而十分痛苦,甚而痛骂朋友狼心狗肺等等。这些来信中,"想不到"三字用得最多。这不能怪别人,只怪自己怎么连这么简单的人情世故都"没有想到",他人不是自己,我们要精准的控制自己都难,更何况控制另一个人?

也有一些优柔寡断性格的来信,说明自己正与一群朋友同流合污,又下不了决心脱离那个圈子,请问三毛要怎么办?我说,就这么办,跳出那条污水河,不如壮士断腕,起初可能麻烦,事后想想,幸亏下来决心,不然失足千古,是不得一再拖延的。一个影响不好的人,不能叫朋友,只能叫敌人。当然,也不必去跟敌人对打,三十六计走为上策。快走快走,迟了来不及了。

更有来信说,对于某个死缠烂打的朋友实在极不欣赏,苦于情面或怜悯,不忍深拒,因而感觉深受束缚,又不能告诉对方,怕对方受伤。这种处理,实在是小看了他人,高抬了自己。世界上没有一个人能够说——"没有他我活不下去"。人,在本身体内自有韧性与生命力,不会因为朋友疏远而去跳河,了不得十分悲伤,但时间久了,也是会过去的。我们实在不必为对方想得太多,而低估了对方失友之后的再生。不会死的,请对方自己处理去吧。

朋友这种关系,最美在于锦上添花,热热闹闹庆喜事,花好月更圆。朋友之最可贵,贵在雪中送炭,不必对方开口,急急自动相助。朋友中之极品,便如好茶,淡而不涩,清香但不扑鼻,缓缓飘来,细水长流。所谓知心也。知心朋友,偶尔清谈一次,没有要求,没有利害，没有得失，没有是非口舌，相聚只为随缘，如同柳絮春风，偶尔漫天飞舞，偶尔寒日飘零。这个"偶尔"便是永恒的某种境界，又何必再求拔刀相助，也不必两肋插刀，更不谈死生相共，都不必了。这才叫朋友。

话说回来，朋友到了某种地步，也是有恩有情的，那便不叫朋友，叫做"情同手足"，手足已入五伦之内，定义和付出当然又不同了。

两性之间的朋友，万一一方有了婚姻，配偶不能了解这份友谊而生误会，那么只有顾及家庭幸福，默默退出不要深责。人间"不得已"的事情不是只有这一样，如果深爱朋友，必须以对方幸福为重，不再来往，才叫快乐。

男女之间，以纯友情转化为爱情，也未曾不可，相知又相爱，同组家庭，两全其美，不也很好？何必犹豫呢？

其实，天地可以称朋友，爱民为民的一国之君也是某种朋友，父母手足试试看，也有可能亦亲亦友，老师学生之间也能够亦师亦友，这也是教学相长。

如果能和自己做好朋友，这才最是自由。这种朋友，可进可出，若即若离，可爱可怨，可聚而不会散，才是最天长地久的一种好朋友。说了那么多，这封信实在不算是答复，只是很愉快的写出了对朋友的观点而已。

谢谢各位来信给我的灵感。

益友增添生命光彩

■ 席慕蓉

我觉得朋友是快乐人生中的重要环节，一辈子里如能得到几个知心的朋友实在是极大的幸福。人因为年龄和经历可以分成好几个不同的时期，每个时期都可能有不同的益友和损友。如果有一个朋友能陪你一起度过好几个不同的阶段，那便是你的幸运，非常值得珍惜的一份幸运。

我就有几个这样的朋友，在十几岁的时候就已认得，在不同的时期里还常能互通讯息。有一次，一个像这样的、快二十年没见面的朋友要来看我，虽然我们彼此都知道二十年来大家在做些什么，可是到底是二十年没见面了。听说他要来，我好早以前就开始兴奋了。那天早上接到他的电话，要我去龙潭的电信局接他，我和我先生开车去，心里竟然紧张和害怕起来，我怕他变得太多，变得太老，我就会觉得伤心；可是又知道，二十年实在够长，够把一个人变老变丑。一直到车子开到龙潭那个小小灰灰的电信局前，我的心还是忐忑不安。当我看到穿着灰色风衣的他走了出来，身旁是他的女伴，他的面容虽然和年轻时不大一样了，可是却很好看，有一种不凡的风采，当他微笑地和我打招呼时，我有一种如释重负的欢欣的感觉。二十年的时间让我的朋友变得成熟、变得不凡，我真替他高兴。

回家以后，我给他看我的油画素描，然后再向我的先生、他的女伴诉说我们同学时期的种种不可思议的经历、我们的理想、我们的青春、我们的种种可笑又可怜的挣扎，在那两三个钟头里，我们几乎处在一种狂热的状态中。

一直到下午带孩子们去吃冰淇淋，坐在咖啡座上我才觉得累了，一句话也不想再多讲，我告诉朋友：

"我好累，已经不想说话，我已经说够了。"

我的先生和朋友都很高兴地看着我。他们叫的咖啡很香，孩子们兴高采烈地吃着冰淇淋，屋子里有一种黄昏时细致的温暖的光泽，我非常满足，就再没有说一句话，直到和他们挥手再见，那种安宁、满足的情绪一直充满我心。

直到今天，每次想起那一场会面，我心里的满足感觉仍会回来。以后我们也断续见过两三次面，但不知道是时间不对还是地点不对，总不能再造成第一次的那种气氛。也许因为我有过第一次的经验，对后来几次的会晤有较高的期望，因此总觉得失望，心里有点懊恼。

门 孔

■ 余秋雨

一

直到今天,谢晋的小儿子阿四,还不知道"死亡"是什么。

大家觉得,这次该让他知道了。但是,不管怎么解释,他诚实的眼神告诉你,他还是不知道。

这情景,很像一群哲学家在讨论死亡,而最后,评判者没有让他们及格。

在人类一些最本原的问题上,最低智能和最高智能,首尾相衔。

是啊,还能说话的人谁也未曾抵达过死亡,那又怎么说得清呢?既然说不清,那就与严重弱智的阿四没有太大的差别。

十几年前,同样弱智的阿三走了,阿四不知道这位小哥到哪里去了,爸爸对大家说,别给阿四解释死亡;

两个月前,阿四的大哥谢衍走了,阿四不知道他到哪里去了,爸爸对大家说,别给阿四解释死亡;

现在,爸爸自己走了,阿四不知道他到哪里去了,家里只剩下了他和八十三岁的妈妈,阿四已经不想听解释。谁解释,就是谁把小哥、大哥、爸爸弄走了。他就一定跟着走,去找。

二

阿三还在的时候,谢晋对我说:"你看他的眉毛,稀稀落落,是整天扒在门孔上磨的。只要我出门,他就离不开门了,分分秒秒等我回来。"

谢晋说的门孔,俗称"猫眼",谁都知道是大门中央张望外面的世界的一个小装置。平日听到敲门或电铃,先在这里看一眼,认出是谁,再决定开门还是不开门。但对阿三来说,这个闪着亮光的玻璃小孔,是一种永远的等待。他不允许自己有一丝一毫的松懈,因为爸爸每时每刻都可能会在那里出现,他不能漏掉第一时间。除了睡觉、吃饭,他都在那里看。双脚麻木了,脖子酸痛了,眼睛迷糊了,眉毛脱落了,他都没有撤退。

爸爸在外面做什么?他不知道,也不想知道。

有一次,谢晋与我长谈,说起在封闭的时代要在电影中加入一点人性的光亮是多么不容易。我突然产生联想,说:"谢导,你就是阿三!"

"什么?"他奇怪地看着我。

我说:"你就像你家阿三,在关闭着的大门上找到一个孔,便目不转睛地盯着,看亮光,等亲情,除了睡觉、吃饭,你都没有放过。"

他听了一震,目光炯炯地看着我,不说话。

我又说:"你的门孔,也成了全国观众的门孔。不管什么时节,一个玻璃亮眼,大家从那里看到了很多风景,很多人性。你的优点也与阿三一样,那就是无休无止地坚持。"

三

谢晋在六十岁的时候对我说:"现在,我总算和全国人民一起成熟了!"那时,文革结束不久。

"成熟"了的他,拍了《牧马人》、《天云山传奇》、《芙蓉镇》、《清凉寺的钟声》、《高山下的花环》、《最后的贵族》、《鸦片战争》……那么,他的艺术历程也就大致可以分为两段,前一段为探寻期,后一段为成熟期。探寻期更多地依附于时代,成熟期更多地依附于人性。

一切依附于时代的作品,往往会以普遍流行的时代话语,笼罩艺术家自身的主体话语。谢晋的可贵在于,即使被笼罩,他的主体话语还在顽皮地扑闪腾跃。其中最顽皮之处,就是集中表现女性。不管外在题材是什么,只要抓住了女性命题,艺术也就有了刚中有柔的功能,人性也就有了悄然渗透的理由。在这方面,《舞台姐妹》就是很好的例证。尽管这部作品里也有不少时代给予的概念化痕迹,但文革中批判它的最大罪名,就是"人性论"。

谢晋说,当时针对这部作品,批判会开了不少,造反派怕文艺界批判"人性论"不力,就拿到"阶级立场最坚定"的工人中去放映,然后批判。没想到,在放映时,纺织厂的女工已经哭成一片,她们被深深感染了。"人性论"和"阶级论"的理论对峙,就在这一片哭声中见出了分晓。

但是,在谢晋看来,这样的作品还不成熟。让纺织女工哭成一片,很多民间戏曲也能做到。他觉得自己应该做更大的事。文革的炼狱,使他获得了浴火重生的机会。文革以后的他,不再是在时代话语的缝隙中捕捉人性,而是反过来,以人性的标准来拷问时代了。

对于一个电影艺术家来说,"成熟"在六十岁,确实是晚了一点。但是,到了六十岁还有勇气"成熟",这正是二三十年前中国最优秀知识分子的良知闪现。当然,我们文化界也有不少人一直表白自己

"成熟"得很早,不仅早过谢晋,而且几乎没有不成熟的阶段。这也可能吧,但全国民众都未曾在当时看到。谢晋是永远让大家看到的,因此大家与他相陪相伴地不成熟,然后一起成熟。

这让我想起云南丽江雪山上的一种桃子,由于气温太低,成熟期拖得特别长,因此收获时的果实也特别大,大到让人欢呼。

"成熟"后的谢晋让全国观众眼睛一亮。他成了万人瞩目的思想者,每天在大量的文学作品中寻找着既符合自己切身感受、又必然能感染民众的描写,然后思考着如何用镜头震撼全民族的心灵。没有他,那些文学描写只在一角流传;有了他,一座座通向亿万观众的桥梁搭了起来。于是,由于他,整个民族在电影院的黑暗空间里经历了一个艰难而美丽的苏醒过程,就像罗丹雕塑《青铜时代》传达的那种象征气氛。

那些年的谢晋,大作品一部接着一部,部部深入人心,真可谓手挥五弦,目送归鸿,云蒸霞蔚。

就在这时,他礼贤下士,竟然举行隆重仪式,破例第一次聘请了一个艺术顾问,那就是比他小二十多岁的我。他与我的父亲同龄,我又与他的女儿同龄。这种辈分错乱的礼聘,只能是他,也只能在上海。

那时节,连萧伯纳的嫡传弟子黄佐临先生也在与我们一起玩布莱希特、贫困戏剧、环境戏剧,他应该是我祖父一辈。而我的学生们,也已成果累累。八十年代"四世同堂"的上海文化,实在让人怀念。而在这"四世同堂"的热闹中,成果最为显赫的,还是谢晋。他让上海,维持了一段为时不短的文化骄傲。

从更广阔的视角来看,谢晋最大的成果在于用自己的生命接通了中国电影在一九四九年之后的曲折逻辑。不管是幼稚、青涩、豪情,还是深思、严峻、浩叹,他全都经历了,摸索了,梳理了。他不是散落在岸边的一片美景,而是一条完整的大河,使沿途所有的景色都可依着他而定位。

当代年轻的电影艺术家即便有再高的成就也不能轻忽"谢晋"这两个字,因为进入今天这个制高点的那条崎岖山路,是他跌跌绊绊走下来的。年轻艺术家的长辈和老师,都从他那里汲取过美,并构成遗传。在这个意义上,谢晋不朽。

四

谢晋聘请我做艺术顾问,旁人以为他会要我介绍当代世界艺术的新思潮,其实并不。他与我最谈得拢的,是具体的艺术感觉。他是文化创造者,要的是现场设计,而不是云端高论。我们也曾开过一些研讨会,有的理论家在会上高谈阔论,又明显地缺少艺术感觉。谢晋一听就知道邀请错了,他会偷偷地摘下耳机,出神地看着发言者。发言者还以为他在专心听讲,其实他很可能只是在观察发言者脸部的肌肉运动状态和可以划分的角色类型。这好像不太礼貌,但高龄的他有资格这样做。

谢晋特别想说又不愿多说的,是作为文化创造者的苦恼。

我问他:"你在创作过程中遇到的最大苦恼是什么?是剧作的等级,演员的悟性,还是摄影师的能力?"他说:"不,不,这些都有办法解决。我最大的苦恼,是遇到了不懂艺术的艺术审查者和评论者。而且,他们的数量又那么庞大。"

他所说的"不懂艺术",我想很多官员和学者是不太明白其中含义的。他们总觉得自己既有名校学历又看过很多中外电影,还啃过几本艺术理论著作,怎么能说"不懂艺术"呢?其实,真正的艺术家都知道，这种"懂"，是创造意义上而不是学问意义上的。那是对每一个感性细节的小心捧持，是对每一个未明意涵的恭敬尊重，是对作品肌理不可稍有割划的万千敏感，是对转瞬即逝的一个眼神、一道光束的震颤性品咂，是对那绵长多变又快速运动的镜头语汇的感同身受、神驰心飞。用中国传统美学概念来说，这种"懂"，不"隔"。而一切审查性的目光，不管包含着多少学问，都恰恰是从"隔"开始的。

平心而论，在这一点上，谢晋的观点比我宽容得多。他不喜欢被审查却也不反对，一直希望有夏衍、田汉这样真正懂艺术的人来审查。而我则认为，即使夏衍、田汉再世，也没有权利要谢晋这样的艺术家在艺术上服从自己。

谢晋那些最重要的作品，上映前都麻烦重重。如果说，文革前的审查总是指责他"宣扬资产阶级人性论"，那么文革后的审查者主要是指责他"揭露社会的黑暗过多"。真实的灾难让他懂得了如何面对真实，并在那种真实中发现美。但是，比他年轻得多的审查者总是不想让他"成熟"。他明明已从黑暗中发现了美，表现了美，但他们还是拿着放大镜盘桓在黑暗里。甚至，把他推入概念棍棒的威胁之中。

有趣的是，有的审查者和评论者一旦投身创作，立场就会发生天翻地覆的变化。我认识两位职业的审查者和评论者，年老退休后常常被一些电视剧聘为顾问，参与构思。作品拍出来后，交给他们当年退休时物色的徒弟们审查，他们才发现，这些徒弟太不像话了。他们愤怒地说："文化领域那么多诽谤、伪造、低劣都不审查，却总是盯着一些好作品不依不饶！"后来他们扪心自问，才明白自己大半辈子也在这么做。

他们不知道,年迈谢晋眼睛深处的一半忧郁,与他们有关。

五

能成为谢晋的朋友,非常愉快。

他总是充满古意地反复怀念一个个久不见面的老友,怀念得一点儿也不像一个名人;同时,他又无限兴奋地结识一个个刚刚发现的新知,兴奋得一点儿也不像一个老者。他的工作性质和从业时间,使他的"老友"和"新知"的范围非常之大,但他一个也不会忘记,一个也不会怠慢。

因此,只要他有召唤,或者,只是以他的名义召唤,再有名的艺术家也没有拒绝的。有时,他别出心裁,要让这些艺术家都到他出生的老家去聚合,大家也都乖乖地依次抵达。就在他去世前几天,上海电视台准备拍摄一个纪念他八十五岁生日的节目,开出了一大串响亮的名单,逐一邀请。这些人中的任何一个,在一般情况下是"八抬大轿也抬不动"的,因为有的也已年老,有的非常繁忙,有的片约在身,有的身患重病。但是,一听是谢晋的事,都满口答应。当然,他们没有料到,生日之前,会有一个追悼会……

我从旁观察,发觉谢晋交友,有两个原则。一是拒绝小人,二是不求实用。这就使他身边的热闹中有一种少有的干净。相比之下,有些同样著名的老艺术家永远也摆不出谢导这样的友情阵仗,不是他们缺少魅力,而是本来要来参加的人想到同时还有几双忽闪的眼睛也会到场,借故推托了。

有时,好人也会利用小人,但谢晋不利用。

他对小人的办法,不是争吵,不是驱逐,而是在最早的时间冷落。他的冷落,是炬灭烟消,完全不予互动。听对方说了几句话,他就明白是什么人了,便突然变成了一座石山,邪不可侵。转身,眼角扫到一个朋友,石山又变成了一尊活佛。

一些早已不会被他选为演员和编剧的老朋友,永远是他的座上宾。他们谁也不会因为自己已经帮不上他的忙,感到不安。西哲有言:"友情的败坏,是从利用开始的。"谢晋的友情,从不败坏。

他一点儿也不势利。再高的官,在他眼中只是他的观众,与天下千万观众没有区别。但因为他们是官,他会特别严厉一点。我多次看到,他与官员讲话的声调,远远高于他平日讲话,主要是在批评。他还会把自己对于某个文化高官的批评到处讲,反复讲,希望能传到那个高官的耳朵里,一点儿不担心自己会不会遇到麻烦。有时,他也会发现,对那个高官的批评搞错了,于是又到处大声讲:"那其实是个好人,我过去搞错了!"

对于受到挫折的人,他特别关心,包括官员。有一年,我认识的一位官员因事入狱。我以前与这位官员倒也没有什么交往,这时却想安慰他几句。正好上海市监狱邀请我去给几千个犯人讲课,我就向监狱长提出要与那个人谈一次话。监狱长说,与那个人谈话是不被允许的。我就问能不能写个条子,监狱长说可以。我就在一张纸上写道:"平日大家都忙,没有时间把外语再推进一步,祝贺你有了这个机会。"写完,托监狱长交给那个人。

谢晋听我说了这个过程,笑眯眯地动了一会脑筋,然后兴奋地拍了一下桌子说:"有了!你能送条子,那么,我可以进一步,送月饼!过几天就是中秋节,你告诉监狱长,我谢晋要为犯人讲一次课!"

就这样,他为了让那个官员在监狱里过一个像样的中秋节,居然主动去向犯人讲了一次课。提篮桥监狱的犯人,有幸一睹他们心中的艺术偶像。那个入狱的官员，其实与他也没有什么关系。

四年以后，那个人刑满释放，第一个电话打给我，说他听了我的话，在里边学外语，现在带出来一部五十万字的翻译稿。然后，他说，急于要请谢晋导演吃饭。谢导的那次中秋节行动，实在把他感动了，使他的狱中四年，不再有一日沮丧。

六

我一直有一个错误的想法，觉得拍电影是一个力气活，谢晋已经年迈，不必站在第一线上了。我提议他在拍完《芙蓉镇》后就可以收山，然后以自己的信誉、影响和经验，办一个电影公司，再建一个影视学院。简单说来，让他从一个电影导演变成一个"电影导师"。

有这个想法的，可能不止我一个人。

我过了很久才知道，他对我们的这种想法，深感痛苦。他想拍电影，他想自己天天拿着话筒指挥现场，然后猫着腰在摄影机后面调度一切。他早已不在乎名利，也不想证明自己依然还保持着艺术创造能力。他只是饥渴，没完没了地饥渴。在这一点上他像一个最单纯、最执著的孩子，一定要做一件事，骂他，损他，毁他，都可以，只要让他做这件事，他立即可以破涕为笑。

他当然知道我们的劝说有点道理，因此，也是认认真真地办电影公司，建影视学院，还叫我做"校董"。但是，这一切都不能消解他内心的强烈饥渴。

他越来越要在我们面前表现出他的精力充沛、步履轻健。他由于耳朵不好，本来说话就很大声，现在更大声了。他原来就喜欢喝酒，现在更要与别人频频比赛酒量了。

有一次，他跨着大步走在火车站的月台上，不知怎么突然趔趄了。他想摆脱趔趄，挣扎了一下，谁知更是朝前一冲，被人扶住，脸色发青。这让人们突然想起他的皮夹克、红围巾所包裹着的年龄。不久后一次吃饭，我又委婉地说起了老话题。

他知道月台上的趔趄被我们看到了，因此也知道我说这些话的原因。他朝我举起酒杯，我以为他要用干杯的方式来接受我的建议，没想到他对我说："秋雨，你知道什么样的人是真正善饮的吗？我告诉你，第一，端杯稳；第二，双眉平；第三，下口深。"

说着，他又稳又平又深地一连喝了好几杯。

是在证明自己的酒量吗？不，我觉得其中似乎又包含着某种宣示。

即使毫无宣示的意思，那么，只要他拿起酒杯，便立即显得大气磅礴，说什么都难以反驳。

后来，有一位热心的农民企业家想给他资助，开了一个会。这位企业家站起来讲话，意思是大家要把谢晋看作一个珍贵的品牌，进行文化产业的运作。但他不太会讲话，说成了这样一句："谢晋这两个字，不仅仅是一个人名，而且还是一种有待开发的东西。"

"东西？"在场的文化人听了都觉得不是味道。

一位喜剧演员突然有了念头，便大声地在座位上说："你说错了，谢晋不是东西！"他又重复了一句："谢晋不是东西！"

这是一个毫无恶意的喜剧花招，全场都笑了。

我连忙扭头看谢晋导演，不知他是怏怏不乐，还是蔼然而笑。没想到，我看到的他似乎完全没有听到这句话，只是像木头一样呆坐着，毫无表情。

他毫无表情的表情，把我震了一下。他不想只做品牌。他觉得，如果自己真的完全变成了一个品牌，丢失了亲自创造的权利，那谢晋真的"不是东西"了。

从那次之后，我改变了态度，开始愿意倾听他一个又一个的创作计划。

这是一种滔滔不绝的激情，变成了延绵不绝的憧憬。他要重拍《桃花扇》，他要筹拍美国华工修建西部铁路的血泪史，他要拍《拉贝日记》，他要拍《大人家》，他更想拍前辈领袖的女儿们的生死恩仇、悲欢离合……

看到我愿意倾听，他就针对我们以前的想法一吐委屈："你们都说我年事已高，应该退居二线，但是我早就给你说过，我是六十岁才成熟的，那你算算……"

一位杰出艺术家的生命之门既然已经第二度打开，翻卷的洪水再也无可抵挡。这是创造主体的本能呼喊，也是一个强大的生命要求自我完成的一种尊严。这种状态不一定能导致好作品，但好作品一定来自于此。我以前的阻拦，过于理性，已经背离艺术创造的本性诉求。

七

他在中国创建了一个独立而庞大的艺术世界，但回到家，却是一个常人无法想象的天地。

他与夫人徐大雯女士生了四个小孩，脑子正常的只有一个，那就是谢衍。谢衍的两个弟弟就是前面所说的老三和老四，都严重弱智，而姐姐的情况也不好。

这四个孩子，出生在一九四六年至一九五六年这十年间。当时的社会，还很难找到辅导弱智儿童的专业学校，一切麻烦都堆在一门之内。家境极不宽裕，工作极其繁忙，这个门内天天在发生什么？只有天知道。

我们如果把这样一个家庭背景与谢晋的那么多电影联系在一起，真会产生一种匪夷所思的感觉。每天傍晚，他那高大而疲惫的身影一步步走回家门的图像，不能不让人一次次落泪。落泪，不是出于一种同情，而是为了一种伟大。

一个错乱的精神漩涡，能够伸发出伟大的精神力量吗？谢晋作出了回答，而全国的电影观众都在点头。我觉得，这种情景，在整个人类艺术史上都难以重见。

谢晋亲手把错乱的精神漩涡，筑成了人道主义的圣殿。我曾多次在他家里吃饭，他做得一手好菜，常常围着白围单、手握着锅铲招呼客人。客人可能是好莱坞明星、法国大导演、日本制作人，但最后谢晋总会搓搓手，通过翻译介绍自己两个儿子的特殊情况，然后隆重请出。这种毫不掩饰的坦荡，曾让我百脉俱开。在客人面前，弱智儿子的每一个笑容和动作，在谢晋看来就是人类最本原的可爱造型，因此满眼是欣赏的光彩。他把这种光彩，带给了整个门庭，也带给了所有的客人。

他有时也会带着儿子出行。我听谢晋电影公司总经理张惠芳女士说，那次去浙江衢州，坐了一辆面包车，路上要好几个小时，阿四同行。坐在前排的谢晋过一会儿就要回过头来问："阿四累不累？""阿四好吗？""阿四要不要睡一会儿？"……每次回头，那神情，能把雪山消融。

八

他万万没有想到，他家后代唯一的正常人，那个从国外留学回来的典雅君子,他的大儿子谢衍,竟先他而去。

谢衍太知道父母亲的生活重压,一直瞒着自己的病情,不让老人家知道。他把一切事情都料理得一清二楚,然后穿上一套干净的衣服,去了医院,再也没有出来。

他恳求周围的人,千万不要让爸爸、妈妈到医院来。他说,爸爸太出名,一来就会引动媒体,而自己现在的形象又会使爸爸、妈妈伤心。他一直念叨着:"不要来,千万不要来,不要让他们来……"

直到他去世前一星期,周围的人说,现在一定要让你爸爸、妈妈来了。这次,他没有说话。

谢晋一直以为儿子是一般的病住院,完全不知道事情已经那么严重。眼前病床上,他唯一可以对话的儿子,已经不成样子。

他像一尊突然被风干了的雕像,站在病床前,很久,很久。

谢衍吃力地对他说:"爸爸,我给您添麻烦了!"

他颤声地说:"我们治疗,孩子,不要紧,我们治疗……"

从这天起,他天天都陪着夫人去医院。

独身的谢衍已经五十九岁,现在却每天在老人赶到前不断问:"爸爸怎么还不来?妈妈怎么还不来?爸爸怎么还不来?"

那天,他实在太痛了,要求打吗啡,但医生有犹豫,幸好有慈济功德会的志工来唱佛曲,他平静了。

谢晋和夫人陪在儿子身边,那夜几乎陪了通宵。工作人员怕这两位八十多岁的老人撑不住,力劝他们暂时回家休息。但是,两位老人的车还没有到家,谢衍就去世了。

谢衍是二〇〇八年九月二十三日下葬的。第二天,九月二十四日,杭州的朋友就邀请谢晋去散散心,住多久都可以。接待他的,是一位也刚刚丧子的杰出男子,叫叶明。

两人一见面就抱住了，嚎啕大哭。他们两人，前些天都为自己的儿子哭过无数次，但还要找一个机会，不刺激妻子，不为难下属，抱住一个人，一个经得起用力抱的人，痛快淋漓、回肠荡气地哭一哭。那天谢晋导演的哭声，像虎啸，像狼嚎，像龙吟，像狮吼，把他以前拍过的那么多电影里的哭，全都收纳了，又全都释放了。那天，秋风起于杭州，连西湖都在呜咽。

他并没有在杭州住长，很快又回到了上海。这几天他很少说话，眼睛直直地看着前方。有时也翻书报，却是乱翻，没有一个字入眼。

突然电话铃响了，是家乡上虞的母校春晖中学打来的，说有一个纪念活动要让他出席，有车来接。他一生，每遇危难总会想念家乡。今天，故乡故宅又有召唤，他毫不犹豫地答应了。他给驾驶员小蒋说："你别管我了，另外有车来接！"

小蒋告诉张惠芳，张惠芳急急赶来询问，门房说，接谢导的车，两分钟前开走了。

春晖中学的纪念活动第二天才开，这天晚上他在旅馆吃了点冷餐，倒头便睡。这是真正的老家，他出走已久，今天只剩下他一个人回来。他是朝左侧睡的，再也没有醒来。

这天是二○○八年十月十八日，离他八十五岁生日，还有一个月零三天。

九

他老家的屋里，有我题写的四个字："东山谢氏"。

那是几年前的一天，他突然来到我家，要我写这几个字。他说，已经请几位老一代书法大家写过，希望能增加我写的一份。东山谢氏？好生了得！我看着他，抱歉地想，认识了他那么多年，也知道他是绍兴上虞人,却没有把他的姓氏与那个遥远而辉煌的门庭联系起来。

他的远祖,是公元四世纪那位打了"淝水之战"的东晋宰相谢安。这仗,是和侄子谢玄一起打的。而谢玄的孙子,便是中国山水诗的鼻祖谢灵运。谢安本来是隐居会稽东山的,经常与大书法家王羲之一起喝酒吟诗,他的侄女谢道蕴也嫁给了王羲之的儿子王凝之,而才学又远超丈夫。谢安后来因形势所迫再度做官,这使中国有了一个"东山再起"的成语。

正因为这一切,我写"东山谢氏"这四个字时非常恭敬,一连写了好多幅,最后挑出一张,送去。

谢家,竟然自东晋、南朝至今,就一直定居在东山脚下!别的不说,光那股积累了一千六百年的气,已经非比寻常。谢晋对此极为在意,却又不对外说。他在意的,是这山、这村、这屋、这姓、这气。但这一切都是秘密的,只是为了要我写字才说,说过一次再也不说。

我想,就凭着这种无以言表的深层皈依,他会一个人回去,在一大批庄严的远祖面前,划上人生的句号。

十

此刻,他上海的家,只剩下了阿四。他的夫人因心脏问题,住进了医院。

阿四不像阿三那样成天在门孔里观看。他几十年如一日的任务是为爸爸拿包、拿鞋。每天早晨爸爸出门了,他把包递给爸爸,并把爸爸换下的拖鞋放好。晚上爸爸回来,他接过包,再递上拖鞋。

好几天,爸爸的包和鞋都在,人到哪里去了?他有点奇怪,却在耐心等待。突然来了很多人,在家里摆了一排排白色的花。

白色的花越来越多，家里放满了。他从门孔里往外一看，还有人送来。阿四穿行在白花间，突然发现，白花把爸爸的拖鞋遮住了。他弯下腰去，拿出爸爸的拖鞋，小心放在门边。

　　这个白花的世界，今天就是他一个人，还有一双鞋。

真实的塑料花

■ 刘　墉

　　我向来不喜欢塑料花，无论它做得多真，我还是觉得假，而且因为以假乱真，愈发惹我讨厌；但是自从六年前，听陈清德说"那个故事"，我对塑料花的印象就改变了，每次看见塑料花，即使那种做得极粗拙的，也会由心底泛起一股暖流，想起逝去多年的陈清德。

　　虽然跟他不是深交，他又远在马来西亚，但是第一次在吉隆坡机场见到他，坐上他的车，就觉得跟他有默契。他跟我一样容易"闪神"，是那种一边开车一边说话，一说话又忘了开车，到双岔路口，突然大叫不好，该走左还是走右，然后几乎撞上分隔岛的人。他说话有种特殊的语调，好像发抖又不是发抖，可能是气不足，又急着讲造成的；但细细听，又因为他总是提着气说话，用一种急切高亢的情绪来说，所以显得有些激动。偏偏他说的不一定是激动的事，速度又不极快，甚至内容是娓娓道来，那急与徐、高亢与平淡之间就构成了一种特殊的味道。

　　也可以这么说，陈清德是个非常感性的人，不管多小的事，在他看来都可以很有感触。举个例子，他会去橡胶园里捡橡胶子，然后拿来送我，说："你看，这多漂亮，咖啡色的种子，上面还有银色花纹，好像是铜镶银的。"这还不够，他会连那外面大大的果囊也捡来，一点一点剥开，露出里面的种子，告诉我橡胶子的结构。他也收集相思豆，有回装了一小袋给我，说是特大的。相思豆我见过不少，但他拿来的果然特别大，而且特别红。我说："好极了，我可以用它来做封面设计，可惜不够多，我要很大一堆才成。"

隔不久，他就托人带了一大包相思豆给我。我吓一跳，也感动得要命，立刻用来拍成《对错都是为了爱》的封面，又不知拿什么回谢，想来想去，决定画张画给他。没料到，在电话里告诉他这个消息，他居然隔了半天，不吭气，好像很犹豫的样子。

"你不要？"我问。

"不是不要，是得要两张，"他说，"因为我有一对双胞胎的女儿，将来结婚，如果只有一张，到底给谁？"我怔了一下，二话不说，画了两张寄去。

陈清德谈到女儿，那语音就愈颤抖了，好像多年不见的女儿远远要扑进他怀里似的。从他的言谈中，我听得出，他这么多年的辛苦、节俭，都是为了这两个宝贝女儿。马来西亚不是个很富裕的国家，黑黑瘦瘦的陈清德，半生致力推广华文教育，他身体不够好，收入也不丰厚，却拼全力，送两个女儿出国念书。记得他去美国参加女儿毕业典礼回来，在电话里对我说："你们美国好美啊！尤其是蒲公英，满地黄色的小花，在大大绿绿的草地上，太美了。怎么我们马来西亚没有蒲公英？""真的吗？"我不信，"只怕是你没注意吧。"

又隔一阵，他果然来信说发现大马也有了蒲公英。我说："不是有了，是早就有。只是以前你太忙、眼镜度数又深，所以没看见，到美国看女儿毕业，高兴了，也有了轻松的心情，所以发现蒲公英。"

从蒲公英、橡胶果和相思豆可以知道，陈清德很爱植物花草，令我惊讶的是，有一回在餐厅，他居然盯着桌上插的塑胶玫瑰花，而且目不转睛，一副十分陶醉的样子。

"这花做得太粗了。"我说。

"是啊，一看就是假花，"他紧盯着它，"可是这假里有真哪。"

看我不懂，他笑笑："你知道吗，现在这里的年轻人也过西洋情人节了。"我点点头。

"去年情人节，有人一早就送了一大把玫瑰花来。女儿已经出门了，我看看上面的卡片，原来是小女儿男朋友送的。于是把那束花放进她房间里，还拿个花瓶，装了水，插着，"他作成捧花的样子，"可是我一面把花放在小女儿床边，一面看见大女儿的床，旁边空空的，没有男朋友送花，觉得好可怜，想她看到妹妹有人送花，一定会很伤心。"他看着我，扮了个鬼脸，"我当时灵机一动，想到柜子里好像存了三枝塑胶的玫瑰花，是以前买生日蛋糕附赠的，就把花找出来，上面积了灰，我还洗干净，又从小女儿男朋友送的那把花里切下一块玻璃纸，把花包起来。正包呢，又想到，糟了！我还有个外甥女跟我同住，她也是大小姐了，也该有人送花，如果看见我两个女儿都有花，就她没有，更会伤心。就再拿了一枝塑料花，包好，绑上丝带。于是，三个女生，每个人都在床边摆了花，我正得意，看见桌子上还有一朵没用的塑料花，也还剩一小块玻璃纸，那花虽然看起来最难看，好像掉了好几片花瓣，但是何必浪费呢，我们家还有一个女人哪。"说到这儿，他又扮个鬼脸，一副老顽童的样子，"于是我为我太太也做了这么一枝花，偷偷放在她的梳妆台上。"

"她喜欢吗？"我试着问，心里好奇极了。

"她没说，"陈清德耸耸肩摊摊手，隔了两秒钟又一笑，"可是情人节过了，小女儿的鲜花凋了，扔进了垃圾桶；大女儿和外甥女的塑料花也不见了，大概也扔了。可是，可是我太太的那枝，虽然不怎么样，她却还留着，而且拿个小瓶插着，放在梳妆台上，一直到今天，都在那儿。"他盯着餐桌上的塑料花，用那颤颤的语调慢慢地说："每次我看见太太坐在梳妆台前,旁边插着那塑料花,都有一种好奇怪的感觉,心想,'你为什么不扔了呢?你为什么不扔了呢?'"他突然不再说话,等了半天,深深吸口气,"现在,我每次看见梳妆台上的花,都想哭,我发现跟她恋爱结婚几十年,她都老了,我却从来没送过一朵花给她,那枝塑料花居然是我给她的第一朵花,她插在那儿,是给她自己一些安慰吧!或许……或许那虽然是朵假花,在她感觉,却是一朵真花啊。"

  讲这故事不久,陈清德发现得了肝癌,又没过多长时间,就永远离开了。可是他说的这个故事,总浮上我的脑海,甚至每当我看见塑胶的玫瑰花时,就会想起他。我常想,爱才是花的灵魂,一朵怎么看都假的塑料花,透过爱,就成为真花,而且永远不凋。我也常想,或许陈夫人的梳妆台前,现在还插着那枝逝去丈夫送的无比真实的塑胶玫瑰花。

怀念萧军先生

■ 王安忆

萧军先生在我辈心目中,是一个传奇式人物。尚没见他的时候,脑海里总是印着两帧情景:一是在一个北方的大雨滂沱的天气里,他撑了一柄不知为什么被我想象成非常巨大的雨伞,卷起裤脚管,粗壮的小腿蹚着齐膝的大水,去一个小小的被困的旅店里,将我热爱的女作家萧红拯救了出来。二是在鲁迅先生的灵堂,忽然闯进雄狮般的一条关东大汉,"通"地在先生遗体前跪下,扶灵放声大哭。那情景于我们像是遥远的故事,那是一个令人醉心的时代:上海的石库门内深深的天井和新式里弄房子狭小的亭子间里,常常有一个激情满怀却身无分文的年轻人,写作着意味深长却平白如话的檄文,将一整个中国沉重的命运,负上他们因结核菌而羸弱单薄的肩背。

而我从来没有期待过,要去见一见萧军先生。那一年大约是夏天的时候,有一次去妈妈家,见她从外边回来,问她去了哪里,她说去看萧军先生。萧军先生住在虹口区山阴路他的老朋友家中,住房条件也不顶好,可萧军先生挤在那里,过得很得意的样子,不愿搬出来。当时我感觉到他住在与鲁迅故居大陆新村同一条山阴路的地方,很有历史意义,具有一种"五四"的味道。后来就到了这一年的冬天。记得是1986年的最后一日,也就是除夕的晚上,中国作家协会在北京饭店举行新年晚宴,我坐在桌边,忽有一个年轻的男孩走过来同我说话，具体说什么，至今已记不清了。大约是问我想不想看萧军，我说想，于是他就带了我走到大厅那一头的小厅内，里面果然坐了萧军先生，还有骆宾基老师。后来我才知道这男孩是萧军先生的孙子。名叫萧大忠。萧军先生是敦敦实实面色十分红润的一个老人，坐在那里往一大摞首日封上签字，我趁机也将手里的一把首日封递给他，他很认真也很快速地一封一封签，总是在笑，与我说着一些闲话。如同所有的公公和晚辈一样，说着那种很随便很寻常很没要紧，很没有"五四"味道的话。因此说了些什么，日后也都记不得了，只记得我问他现在还写什么的时候，他声如洪钟地说道："我才不写呢，我为什么要受那个罪，散散步睡睡觉多舒服，我不写。"然后则说，"你们写，你们写。"我觉得特别开心，就笑了又笑，他便又嘿嘿地笑，眯得很小很弯的眼睛狡黠地看了我一眼，又说，"我受那个罪干吗？你们写，你们写。"有些恶作剧的调皮似的，好像将一份很重的负担巧妙地不动声色地推卸给了我们。我们七扯八拉了一会儿，又拍了照。昨日还将照片取出来仔细地看了：他很结实地坐在椅子里，腰板很直，扎在了那里似的，头上戴了一顶凡老公公们都戴的小帽，很开心也很调皮地笑着。那时和以后，我都不曾想到，他会那么快地离开我们。这时候，想起萧军先生，就常常和"我们"联系在一起了，他无疑就是我们中的一员，尽管他确实来自那一个遥远的不同寻常的时代。

怀念萧军先生致师长那照片是事过一年之后，萧大忠寄来的。过了一些日子我才给萧大忠回信说，照片收到，请向他爷爷致敬并问好，我有些书想请他爷爷指教，这些日子就寄去，然后我又在信中说了我对萧红的崇拜。给萧军先生寄书的事情，我时而想起，时而忘记，忘记时没事人一般，想起时又一拖再拖。这期间，经常听到萧军先生的消息,一会儿说他率领了浩浩荡荡一队人马去了香港、澳门,就想着老公公威风凛凛的样子;一会儿却说他生了癌症,则想起许许多多庸医误诊的传说,期间还收到萧大忠寄来的先生送我的书——《鲁迅给萧军萧红信简注释录》。想到答应先生的书至今没有寄出,便很惭愧,惭愧了一阵子,又拖了下来,总是说:"明天寄。"到了明天,又说:"明天寄。"直到那一个江南黄梅雨季的晚上,电视新闻播出了萧军先生长辞的消息。

我想着,从去年5月发现病症至今,已是一年的时间,一个八十岁的老人与癌症作了长达一年的斗争,也算是没有白饶了那病,只是不晓得这一年老人是怎么度过的,吃了哪些苦楚。再想着,那八十年的一生,几乎从头至尾走过了风云突变的20世纪,并且总是努力地走到了一个中国知识分子可能走到的前列,为我们作出了榜样。萧军先生是没有什么遗憾了,可是我们呢?我先前答应的书至今没有寄到先生手里,从此也再不能寄到先生手里,这于已故的先生是没有所谓的事情,可是于我,却再无可换回地不光彩地失信了。我给萧大忠拍了电报表示悼念,心想这于事又有何补,不过求得心情的安宁罢了。很快就收到萧大忠的信,信中说:"接你上次来信后,萧老几次提及你,他虽然读你作品不多,但对你印象还是很好的。我告之他,你对萧红感兴趣,今年1月初,他把他自己仅存的一本《萧红书简注释录》签名送给你,并令我寄上。事情拖至今天,很是抱歉,恳请谅解。"书上签名的日期是1988年1月1日,将近半年之后,先生辞世之时才到了手边,我不由要想,凡事一弄到我们儿孙辈手里就生生地被耽误了。而我们儿孙辈也不知怎么的,真正都是"不见棺材不掉泪"的。

萧军先生走了,怀了那一个时代的浩气大踏步地撇下我们这些拖拖沓沓的人走了。先生是没有理由不安息的,不得安宁的是我们。为了先生,也为了我们自己,我们总应当再努力一些,再争气一些,再雷厉风行一些,也再负责一些。

悼路遥

■ 史铁生

我当年插队的地方,延川,是路遥的故乡。

我下乡,他回乡,都是知识青年。那时我在村里喂牛,难得到处去走,无缘见到他。我的一些同学见过他,惊讶且叹服地说那可真正是个才子,说他的诗、文都作得好,说他而且年轻,有思想有抱负,说他未来不可限量。后来我在《山花》上见了他的作品,暗自赞叹。那时我既未做文学梦,也未及去想未来,浑浑噩噩。但我从小喜欢诗、文,便十分地羡慕他,十分地羡慕很可能就接近着嫉妒。

第一次见到他,是在北京,其时我已经坐上了轮椅。路遥到北京来,和几个朋友一起来看我。坐上轮椅我才开始做文学梦,最初也是写诗,第一首成形的诗也是模仿了信天游的形式,自己感觉写得很不像话,没敢拿给路遥看。那天我们东聊西扯,路遥不善言谈,大部分时间里默默地坐着和默默地微笑,那默默之中,想必他的思绪并不停止。就像陕北的黄牛,停住步伐的时候便去默默地咀嚼。咀嚼人生。此后不久,他的名作《人生》便问世,从那小说中我又听见陕北,看见延安。

第二次见到他是在西安,在省作协的院子里。那是1984年,我在朋友们的帮助下回陕北看看,路过西安,在省作协的招待所住了几天。见到路遥,见到他的背有些驼,鬓发也有些白,并且一支接一支地抽烟。听说他正在写长篇,寝食不顾,没日没夜地干。我提醒他注意身体,他默默地微笑。我再说,他还是默默地微笑,我知道我的话没用,他肯定以默默的微笑抵挡了很多人的劝告了。那默默的微笑,料必是说:命何足惜?不苦其短,苦其不能辉煌。我至今不能判断其对错,唯再次相信"性格即命运"。然后我们到陕北去了,在路遥、曹谷溪、省作协领导李若冰和司机小李的帮助下,我们的那次陕北之行非常顺利,快乐。

第三次见到他,是在电视上,"正大综艺"节目里。主持人介绍那是路遥,我没理会,以为是另一个路遥,主持人说这就是《平凡的世界》的作者。我定睛细看,心重重地一沉。他竟是如此地苍老了,若非依旧默默地微笑,我实在是认不出他了。此前我已听说他患了肝病,而且很重,而且仍不在意,而且一如既往笔耕不辍奋争不已。但我怎么也没料到,此后不足一年,他会忽然离开这个平凡的世界。

他不是才四十二岁么?我们不是还在等待他在今后的四十二年里写出更好的作品来么?如今已是"人生九十古来稀"的时代,怎么会只给他四十二年的生命呢?这事让人难以接受,这不是哭的问题。这事,沉重得不能够哭了。

有一年王安忆去了陕北,回来对我说:"陕北真是荒凉呀,简直不能想象怎么在那儿生活。"王安忆说:"可是路遥说,他今生今世是离不了那块地方的。路遥说,他走在山山川川沟沟峁峁之间,忽然看见一树盛开的桃花、杏花,就会泪流满面,确实心就要碎了。"我稍稍能够理解路遥,理解他的心是怎样碎的。我说稍稍理解他,是因为我毕竟只在那儿住了三年,而他的四十二年其实都没有离开那儿。我们从他的作品里理解他的心。他在用他的心写他的作品。

可惜还有很多好作品没有出世，随着他的心，碎了。

　　这仍然不止是一个哭的问题。他在这个平凡的世界上倒下去，留下了不平凡的声音，这声音流传得比四十二年要长久得多了，就像那块黄土地的长久，像年年都要开放的山间的那一树繁花。

小眼睛的莫言和马脸的我

■ 萧立军

1984年8月的一天,我去老领导冯牧家里,冯公说作协要新办一份双月刊《中国作家》,由他当主编。他说他的职务太多了,本不想接手可又更改不了,因为作协老秘书长张僖在新闻署办理期刊登记证时,顺手就在主编栏里把冯牧的名字填上了。我说,这多好啊,刊物的名字起得气派,又有德高望重的主编,将来肯定会编得很有特色。冯公叹了一口气,编得好没问题,可是我缺人手,尤其是年轻的熟练的编辑,你愿不愿过来?这使我一愣,因为我年轻固然年轻,可熟练谈不上。那时我32岁,在《文艺研究》当了6年的编辑,还是属于小萝卜头类的编辑,很没自信。我就说,我行吗?冯公说,你能行,在《文艺研究》干得挺好嘛!他这么说,是因为他在中国艺术研究院当第一副院长时,正是主管《文艺研究》的,对我也还了解一些。于是,我说我过来可以,就怕老林元不同意。林元是主编,我就是他老人家教我当编辑的。冯牧说,这你不要管了,我跟林元说。

后来,我于10月份调来参与《中国作家》创刊。但,我报到时创刊号的稿子都已有眉目了,到11月看发稿目录时,可看到作者阵容强大,名家名人的佳作赫然入目,头条就是冯骥才的《感谢生活》。创刊号预计1985年2月11日刊出,我实际上对创刊号已做不出什么贡献了。那时期刊是铅字排版,生产周期长,一般要65天左右,像《中国作家》这样的大厚本刊物,最快出刊也得56天。副主编张凤珠跟我说,每期就是缺头条,你得卖把力气抓头条。张凤珠是位非常好的领导,我一直叫她老太太。那时她才55岁,跟我现在的年龄一样,我叫她老太太她也不恼,就认可了。我照着老太太指导的目标抓头条。我就去找我的哥们儿海波,让他给我赶一个中篇。海波就写了个《黑草》,我拿给老太太看,她看完就拍板发二期头条。《中国作家》创刊4年时,24期刊物的头条有6个是我抓来的,占了四分之一。

1985年元旦后,老太太拿一部稿子对我说,这是徐怀中推荐的,你看看值不值得搞一个"文学对话"。我就接过来了,我就看了,我就觉得值得搞点什么。我就跟老太太说值得搞"文学对话",我想组织作者的同学和老师徐怀中来一场对话,我还想等刊物出来后组织个作品讨论会,因为这篇作品太有特色了,它是一种意象式写作,很写实也很虚幻,这在当今的小说中,可与冯骥才的《高女人和她的矮丈夫》媲美。老太太就批准了我的设想。我知道老太太在编刊方面很信任我,我的建议大都能获得她的批准。我说,需要钱呀!老太太说,那我不管,你找从维熙要去。老从当时是作家出版社的总编辑,我找他说了,他就批给我1200元钱,不许超支。于是,我就为这篇小说开始效犬马之劳了。

这就是莫言的中篇小说《透明的红萝卜》。

此刻,我不认识莫言,也不知道他是何许人也。其实,这时的莫言已经发表了好几篇短篇小说,其中《民间音乐》受到了大宗师孙犁老的赞赏。怎奈我孤陋寡闻,竟不知小子已有如此文学功力了。

于是,我就打电话给徐怀中老师,跟他要了军艺文学系的电话,后电话约好了莫言。

那时,北京的冬天很寒冷,骑自行车戴皮套还会手冷。我先到军艺莫言的宿舍，和他及他的同学施放、李本深、金辉认识了一下，说了我的打算，要他们想想说点什么。之后，我和莫言去徐怀中家里。徐怀中是很有成就的文学大家，也非常扶持年轻的作者，非常有亲和力。我既是他的小说读者，也算是他的后生晚辈，包括军艺文学系第二任主任王愿坚（我在他家里蹭过饭），我是读着他们的作品成长的，我非常钦敬他们的成就和人格魅力。

我和莫言骑自行车横穿马路时，他被一辆大卡车刮倒了，我当时吓得半死，莫言的脸也白了。过后，莫言说我的脸吓白了。我不知道我这张马脸吓白了是个啥模样儿，但我知道这一定不是虚言。因为当时我俩面对面地在马路边上抽烟，平复心境，我特意观察了莫言的脸，他的脸长着一对小眼睛，把脸突出得很大，把额头也突出得很辽阔。这憨实厚道的脸相，是一颗睿智头颅的门脸儿。他还不到30岁，要出点事故，怎能不让我的脸吓白了？

我和莫言到了徐怀中家中，说明了意图，徐老就说明天上午没课，就是明天吧，大家就这篇小说说道说道。

第二天，我从社里借了个四喇叭的录音机，骑着自行车去军艺。这是个大风天。刮着西北风，从沙滩到魏公村正是顶风。那时当编辑去外面办事儿，代步工具我只有自行车。七八公里的路，顶风骑车，说实话挺遭罪的，何况我还提着个体积挺大的录音机，引得路人驻足。那时有小品把小青年提录音机在街头耍给幽默了，我想我的样子也是傻傻的。但没办法，这是我当编辑的份内事儿，必须做。

到了莫言的宿舍，徐怀中老师、施放、李本深、金辉和莫言都在，我就打开了录音机，徐老师主持着讨论会。与他的三位室友比，莫言不善辞令，施放、李本深、金辉这三位老兄弟都健谈，尤其是侃自己专业内的事就更有话说，一句递一句侃得极热闹。我的印象是，谈到了莫言的风格追求、美学追求，还有文学的模糊性问题、神秘性问题、距离感问题等等，谈得细致、深入、透彻。我听着这场对话特别受启发，对我所从事的文学期刊编辑的工作，应该说获益匪浅。施放、李本深、金辉后来也都成为中国文坛上很有成就的作家。最后，徐怀中老师做了个总结，非常肯定《透明的红萝卜》，断言莫言已经初步形成了他自己的一种色调和追求。徐老师以一位成熟作家的思考下的断语，被日后莫言的创作所完全证实。我一直认为莫言除了他自己的天分、才能、勤奋而外，也有幸运的成分，他的幸运就是幸运地遇上了徐怀中这样的良师益友，在他最需要被肯定的时候，得到了徐怀中老师不同寻常的肯定。

我把录音带留给了莫言，请他整理成文字。后来，我把整理的文字稿子修理了修理，我们用徐怀中老师的话《有追求才有特色》做了标题，与《透明的红萝卜》一同在《中国作家》创刊后的第二期发表了。

大约是在二校的时候，我请印厂的师傅们多打了几份《透明的红萝卜》的校样，分送给当时最有影响的评论家，开始准备作品讨论会。其中，我最看重的是李陀。我记得我骑自行车到东大桥李陀的寓所，把清样送给他，请他务必仔细看一看并准备发言。我为什么这样郑重其事呢？因为我觉得李陀最前卫、最有眼光、也最敢谈新观点。我特别期待李陀能肯定莫言的创作。同时，我也担心有评论家不待见莫言这样的创作，也指望李陀能力排众议。

刊载《透明的红萝卜》的这期刊物在1985年4月11日出刊，我就到离沙滩最近的华侨大厦租会议室，订午餐。一星期后，在华侨大厦二层的一间会议室里开作品讨论会，有20多人出席，规模不算大，但都是文坛耆宿和文坛新锐。规模不大的原因是1200元钱，拿不下3桌饭和会场。老主编冯牧主持了会议。会议上午8点半开到将近12点结束，讨论很热闹，也给予了作品充分肯定。我特别欣慰的是，听到了我期待的李陀肯定的话。

过后，莫言又给了《中国作家》两个短篇小说，虽然都刊登了，但在莫言的创作中，其重要性都不能与《透明的红萝卜》相比。由这部中篇起，莫言先后在《解放军文艺》、《人民文学》发了"红高粱家族"系列，之后他长枪、短枪、不长不短的枪一块使，成为20年来屹立在中国文坛上的常青树，并且结出累累硕果。我为中国文坛有这样的作家而欣慰。

这里我得说明一下，《透明的红萝卜》文字不是我编的，我只是为这篇小说做了一点活动上的具体组织。那以后，我去过两次军艺看莫言，有一次在他那里吃饭，就到食堂吃。那时候大家都没钱，我一个月60元钱，而莫言的津贴费也不多。可即使这样，莫言知道我好酒，还特意给我买了两瓶啤酒，就着白菜炒肉片、芹菜花生米喝了。这莫言老弟真是个重情重义的人。实际上，我和莫言以后十几年都没联系过，期间他应我们老章之约给过《中国作家》稿子，他跟《中国作家》的情谊，真的是很深。

20多年来，我跟他的联系极少，1999年在他的平安里家中做过一次客，吃了一顿午餐，这又是别有滋味儿。这年头朋友聚会，都怕麻烦，都去酒馆饭店吃喝一顿，能到家里吃上一顿，已经是规格很高的待遇了。想想我与莫言的交往不多，可能是他不爱抽烟不爱喝酒，而我又是个没酒不说话的家伙，这大约是个障碍。虽然交少言浅，但莫言常常令我心动，这人你仅仅帮过他一点点，他会深深地记住。前几天，莫言给我发来一条手机短信，照录在此：

"立军兄，知道你在办公室，但还是用短信吧。前些天高密老家来人说要建什么'莫言研究会',力拒不止,征集手稿。我一直没留意保存这些玩意儿。想起在贵刊发表过小说,贵刊是国家级刊物,制度健全,原稿定会保存,因此烦兄代为周旋,能否将《透明的红萝卜》手稿和《白狗秋千架》手稿还我?筑路送给兄做纪念。《透明的红萝卜》凝结着我们的友谊和生死惊险,我会制作复件赠你。我自然会守口如瓶,不给刊物招致麻烦。望兄成全,如实在困难也就罢休。"这就是莫言,总为别人着想的莫言,真情真义的莫言,常常令我感动的莫言。

可是晚了,《中国作家》积累的作家的手稿,三年前就全捐给了现代文学馆,我已无力助他这一心愿了。

友情如鞭

■ 毕淑敏

一次，一个陌生口音的人打电话来，请求我的帮助，很肯定地说我们是朋友（我们就称他 D 吧），相信我一定会伸出援手。我说我不认识你啊。D 笑笑说，我是 C 的朋友。我不由自主地对着话筒皱了皱眉，又赶紧舒展开眉心。因为这个 C 我也不熟悉，幸好我们的电话还没发展到可视阶段，我的表情传不过去，避免了双方的尴尬。

可能是听出我话语中的生疏，D 提示说，C 是 B 的好朋友啊。

事情现在明晰一些了，这个 B，我是认识的。D 随后又吐出了 A 的姓名，这下我兴奋起来，因为 A 确实是我最要好的朋友之一。

D 的事很难办，须用我的信誉为他作保。我不是一个太草率的人，就很留有余地地对他说，这件事让我想一想，等一段时间再答复你。

想一想的实质——就是我开始动用自己有限的力量，调查 D 这个人的来历。我给 A 打了电话，她说 B 确实是她的好友，可以信任的。随之 B 又给 C 作了保，说他们的关系非同一般，尽可以放心云云。然后又是 C 为 D 投信任票……

总之，我看到了一条有迹可循的友谊链。我由此上溯，亲自调查的结果是：ABCD 每一个环节都是真实可信的。

我的父母都是山东人，虽说我从未在那块水土上生活过，但山东人急公好义的血浆，日夜在我的脉管里奔腾。我既然可以常常信任偶尔相识的路人，又有什么理由不相信自己朋友的朋友呢？

依照这个逻辑，我为 D 作了保。

结果却很惨。他辜负了我的信任，是个见利忘义的小人。

愤怒之下，我重新调查了那条友谊链，我想一定是什么地方查得不准，一定是有人成心欺骗了我。我要找出这个罪魁，吸取经验教训。

调查的结果同第一次一模一样，所有的环节都没有差错，大家都是朋友，每一个人都依旧信誓旦旦地为对方作保，但我们最终陷入了一个骗局。

问题出在哪里呢？我久久地沉思。如果我们摔倒了，却不知道是哪一块石头绊倒了我们，这难道不是比摔倒更为懊丧的事情吗？

那条友谊链在我的脑海里闪闪发光，它终于使我怀疑起它的含金量来了。

这世上究竟有多少东西可以毫不走样地一代一代地传递下去？嫡亲的骨肉，长相已不完全像他的父母。孪生的姊妹，品行可以天壤之别。遗传的子孙，血缘能够稀释到 1/16、1/32。同床的伴侣，脑海中缥缈的梦境往往是南辕北辙。高大的乔木，可以因为环境的变迁，异化为矮小的草丛。橘树在淮南为橘而甜，移至淮北变枳而酸。甚至极具杀伤性的放射元素，也有一个不可抗拒的衰变过程，在亿万年的黑暗中，蜕变为无害的石头……

人世间有多少不以人的意志为转移的规律，其中也包括了我们最珍爱的友谊。

友情不是血吸虫病，不能凭借口口相传的钉螺感染他人。兵无常势，水无常形。变是常法，要求友谊在传递的过程中，像复印一般的不走样，原是我们一厢情愿的幼稚。

道理虽是想通了，但情感上总是挽着大而坚硬的疙瘩。我看到友情的传送带，在寒风中变色。信任的含量，第一环是金，第二环是锡，第三环是木头，到了 C 到 D 的第四环，已是蜡做的圈套，在火焰下化作烛泪。

现代人的友谊如链如鞭。它羁绊着我们，抽打着我们。世上处处是朋友，我们一天在各式各样友情的旋涡中浮沉。几乎每一个现代人，都曾被友谊之链套牢，都曾被友谊之鞭击打出血痕。

于是我常常在白日嘈杂的人群中厌恶友情，羡慕没有友谊只有利益的世界。虽然冷酷，然而简洁。

到了月朗星稀的夜半，当孤寂的灵魂无处安歇时，我又如承露的铜人一般，渴盼着友人自九天之上洒下琼浆。

现代人的友谊，很坚固又很脆弱。它是人间的宝藏，须我们珍爱。友谊的不可传递性，决定了它是一部孤本的书。我们可以和不同的人有不同的友谊，但我们不会和同一个人有不同的友谊。友谊是一条越掘越深的巷道，没有回头路可以走的。刻骨铭心的友谊也如仇恨一样，没齿不忘。

友谊是一种易变的东西，假如它不是变得更好，就是不可抑制地变坏了，甚至极快地消亡。有时，在很长一段岁月里，友谊似乎是一成不变的，保持很稳定的状态。这是友谊正在承受时间的考验。

这个世界日新月异。在什么都是越现代越好的年代里，惟有友谊，人们保持着古老的准则。朋友就像文物，越老越珍贵。

友谊是一种生长缓慢的植物，砍伐它只需要一斧一瞬，培育它则需一世一生。仿佛也有像泡桐一样速生的友谊，但它也像泡桐一样，算不得上好的木材。当然，也有在刹那间酿出友谊的醇酒的，但那多需要极严酷的环境，或是泰山压顶，或是血刃封喉，于平常人是不大相干的。

友谊说起来是极宽广极忠厚的襟怀,其实又是很自私的。它的不可转让性就是明证。它只是一个个体对另一个个体单枪匹马的承诺,时间地点都有严格的限制,馈赠不得的。

在老家是朋友,到了深圳就不一定是朋友。穷的时候是朋友,富了以后很可能就谁也不认识谁了。小的时候是朋友,老的时候或许形同陌路。不信掏出我们每个人的电话簿,你就会发现,前些年经常联系的友人,现在已不知他们飘零何方。有些人已经反目,我们甚至不愿意再看到他们的名字。人为什么要不断地更换电话簿,我以为这是其中一个很重要的原因。

友谊还需滋养。有的人用钱,有的人用汗,还有的人用血。友谊是很贪婪的,绝不会满足于餐风饮露。友谊最简朴同时也是最奢侈的营养,是需要用时间去灌溉的。友谊必须述说,友谊必须倾听。友谊必须交谈的时刻双目凝视,友谊必须倾听的时分全神贯注。友谊有的时候是那样脆弱,一个不经意的言辞,就会使大厦顷刻倒塌。友谊有的时候是那样容易变质,一个未经证实的传言,就会让整盆牛奶变酸。

友谊之链不可继承,不可转让,不可贴上封条保存起来而不腐烂,不可冷冻在冰箱里永远新鲜。

正确地讲,友谊是没有链的,有的只是一个个孤立的小环。它为我们度身而做,就像神话中的水晶鞋,换一只脚就套不进去。它是一种纯粹个人栽植的情感树,树上只结一个果子,叫做信任。

红苹果只留给灌溉果树的人品尝。

别的人摘下来尝一口,很可能酸倒了牙。

怀念孙犁先生

■ 铁 凝

上世纪60年代后期,因为时局的不稳定,也因为父母离家随单位去做集体性的劳动改造,我作为一个无学可上的少年,寄居在北京亲戚家。革命正在兴起,存有旧书、旧画报的人家为了安全,尽可能将这些东西烧毁或者卖掉。我的亲戚也狠卖了一些旧书,只在某些照顾不到的地方遗漏下零星的几册,比如床缝之间,或角落里的一张桌子腿儿底下……我的身高和灵活程度很适合同这些地方打交道,不久我便发现了丢落在这些旮旯里的旧书,计有《克雷洛夫寓言》、《静静的顿河》电影连环画等等,还有一本书脊破烂、作者不详、没头没尾的厚书,在当时的我看来应属于长篇小说吧。我胡乱翻起这本"破书",不想却被其中的一段叙述所吸引。也没有什么特别,那只是对一个农村姑娘出场的描写。那姑娘名叫双眉,作者写她"哧哧的笑声",写她抱着一个小孩用青秋秸打枣,细长身子,乌黑明亮的头发披在肩上,红线白线紫花线合织的方格子上衣,下身是一条短裤,光脚穿着薄薄的新做的红鞋。她仰头望着树尖,脸在太阳地里是那么白,眼睛是那么流动……细看,她脸上搽着粉,两道眉毛那么弯弯的,左边的一道却只有一半,在眼睛上面,秃秃地断了……以我当时的年龄,还看不懂这小说的时代背景是土改时期,不知道这双眉因为相貌出众,因为爱说爱笑,常遭村人的议论。吸引我的是被描绘成这样的一个姑娘本身。特别是她的流动的眼和突然断掉一半的弯眉,留给我既暧昧又神秘的印象,使我本能地感觉这类描写与我周围发生的那场革命是不一致的。正因为不一致,对我更有一种"鬼祟"的美的诱惑。那年我大约十一岁。多年以后我才知道这本"破书"的作者是孙犁先生,双眉是他的中篇小说《村歌》里的女主人公。

我产生要当作家的妄想是在初中阶段。我的家庭鼓励了我这妄想。父亲为我开列了一个很长的书目,并四处奔走想办法从已经关闭的市级图书馆借出那些禁读的书。在父亲喜欢的作家中,就有孙犁先生。为了验证我成为作家的可能性,父亲还领我拜会了他的朋友、《小兵张嘎》的作者徐光耀老师。记得有一次徐光耀老师对我说,在中国作家里你应该读一读孙犁。我立即大言不惭地答曰:孙犁的书我都读过。徐光耀老师又问:你读过《铁木前传》吗?我说,我差不多可以背诵。那年我十六岁。现在想来,以那样的年龄说出这样一番话,实在有点不知深浅。但能够说明的,是孙犁先生的作品在我心中的位置。

时至今日,我想说,徐光耀是我文学的启蒙老师。他在那个鄙弃文化的时代里对我的写作可能性的果断肯定和直接指导,使我敢于把写小说设计成自己的重要生活理想;而引我去探究文学的本质,去领悟小说审美层面的魅力,去琢磨语言在千锤百炼之后所呈现的润泽、力量和奇异神采的,是孙犁和他的小说。

那时还没有"追星族"这种说法,况且把孙犁先生形容成"星"也十分滑稽。我只像许多文学青年一样,迷恋他的文字带给我们的所有愉悦,却没有去认识这位大作家的奢望。但是一个机会来了。1979年,我从插队的乡村回到城市,在一家杂志做小说编辑,业余也写小说。秋天,百花文艺出版社准备为我出版第一本小说集,我被李克明、顾传菁两位编辑热情请去天津面谈出版的事。行前已故作家韩映山嘱我带封信给孙犁先生。这就是我的机会,而我却面露难色。可以说,这是我没有见过世面的本能反应;也因为,我听人说起过,孙犁的房间高大幽暗,人很严厉,少言寡语,连他养的鸟在笼子里都不敢乱叫。向我介绍孙犁的同志很注意细节的渲染,而细节是最能给人以印象的。我无法忘记这点:连孙犁的鸟都怕孙犁。韩映山看出了我的为难,指着他家镜框里孙犁的照片说:"孙犁同志……你一见面就知道了。"

我带了信,在秋日的一个下午,由李克明同志陪同,终于走进了孙犁先生的"高墙大院"。这是一座早已失却规矩和章法的大院,孙犁先生曾在文章里多次提及,并详细描述过它的衰败经过。如今各种凹凸不平的土堆、土坑在院里自由地起伏着,稍显平整的一块地,一户人家还种了一小片黄豆。那天黄豆刚刚收过,一位老人正蹲在拔了豆秸的地里聚精会神地捡豆子。我看到他的侧面,已猜出那是谁。看见来人,他站起来,把手里的黄豆亮给我们,微笑着说,"别人收了豆子,剩下几粒不要了。我捡起来,可以给花施肥。丢了怪可惜的。"

他身材很高,面容温厚,语调洪亮,夹杂着淡淡的乡音。说话时眼睛很少朝你直视,你却时时能感觉到他的关注或说观察。他穿一身普通的灰色衣裤,当他腾出手来和我握手时,我发现他戴着一副青色棉布套袖。接着他引我们进屋,高声询问我的写作、工作情况。我很快就如释重负。我相信戴套袖的作家是不会不苟言笑的,戴着套袖的作家给了我一种亲近感。这是我与孙犁先生的第一次见面。

其后不久,我写了一篇名叫《灶火的故事》的短篇小说,篇幅却不短,大约一万五千字,自己挺看重,拿给省内几位老师看,不料有看过的长者好心劝我不要这样写了，说"路子"有问题。我心中偷偷地不服，又斗胆将它寄给孙犁先生，想不到他立即在《天津日报》的《文艺》增刊上发了出来，《小说月报》也很快作了转载。当时我只是一个刚发表几篇小说的业余作者，孙犁先生和《天津日报》的慷慨使我对自己的写作"路子"更加有了信心。虽然这篇小说在技术上有着诸多不成熟，但我一向把它看做自己对文学的深意有了一点真正理解的重要开端，也使我对孙犁先生永远心存感激。

我再次见到孙犁先生是次年初冬。那天很冷，刮着大风。他刚裁出一沓沓粉连纸，和保姆准备糊窗缝。见我进屋，孙犁先生迎过来第一句话就说："铁凝，你看我是不是很见老？我这两年老得特别快。"当时我说："您是见老。"也许是门外的风、房间的清冷和那沓糊窗缝用的粉连纸加强了我这种印象，但我说完很后悔，我不该迎合老人去证实他的衰老感。接着我便发现，孙犁先生两只袄袖上，仍旧戴着一副干净的青色套袖，看上去人就洋溢着一种干练的活力，一种不愿停下手、时刻准备工作的情绪。这样的状态，是不能被称做衰老的。

我第三次见到孙犁先生，是和几位同行一道。那天他没捡豆粒，也没糊窗缝，他坐在写字台前，桌面摊开着纸和笔，大约是在写作。看见我们，他立刻停下工作，招呼客人就坐。我特别注意了一下他的袖子，又看见了那副套袖。记得那天他很高兴，随便地和大家聊着天，并没有摘去套袖的意思。这时我才意识到，戴套袖并不是孙犁先生的临时"武装"。一副棉布套袖到底联系着什么，我从来就说不清楚。联系着质朴、节俭？联系着勤劳、创造和开拓？好像都不完全。

我没有问过孙犁先生为什么总戴着套袖，若问，可能他会用最简单的话告诉我是为了爱护衣服。但我以为，孙犁先生珍爱的不仅仅是衣服。为什么一位山里老人的靛蓝衣裤，能引他写出《山地回忆》那样的名篇？尽管《山地回忆》里的一切和套袖并无瓜葛，但它联系着织布、买布。作家没有忘记，战争年代山里一个单纯、善良的女孩子为他缝过一双结实的布袜子。而作家更珍爱的，是那女孩子为缝制袜子所付出的真诚劳动和在这劳动中倾注的难以估价的感情，倾注的一个民族坚忍不拔、乐观向上的天性。滋养作家心灵的，始终是这种感情和天性。所以，当多年之后，有一次我把友人赠我的几函宣纸精印的华笺寄给孙犁先生时，会收到他这样的回信，他说："同时收到你的来信和惠赠的华笺，我十分喜欢。"但又说："我一向珍惜纸张，平日写稿写信，用纸亦极不讲究。每遇好纸，笔墨就要拘束，深恐把纸糟蹋了……"如果我不曾见过习惯戴套袖的孙犁先生，或许我会猜测这是一个名作家的"矫情"，但是我见过了戴着套袖的孙犁，见过了他写给我的所有信件，那信纸不是《天津日报》那种微黄且脆硬的稿纸就是邮局出售的明信片，信封则永远是印有红色"天津日报"字样的那种。我相信他对纸张有着和对棉布、对衣服同样的珍惜之情。他更加珍重的是劳动的尊严与德行，是人生的质朴和美丽。

我第四次与孙犁先生见面是 2001 年 10 月 16 日。这时他已久病在床，住医院多年。我知道病弱的孙犁先生肯定不希望被频频打扰，但是去医院看望他的想法又是那么固执。感谢《天津日报》文艺部的宋曙光同志和孙犁的女儿孙晓玲女士，他们满足了我的要求，细心安排，并一同陪我去了医院。病床上的孙犁先生已是半昏迷状态，他的身材不再高大，他那双目光温厚、很少朝你直视的眼睛也几近失明。但是当我握住他微凉的瘦弱的手，孙晓玲告诉他"铁凝看您来了",孙犁先生竟很快做出了反应。他紧握住我的手高声说:"你好吧?我们很久没有见面了!"他那洪亮的声音与他的病体形成的巨大反差,让在场的人十分惊异。我想眼前这位老人是要倾尽心力才能发出这么洪亮的声音的,这真挚的问候让我这个晚辈又难过,又觉得担待不起。在四五分钟的时间里,我也大声说了一些问候的话,孙犁先生的嘴唇一直嚅动着,却没有人能知道他在说什么。在他身上,盖有一床蓝底儿小红花的薄棉被,这不是医院的寝具,一定是家人为他缝制的吧,真的棉布里絮着真的棉花。仿佛孙犁先生仍然亲近着人间的烟火,也使呆板的病房变得温暖。

这是我最后一次见到孙犁先生。

"我们很久没有见面了!"直至2002年7月10日孙犁先生逝世,我经常想起孙犁先生在病床上高声对我说的话。

我想,我已经很久没读孙犁先生的小说了,当今中国文坛很久以来也少有人神闲气定地读孙犁了。春天的时候,我因为写作关于《铁木前传》插图的文章,重读了《铁木前传》。我依然深深地受着感动。原来这部诗样的小说,它所抵达的人性深度是那么刻骨;它的既节制、又酣畅的叙述所成就的气质温婉而又凛然;它那温馨而又讲究的语言,以其所呈现的素朴大方使人不愿错过每一个字。当我们回顾《铁木前传》的写作年代,不能不说它的诞生是那个时代的文学奇迹;而今天它再次带给我们的陌生的惊异和真正现实主义的浑厚魅力,更加凸现出孙犁先生这样一个中国文坛的独特存在。《铁木前传》的出版距今45年了,在45年之后,我认为当代中国文坛是少有中篇小说能够与之匹敌的。孙犁先生对当代文学语言的不凡贡献,他那高尚、清明的文学品貌对几辈作家的直接影响,从未经过"炒作",却定会长久不衰地渗透在我的文学生活中。

以我仅仅同孙犁先生见过四面的微薄感受，要理解这位大家是困难的。他一直淡泊名利，自寻寂寞，深居简出，粗茶淡饭，或者还给人以孤傲的印象。但在我的感觉里，或许他的孤傲与谦逊是并存的，如同他文章的清新秀丽与突然的冷峻睿智并存。倘若我们读过他为《孙犁文集》所写的前言，便会真切地知道他对自己有着多少不满。因此我更愿意揣测，在他"孤傲"的背后始终埋藏着一个大家真正的谦逊。没有这份谦逊，他又怎能甘用一生的时间来苛刻地磨砺他所有的篇章呢。1981年孙犁先生赠我手书"秦少游论文"一帧：

> 采道德之理述性命之情发天人之奥明死生之变此论理之文如列御寇庄周之作是也别黑白阴阳要其归宿决其嫌疑此论事之文如苏秦之所作是也考同异次旧闻不虚美不隐恶人以为实录此叙事之文如司马迁班固之所作是也

我想，这是孙犁先生欣赏的古人古文，是他坚守的为文为人的准则，他亦坦言他受着这些遗产的涵养。前不久我曾经有集中的时间阅读了一些画家和他们的作品，我看到在艺术发展史上从来就没有自天而降的才子或才女。当我们认真凝视那些好画家的历史，就会发现无一人逃脱过前人的影响。好画家的出众不在于轻蔑前人，而在于响亮继承之后适时的果断放弃。这是辛酸的，但是有欢乐；这是"绝情"的，却孕育着新生。文章之道难道不也如此吗。孙犁先生对前人的借鉴沉着而又长久，他却在同时"孤傲"地发掘出独属于自己的文学表达。他于平淡之中迸发的人生激情，他于精微之中昭示的文章骨气，尽在其中了。大师就是这样诞生的吧。

在前人留给人类宝贵的文化遗产和丰富的文学遗产面前,我再次感到自己的单薄渺小,也再一次对某些文化艺术界的"狂人"那种前无古人、后无来者的莫名其妙的自大生出确凿的怀疑。

在我为之工作的河北省作家协会,有一座河北文学馆,馆内一张孙犁先生青年时代的照片使很多人过目不忘。那是一张他在抗战时期与战友们的合影,一群人散坐在冀中的山地上,孙犁是靠边且偏后的位置。他头戴一顶山民的毡帽,目光敏感而又温和,他热情却是腼腆地微笑着。对于今天的我们,对于只同他见过四面的我,这是一个遥远的孙犁先生。然而不知为什么,我越来越相信病床上那位盖着碎花棉被的枯瘦老人确已离我们远去,近切真实,就在眼前的,是这位头戴毡帽、有着腼腆神情的青年和他的那些永远也不会颓败的篇章。

我的青梅竹马

■ 毕飞宇

在我所有的朋友当中,最具戏剧性的朋友是朱燕玲。

1989年,那时候我还没有在刊物上发表过一个字,我把我的一个中篇寄到"《花城》编辑部"去了。和我所有的稿件一样,我的小说在《花城》编辑部那头没有任何消息——后来我知道了,1990年的下半年,《花城》编辑部的稿件业已堆积如山,都摞在地板上了,他们决定"清仓"。戏剧性就在清仓的这一天出现了。一个年轻的女编辑动了恻隐之心,想,再翻一翻吧,也许还有合适的稿子呢,别漏了。她就蹲在地板上,一篇一篇地翻。这一翻就把一个叫《孤岛》的小说给翻出来了。这个年轻的女编辑就是朱燕玲,而《孤岛》就是我的处女作。

从理论上说,这个时候我应当花上冗长的篇幅来赞美我的伯乐才对。可是,我有更重要的话要说。朱燕玲蹲在地板上,作出了一个匪夷所思的判断,她认定了《孤岛》的作者是"七十来岁的样子"。她给我来了一封信,语调是客套的,也许还是尊老的。我读着她的信,看着她又瘦又硬的笔迹,同样得出了匪夷所思的结论,朱燕玲有可能五十出头了。之所以没敢把她猜得太老,因为每一个人都知道,六十岁是要退休的。所以,我克制了我的喜悦,给朱燕玲回了一封信,语气更客套、更尊老。两个"老人"就这样有了书信上的来往,彼此那个客气得啊,像款款的夕阳,温馨又从容。

终于有一天，朱燕玲要来南京了。我问她到南京"有什么事"，朱燕玲用她又瘦又硬的笔迹告诉我："我回家，我就是南京人哪！"天哪，这么巧，她居然就是南京人。她在广州，我在南京，因为一篇小说，我们终于走到一起来了。

我们就这样在南京见面了。我骑了足足有一个小时的自行车。这真是一次戏剧性的见面，我们都惊讶于对方的年轻。因为年轻，又因为燕玲太漂亮，我一下子就不知所措了。要知道，在心理上，我已经做好了和"长辈"见面的打算，可结果呢，燕玲只有二十多岁，差不多和我同龄——作为一个年轻的作者，我多么渴望我的伯乐是一位白发苍苍的、满面皱纹的、德高望重的长者。可燕玲这么小，这么漂亮，很不对劲了。我的虚荣心受到了挫折。你朱燕玲怎么也不该是《花城》编辑部的编辑。

我终于被这样的结果弄得古怪了，也许燕玲也一样地古怪。燕玲说："坐吧。"我就坐。燕玲说："喝水吧，"我就喝水。我记得整整一个下午我都"坐"在燕玲家的客厅里，认认真真地、同时还全力以赴地"喝水"。在这里我有必要交代一下当时的文化背景，那时候，年轻可不是什么好东西，每一个年轻人都眼巴巴地渴望着自己能够老一点——只有这样，我们才能够够"分量"。燕玲对我有知遇之恩，她年轻，我不能责怪人家什么，那么，剩下来的我只有自责了。我居然利用小说把自己弄得很有"分量"，我对不起燕玲。

作为一个写小说的，我要说，遇上燕玲实在是我的幸运。她的认真和善良帮助了一代又一代的文学青年。她不能容忍任何一个小说家在她的"手上"被埋没了。她的眼光始终与众不同。她从来就不相信所谓的名气。如果不是这样，又怎么可能有我呢？我当然不会认为我有多么了不起，但是，有一句话我必须要说，没有朱燕玲就没有我。我至今保留了她以《花城》编辑部的名义给我写来的信。假使当初没有这封信，我现在是怎样的呢？老实说，我很后怕。要知道，在燕玲发表我处女作的时候，退稿已经退得我快发疯了。你越是有信心，你越是要发疯。是燕玲第一个从黑暗当中向我伸出她的手。

　　燕玲在广州，我在南京。照理说，我和燕玲能够相识，命运对我已经很关照了。可是，没完。我已经说过了，在我所有的朋友当中，朱燕玲是最具戏剧性的一个。1999年，我在南京买了新房子。新房子的地点很不错，楼群的下面有一个巨大的广场。2000年的某一天，我带着孩子在广场上散步，突然发现一个女人朝我走来了——她的手上同样搀着一个孩子。她在对着我微笑。我认识这个女人的，我一定认识这个女人的，可我就是不敢相信。好半天之后，我确信了，她是燕玲。我们本来已经约好了，我们在第二天的下午到茶馆里见面。可是，老天爷没有让我们等。老天爷在家门口以一种家常的方式让我们见面了。我惊喜地问燕玲，你为什么会在这里？燕玲说，她的父亲在这里买了房子——你为什么会在这里？天哪，天底下会有这样巧合的事么？如果这个故事是一个小说家写的，我会谴责这个小说家的低能。可是，生活就是这样。原原本本的，就是这样。我和燕玲居然在南京做起了邻居。我一把拉住燕玲，说："我们可真是青梅竹马。"燕玲完全同意我的看法。是的，青梅竹马。都这样了，不是青梅竹马还能是什么？

　　就因为写作，燕玲，我有了你这样的朋友，我们一家都有了你这样的朋友。谁说一个作家的写作只是写出了几部作品？我爱写作，是写作拓宽了我的整个人生。

　　最后我要补充一句,年轻的朋友们千万不要以为我和燕玲是青梅竹马就委托我给《花城》寄稿件。没用。我都试过好几次了,燕玲没给过我一次脸面。唉,在稿件面前,这个女人真是六亲不认的。

死的光追上了他
——忆顾城

■ 王小妮

死,像一缕美丽的紫光,紧紧追踪着他。

如果真是顾城的朋友都会说,顾城能在这个世界上熬到今天,熬到三十七岁,已经相当艰难了。

顾城矮矮的身材,明亮的眼睛都将消失。他把诗和难过留下来。从此,我们将再也没有他编造的通话可以读,再也收不到他简短有趣的信——我们的生命,诗人的生命是多么不堪蹂躏。

八〇年的夏天,第一届青春诗会,我和顾城在北京虎坊桥诗刊社的小院子里认识。后来的四十多天中天天见面,都是不会说话的人,他给人的印象就是铁窗后面的"小萝卜头"。不过,他的那一年很高兴,他看见了窗外的蝴蝶。

顾城从来没有过正式的工作。他打过零工,他吹嘘他做过木匠。我想,那也绝不是制作大柜子的木匠,他恐怕只会用小学生的刻纸刀,在木块上刻些昆虫飞鸟。

顾城绝没有木匠的力气。坐在墙角落里文静地愣着神,给艾青、邵燕祥、袁可嘉们画着速写,自己笑着。我都怀疑他会不会跑,会不会喊。

顾城从八岁开始写诗。十几年,从未被人承认过。只有他自己宣称他是个诗人。直到八〇年,所谓"朦胧诗"几经风波,他才得以有限度地在国家正式出版物上发表诗歌。有了每首诗几元钱的稿费。他又刚刚在一九七九年的夏天，在京沪线火车上与小姑娘谢烨一见钟情，所以，我说，一九八〇也许是顾城最高兴的一年。我说，他看见窗外飞舞着蝴蝶。

这之后，八三年春天，在贵州遵义诗会上，又见到顾城，他把谢烨介绍了。到现在，我也不能忘记她甜果子一样的大眼睛。不能忘记她的大眼睛眨着，是用来笑的。

顾城仍旧没有工作，谢烨也离开了上海的工厂。顾城的眼神里让人感到一丝忧郁。顾城说，他没有工作，谢烨跟了他，生活上将毫无保障，她家里又极力反对这一婚事。并且，他说，他要在上海买房子才能得到她。买房子的价钱在八三年肯定是吓人的。

我记得顾城用成人的忧虑说：将来，我们也会生病，也会老，两个无业人员，又没有公费医疗——

他这些话当然是被我整理了的。顾城不会这样连贯地表达。他一直没有连贯思维的能力。

当时，我暗暗想，顾城怎么会想到老，想到死，想到病，它们离我们还相当相当远。

记忆中，遵义宾馆的晚上古朴又寂静，树木葱葱，谢烨拿着顾城的睡帽，在幽深的园子里四处叫着：城，城！

当地的诗歌爱好者，全部是二十几岁的青年，叫我们去聊诗。他们引我们上一座快坍塌的木楼，我们的脚步使那朽木的楼梯咕咚咕咚地响，我们一行人太多了，有北岛、杨炼、顾城夫妇、魏志远和骆耕野，楼都颤了。

顾城谈诗全是乱的，片片断断，不顾听众的兴趣，只是自己说。不想其余的人，充满了严密和玩理论的味道。

聊够了回宾馆。宾馆在十点钟就锁上了铁门,我们全部很狼狈地跳铁栅门进去。顾城爬得最险,他笨手笨脚,行动缓慢,他急了,就向谢烨求助。谢烨与我们都已经落到了宾馆的里面。大家看顾城的笑话,只有谢烨,张开双手,向发抖着的两扇大铁门,高叫着:城,城!

从贵州又去成都,在火车上,朋友们都说顾城最近到处发诗,理所应当要请客。顾城说,到成都请我们去吃"抄手",谢烨听了,便窃窃地笑。我想,看来抄手不是什么好东西。后来才知道,"抄手"不过是馄饨,就都骂顾城狡猾兼吝啬。结果,到了都江堰,顾城被迫请我们吃了正式的一餐。

我记得用了十一元钱。在顾城已经很吃力了。

离开成都前,似乎有编辑要我们留下作品。我记得几个人给闷在一间大房子里憋诗。我写完了。顾城回过头来,说:我要是能写这么快就好了。

他说他每天早上六点半起床,开始写作,一坐下来就是整整一天。他拉开椅子,坐下来给我示范,把腿和脚都摆正在桌子下面,端端正正地更像一个小学生。他说他要整天坐着炮制诗。

当时,我不理解:像这么写,岂不是写坏了自己。

在今天看,从当时至今的中国文人,诗人中,顾城是最早被生活所迫,卖文为生的。

即使在今天,顾城的诗仍然可能被视为异己,被人以看不懂为由而退稿。那些强大的人,他们选择的对象,对手,不过一个矮矮的孩子。

而且,在今天,诗已经绝对不能糊口了。

再一次见到顾城是八三年,在桂林。还是没有工作,手上还拮据。

一只碗里盛六只田螺,谢烨在小摊档边守着,说她很想吃。我记得一碗只要一毛钱。

桂林诗会安排我们去游漓江,我们坐在船头上,看见江在流,鱼鹰在飞。岸边,有偶尔几间农民的草房,我们就指指点点,把它们一间间分封了。顾城好像说,他想住在两层楼的草房,我只记得深切的是,他说,我们将来就住在这儿,两家做个邻居,一个月左右互相致意一次,将来,老了也在这儿,看着这一江的水。

谢烨听了欢欣鼓舞。顾城的童话全部都能使她高兴,他们是一对活在幻觉里的孩子。

第二年,知道顾城夫妇出国了。听说费了许多周折。他的出走,在中国"朦胧"诗人中是比较早的。

八九年九月,杨炼从澳洲写信来,说,见到了顾城,家里添了个白白胖胖的小顾城。经济上已经不再那么窘迫。

后来,又有王安忆说,顾城在新西兰孤岛上养鸡。当时,许多中国青年知识分子都向往到国外去,向往那里的"绝对自由",而我想,国外对许多人可能不适合,而顾城是特殊的,他不擅于与人打交道,他会喜欢新西兰的大草原,他会喜欢他养的每一只小鸡。

然而,这一天终于迫近!

终于,金钱、自由、大自然和诗,都不再能够拯救他。顾城突然在一九九三年十月七日,在新西兰的奥特兰地区离开了这个他不明白,看不清的世界。

死是惊人的。

对于死,人人可以有自己的议论。但是,对顾城是个例外,希望人们从善良出发,从诗人被折磨的灵魂出发,不要说,事发太突然。我们让他平静地回到天堂里去,那里才是他自己的家。

死，对于顾城，是自然和美妙的。

我曾经不相信这个消息，但，我在新加坡报纸上见到了顾城的遗容。他的眼睛是关闭着的。我不敢深看那张图片，我在躲避的时候，又为谢烨惋惜，一个曾经崇拜相声演员姜昆的单纯的女孩子。截断了她美丽目光的竟然是顾城孩子般的手？

这不是命运，还有什么能解释！

基督教不容忍杀人，也不宽恕自杀。只有上帝才有资格去衡量和惩罚罪过。我们只是平凡的人，以平凡的感情去理解顾城，怀念顾城，在我们内心的最后一处，叹息中国诗人的命运。

顾城说过，他要用黑的眼睛去寻找光明。而他是个终生没见过光明的人。

终于，死的光快了一步，追上了他。

"胖嫂",您在哪里

■ 资华筠

"文革"中邂逅"胖嫂",是我刻在"心"上的一段记忆。读书学习注入大脑的知识,难免会忘掉一些,刻在"心"上的人和事,却随着岁月的流逝愈加清晰起来,近来,对"胖嫂"的思念更是与日俱增……

我至今不知道"胖嫂"的姓名,但她丰满的脸庞,含笑的眉眼以及劳作时矫健的身影,却历历在目。如果不是那个非常时期,也许我们永远不会相识呢。

记得是"文革"后期,"林彪事件"之后,下放部队农场的中央直属文艺团体全部回到了北京,我依然要在单位的大院里劳动,不能从事专业,更不要说登台演出。每日清晨,当"革命群众"迎着朝阳走进宽敞的排练厅开始练功,我就到临时工那里去报到——领活儿:清理垃圾,修补房顶,拉煤,抬土……好在只是半天(剩下的时间要参加"斗私批修"),而且"锻炼"已久,体力不成问题。与在部队农场时相比,收工后可以回家住——有了一点自由时间,也该知足了。但是,每每听到从排练厅传出的琴声,从门窗外瞄一眼里面的舞蹈排练,心里总不是滋味,这一切,只能深埋心中,绝不能有半点流露。

渐渐地,我发现排练厅并不上锁,那个年代更没人早起苦练基本功,于是萌生了偷练早功的念头。这当然是冒险行为,若被发现

"贼心不死"（这是当时我们这些"黑线人物"留恋专业的通用性"罪行"），批判会升级，岂不自讨苦吃？犹豫多日，实在抵不住自我诱惑，经仔细考查，确认提前"占领"排练厅的安全系数大约是两个半小时左右（晚了，会被早起的人发现，太早了，天还没亮——必须开灯，又会引起注意）。

一连许多天，我从清晨五点半开始"秘密行动"安然无事，逐渐放松了警惕，越练越上瘾，不断延长时间，终于有一天被提前上工的"胖嫂"发现！

"敢情您不是干我们这行的？"劳动休息时，她小声地问我。这是她第一次主动和我搭话，第一次使用"您"。在此之前，由于我劳动时一声不吭，人家只和我说最简单的——与干活儿有关的话。

"我愿意接受你们的再教育。"我立即郑重表态，深知"秘密"被发现的危险，但可恨的永远批不倒的自尊，又使我不愿恳求她别去告发。

沉默了好一会儿，她把我拉到了一边（避开众人）说："以后，我每天早来一会儿，看您跳舞。"这大大出乎我的意料，两只眼睛呆呆地望着她，一时间竟无以对答。

她笑了，这是我很久没有见过的笑容，一瞬间似乎能熨平心上所有揪在一起的折皱。"您跳得真好看，比他们强。唉，这年头，有本事的人都遭罪啊……"脱离劳动队伍个别交谈已属禁忌，内容竟涉及了"这年头"！我立刻示意"胖嫂"闭嘴，归队。她却拉住我的手说："大姐，再听我一句话，好好保重身子骨，别伤了腰腿，以后有用……"

啊！"以后……"我还有"以后"？长久封紧的感情闸门，一下子被冲开，我蹲下身，掀起满是尘土的衣角捂住脸（假装擦汗），任凭泪水无尽地流淌……

　　此后,"胖嫂"便成了我的"保护神",不仅主动和我搭伴干活儿,而且处处关照。两人抬煤,她一个劲儿地把筐往她那边扯;当小工抹墙,她手把手地教我,不断地嘱咐:"慢点,别急。"休息时,常悄悄地问我:"顶得住吗?别逞强。"我唯一能报答她的就是当她来看我练功时,给她准备一个"好节目"(跳一点优美的"毒草")。她从来不肯进教室,只是从排练厅朝着院子的那扇门往里瞧。日后,每每回忆此情此景,总在想:莫非"胖嫂"本能地懂得"距离产生美"?

　　这样心心相印的"好景"不常,毛主席有关《创业》的批示下达后,"革委会"为了落实"调整文艺政策"的"最高指示",通知我停止劳动,参加练功——为"红线"效力,与"胖嫂"的联系就此中断。偶尔在院子里见到她,她依然是那样一笑,但当时的处境不允许我刻意与她接触,集体练功时,我经常向着那扇门偷偷张望,却很少再见到那张熟悉的脸,缺少了特殊"观众",心里空荡荡。我暗下决心,有朝一日重返舞台,一定要敬赠"胖嫂"一张最好的票——让她看个够!

　　终于盼来了文艺的春天,我的艺术生命也得以复苏。为了在不惑之年重返舞台,我日以继夜地苦练基本功并酝酿新的创作。不知怎么,这段时间我竟忘记了"胖嫂"。待重返舞台的第一个独舞——《长虹颂》在纪念毛主席逝世一周年的盛大演出中将要和观众见面时,我兴冲冲地拿着票,准备请"胖嫂"看演出时,却发现她已离开了我们的大院。我急着到后勤部门去找,回答说:"'文革'时期院里该干的活儿早干得差不多了,所以让她们都回去了。"

　　这消息使我痛心疾首!我恨自己没有远见,为什么当初不问清"胖嫂"的姓名、地址?我更骂自己"没良心",为什么在普天同庆的日子里没有首先想到她却光顾了自己"恢复艺术生命",难道忘记了这"生命"中曾注入过"胖嫂"的暖流?我更以"阿Q"精神安慰着自己:或许很快就会见到她,好在我已重返舞台,可以随时请她观赏演出……

但是,上帝似乎故意要对我的"忘恩负义"进行惩罚,我竟再也没有见过"胖嫂"。屈指算来,如今她已年逾花甲,但我坚信,无论岁月使她怎样变化,我依然会从人堆里一眼认出她来。如果上苍有灵,使我们得以重逢,无论何时何地我都要使出浑身解数为她献舞。

啊!"胖嫂",您在哪里?你可曾听到我心灵的呼唤……

启　事

《中国百年散文典藏书系》收纳了百年以来的中国经典散文。读者可以从这数百篇文学佳作中，体味到散文的经典气象，领悟到不同的人生和社会内容。

书系在编选过程中，努力联系各位作者，承蒙他们的热情帮助和支持，本书才得以顺利出版，在此深表谢忱。遗憾的是，也有部分作者经多方联系未果，恳请相关作者及时拨冗与我们联系，我们将做出妥善处理。

编　者

电　　话：010-65369521
通讯地址：北京市朝阳区金台西路2号人民日报出版社